嫌われ女騎士は塩対応だった堅物騎士様と蜜愛中！

愚者の花道

成りあがりの女騎士

〝くそ生意気な平民あがりの女騎士、ヘザー・キャシディに告ぐ〟

自主訓練を終えたヘザーが宿舎に戻ると、部屋の扉にこんな書き出しの手紙が挟まっていた。

〝おまえの大事な後輩ニコラス・クインシーを預かっている。無事に返してほしかったら、今晩九時に「七色のしずく」まで来い。そこで俺たちと勝負しろ。おまえが負けたら、土下座してこれまでの態度について謝罪してもらう。もしばっくれたら、ニコラスの貞操は保証しない。その手の男どもに売り飛ばすからな。〟

男騎士たちからこういった呼び出しを受けるのは、ここ二週間で四度目である。だが後輩騎士を連れていかれたのは今回が初めてだった。

「こんなせこい真似しなくたって、勝負は受けて立ってやるのに」

ヘザーは手紙をぐしゃっと丸めると、城下町へ向かうべく踵《きびす》を返した。

大衆酒場「七色のしずく」は、大勢の客で賑わっている。

ヘザーは手元のグラスをひと息に呷《あお》ると、テーブルの向かい側を見据えた。勝負の相手は男騎士三人。一人はすでにテーブルに突っ伏して眠りこけている。残る二人は忌まわしげにヘザーを睨《にら》みながら、気の進まない様子で自分のグラスを口に運んだ。

一人が「うっ」と呻《うめ》いてグラスをテーブルに置くと、手で口元を押さえつつ、吐き戻すために店の出口へ向かって走り出す。もう一人は若干ゆっくりとしたペースでグラスの中身を飲み干した。

自分と飲み比べした相手がどうなるか——予想はついていたが、あっけなさすぎてつまらない。同じことの繰り返しにも飽きてきた。ヘザーはカウンターの中から恐々《こわごわ》とこちらの様子を窺っている店の主人に向かって声を張りあげた。

「マスター、ビールじゃ埒《らち》が明かないわ。ウイスキーを持ってきて！」

するとヘザーたちの勝負を見守っていた野次馬たちがどよめいた。同時に一人だけ残ったヘザーの対戦相手は、動揺を押し隠すように空のグラスを握りしめる。

「どうする？　私はまだまだいけるけど……もうやめる？」

助け舟のようでいてその実、煽《あお》るような質問を投げかけてみる。相手は挑発に乗った。

「じょっ、冗談じゃねえ。女なんかに負けてたまるかよ！」

吐き捨てるように言い、店主からウイスキーを受け取る。強気な言葉を吐いていた最後の一人だったが、なみなみと注がれたグラスの中身を確認した途端に表情は消えた。一方でヘザーはさっそく自分のグラスを傾《かたむ》ける。口の中が刺激でぴりぴりした。燃えるような、でも心地よい熱が喉から胃におりていく。やっぱりお酒はこうでなくては。ビールでは得られなかった満足感に心と身体が満たされていった。

「マスター、同じのもう一杯！」

ヘザーは空いたグラスを掲げつつ勝負相手のグラスを覗《のぞ》き込む。彼はグラスに唇をくっつけては躊躇《ためら》い、口から離すことを何度も繰り返している。もちろん酒はちっとも減っていない。

ヘザーは運ばれてきた二杯目のウイスキーを半分ほど飲んでから相手に告げた。

「三杯以上の差がついたら、私の勝ちってことでいいわよね？」

相手のグダグダな飲み方を許していたら、朝になっても勝負は決まらない。そんな時間まで彼らに付き合うつもりのないヘザーは、二杯目のグラスもあっさりと空にする。

ここで差をつけられたら終わりだと思ったのだろう。相手は意を決したようにグラスを傾《かたむ》け、中身を口の中へ流し込んだ。そしてごくりと喉が鳴ったその瞬間。彼の瞳が白目になったかと思うと、そのまま後ろへ倒れていった。野次馬たちが駆け寄って彼を介抱する。

「その人。一応、医者に診せたほうがいいわよ」

昏倒《こんとう》するまで飲んだのだから、命に関わる場合もある。勝負はついたと判断したヘザーはそう助言して立ちあがり、野次馬たちの後方で小さく震えている後輩騎士に目をやった。

「それから、私が勝ったんだから、その子を返してちょうだい」

すると舌打ちが聞こえ、突き飛ばされた小柄な騎士がヘザーの前に転がってくる。

「ニコラス！　大丈夫だった？」

「キャシディ隊長〜」

解放されたニコラスは子犬のように瞳をうるうるさせながら、ヘザーの足元にしがみついてきた。

ヘザーはニコラスの身体をあちこち触って、彼に怪我がないかを確かめる。

「怪我は？　何もされてない？」

「はい。怪我はないです。でも……お財布を、盗られました……」

騎士になったばかりの青年を誘拐してヘザーを脅迫した挙げ句、財布まで奪うなんて。とことん汚い奴らである。ヘザーは男騎士たちに向かってすごんだ。

「ちょっと。この子の財布、返しなさいよ」

再び舌打ちとともに小さなものが床に放り投げられた。やわらかな革の巾着袋だ。中身はあまり入っていないようだが、巾着自体は上等なものに見えた。

「ニコラス。あなたのお財布ってこれ？　中身は無事なの？」

「はい。もともと中身はそんなに入ってなくて……でも、このお財布、俺が騎士になるときに、おばあちゃんがくれたものなんです」

「そう。じゃあ、大事に持っておきなさい。もう失くさないようにね」

「は、はい！」

ニコラスが巾着を懐にしまうところを確認した後、ヘザーは彼の手を引っ張って酒場の出口へ向かう。その途中でニコラスをさらった不良騎士どもを振り返った。

「私が飲んだお酒の代金って、あなたたちが払ってくれるのよね？」

騎士たちは無言でじりじりと後退した。ヘザーはこれを肯定と受け止め、笑顔を作る。

「ごちそうさま！　タダ酒、とっても美味しかったわ！」

そう言い放ち、今度こそ酒場を後にする。

「くっそお！　あの女ぁああ！」

扉を閉めた途端、店の中から騎士たちの叫び声が聞こえた。それは怒りと悔しさが複雑に入り交じった咆哮《ほうこう》だった。

「キャシディ隊長。ごめんなさい、俺が捕まったせいで。あんなに飲んで……大丈夫ですか？」

二人で宿舎に戻る途中、ニコラスがぽつりと言った。

「飲んだのは殆《ほとん》どビールよ。ビールなんて飲んだうちには入らないわ」

「ええ……？　俺なんかちょっと飲んだだけで酔っ払っちゃうのに」

それは安あがりで羨《うらや》ましい。いや、いまはこのような話をしている場合ではない。

「ニコラス。私こそ、ごめんなさいね。怖い思いをしたでしょう？」

彼がさらわれて脅迫に使われたのは、ヘザーに原因がある。このフェルビア王国の王都にいる男騎士たちは、成りあがりの女騎士であるヘザーが憎たらしくて仕方がないらしいのだ。逆恨みも甚《はなは》だしいが、確かに自分は貴族でも金持ちでもない。しかも学校すら出ていない。

ヘザーはカナルヴィルという街で生まれ育った。王都からは馬車で数日かかる場所にある、それなりに大きな街だ。ヘザーは十四歳になると、闘技場に働きに出るようになった。

闘技場は、この国では人気の娯楽だ。闘技場に籍を置く剣士たちが戦い、観客たちは戦果を予想してお金を賭ける。時折、旅の騎士や力自慢が飛び入り参加して盛りあがることもあった。

初めは下働きとしてチケットを捌《さば》いたり、剣士たちの武器の手入れをしたりしていたが、自分も腕を磨き、十六歳のときに剣士として舞台にあがった。給料は客の入りに大きく左右されるため、安定した収入とは言えなかったが、歓声を浴びながら舞台で剣を振るうのは楽しかったし誇らしかった。剣士以外の生き方なんて考えもしなかった。

しかし十九歳のときに大きな転機が訪れた。ヘザーの剣技が、この国の第三王女コンスタンスの目に留まったのである。王女は視察でカナルヴィルに滞在しており、その一環で闘技場にやって来ていたらしい。そして「是非わたくしの近衛《このえ》に」と、お誘いがあった。

がらりと変わるであろう環境に、迷いがなかったといえば嘘になる。だが周囲の勧めもあったし、王族の頼みを断れるわけがなかった。そしてヘザーは王女付きの近衛《このえ》騎士となり、そのまま近衛《このえ》騎士隊長まで上りつめた。

つまり、ほんとうにヘザーは成りあがりの騎士なのである。血筋もなければ学もない、あるのはコンスタンス王女の後ろ盾のみ。そのせいで面白くない思いをしている人はたくさんいるのだろう。

そしてヘザーが二十六歳になったいま、再び転機が訪れていた。コンスタンス王女の、他国への輿入《こしい》れである。第一王女はフェルビア王国と良好な関係の隣国へ、二国間のさらなる堅強《けんきょう》な礎《いしずえ》となるべく嫁いだ。第二王女は国内の貴族のもとへ降嫁《こうか》した。なかなか縁談が纏《まと》まらなかったコンスタンス王女だったが、フェルビアとは決して良い関係とは言えない異国へ輿入《こしい》れが決まった。とても急な話であった。

嫁ぎ先にフェルビア国内から持ち込むことが許されたのは、王女の身一つだけ。侍女はもちろん、私物すら許可されなかった。近衛《このえ》騎士など論外である。よってコンスタンス王女を国境まで送り届ける仕事を最後に、第三王女付きの近衛《このえ》騎士隊は解散となった。

それから二週間が経過し、王女の近衛《このえ》騎士隊にいた者たちは、殆《ほとん》どが他の王族の近衛《このえ》騎士隊に組み込まれていった。次の所属が未だに決まらないのは、ヘザーとニコラスだけである。

ニコラスは学校を出たばかりの新人で、近衛《このえ》騎士を務めたのは僅《わず》か二か月だけだった。騎士としての実績がないから、即戦力を求められる他の王族の近衛《このえ》には回せないのだろう。

そしてヘザーが近衛《このえ》騎士になれた理由は、王女のお気に入りだったというだけだ。本来は騎士という身分どころか、王族に仕えるなど以《もっ》ての外《ほか》の存在なのである。人事異動についてはすべての騎士団や騎士隊を統括するフェルビア王国軍の司令部が担当するはずだが、司令部の人間もヘザーの身の振り先に困っているのではないだろうか。

「キャシディ隊長。俺、次も隊長と同じところがいいなあ」

「ニコラス。私はもう隊長じゃないのよ？　いい加減、呼び方を改めなくっちゃ」

もともとヘザーの存在を煙たがる騎士は多かったが、王女の庇護《ひご》を失ったいま、ヘザーに対しての風当たりはますます強くなってきたところだ。「平民は泥水啜《すす》って塵《ちり》を食いながら隅で小さく生きていろ」なんて暴言を面と向かって吐かれたこともある。王女のお気に入りであることを鼻にかけたり、尊大に振る舞ったりした覚えはないが、だからといって遜《へりくだ》ったり卑屈になったりしたこともなかった。ヘザーのそんな態度が、ますます他の騎士たちを苛立《いらだ》たせたようだった。ニコラスをさらってヘザーを酒場に呼び出した輩《やから》もそうだ。彼らはヘザーに惨めな思いをさせたくて仕方がないらしい。騎士同士の私闘は処罰対象だから、飲み比べという手段をとったのだろうけれど。

「キャアアアッ！　ヘザー様ぁ！　お待ちしておりましたぁ！」

宿舎の入り口のところまでくると、黄色い悲鳴をあげながらこちらへ走ってくる者がいた。王城に仕えるメイドの若い娘だ。彼女は身体をくねくねさせながらヘザーに何かを差し出してくる。

「あの、ヘザー様！　これっ……受け取ってください！」

それは手紙が添えられた、焼き菓子の包みであった。実は一週間ほど前にも同じことがあった。そのときは彼女の勢いに押されて受け取ってしまったのだが、手紙には「ファンレター」と呼ぶにはあまりに赤裸々な想いが綴《つづ》られていた。ヘザーは怯《ひる》んだし受け取ったことを後悔した。今回も似たようなものなのだろう。

「あの、レナ……だったわよね？　ごめんなさい。こういうのは受け取れない」

気持ちのこもったものならなおさら受け取れない――と、ヘザーが言葉を続ける前に、レナは瞳を見開く。その細い身体はカタカタと震え出した。泣かれるのだろうか。気まずさからヘザーは思わず一歩下がる。しかしレナは再び叫んだ。

「キャアアアッ！　ヘザー様に、名前を覚えてもらったわ！」

彼女は踊るようにスキップしながら去っていってしまった。レナの姿が見えなくなると、ニコラスが「なんか、すごいっすね……」とぼそりと呟《つぶや》いた。

レナからの視線を感じることは度々あった。自分が悪い意味で有名だからだろうと考えていたが、コンスタンス王女がいなくなった途端、露骨な接触が始まったように思える。

「ああ。でも俺、彼女の気持ちちょっとわかるなあ。だって俺、自分が女だったらキャシディ隊長に惚れてたと思うんですよねぇ」

「ちょっと。それ、どういう意味よ。私も女なんですけど？」

「ええー？　だって隊長って背が高くて凛々しくてかっこいいし、なんていうか……憧れます！」

篝火《かがりび》のもと、きらきらとした目で自分を見あげるニコラスこそ、小さくて可愛らしい女の子みたいだった。自分とは対極の存在である。そこで脅迫状の文面を思い出した。

「ニコラス。あなた、その手の人に売られなくてよかったわね……」

「えっ？　えっ？　なんですか、それ？」

ニコラスの問いを黙殺し、ヘザーは今後の状況を考えた。もう二週間も自主訓練を続けている。そろそろ次の配属が決まってもいい頃ではないだろうか？　しかし自分に第三王女付きの近衛《このえ》以上の任務が与えられるとは思えない。城下警備隊あたりに配属になるか、寂れた地方の砦《とりで》の警備に飛ばされるのかもしれない。ヘザーを取り巻く環境はいま、大きく変わろうとしていた。


「遅い!!　四分の遅刻だ！　一分の遅刻につき、稽古場《けいこば》一周！」

翌朝、ヘザーとニコラスが自主訓練のために稽古場《けいこば》へ向かうと、神経質そうな怒鳴り声が響いていた。司令部新人教育課の制服を着た男が新人騎士たちを相手に指導を行っているところだった。

指導教官と思《おぼ》しき男は背が高く――ヘザーは大抵の男と同じくらいの身長があるが、彼はそれよりもやや高い――司令部の威厳ある制服をきっちり着こなしている。遅刻した新人が走り出したのを確認し、他の新人騎士たちに向き直ると、その中の一人にビシッと指を突きつけた。

「それから君のだらしない服装はなんだ!?　シャツのボタンは一番上まで留めたまえ！」

彼の様子にドン引きしたヘザーは思わず「うわぁ」と呟《つぶや》いたが、ニコラスは笑い声をあげた。

「あはは。バークレイ教官は相変わらずだなあ」

「え？　知ってる人なの？」

ニコラスの知り合いだとは思わなかったので、ヘザーは驚いた。

「新人教育課のヒューイ・バークレイ教官ですよ。俺もお世話になったんです」

学校を出て王国軍に入ったばかりの新人騎士たちには、数か月の研修期間があると聞いている。その研修を終えた後に、各騎士団や騎士隊に振り分けられるのだ。学生時代や研修期間の成績はもちろん、身分や血筋も考慮された上で。ニコラスはコンスタンス王女の近衛《このえ》騎士隊に振り分けられる前に、あの感じの悪そうな教官から指導を受けていたらしい。

「ええー……あの人の研修、厳しそう。大変だったんじゃない？」

「うーん。怖そうだし、細かくて厳しい人ですけど……でも、けっこう面倒見がいいんですよ？」

教官たちの中には、形だけの研修しかしない者もいるという。そういった教官に指導を受けた新人騎士は、研修中は気楽でも配属先で苦労したりするようだ。

「そういう意味では、バークレイ教官はとても面倒見がいいんです！」

ヘザーの目には神経質で厳しいだけの男に見えるが、ニコラスにとっては違うらしい。

「それに二十六歳で司令部所属ですから、すごい人なんですよ」

二十六歳といえば、ヘザーと同じ年齢だ。しかしヘザーは例外的なルートで騎士になったので、一般的な新人研修を受けてはいなかった。読み書きや計算は闘技場で働いていた頃に覚えたが、ヘザーの持つ知識はあまりに庶民的だった。そこで王族に仕えるための教養や振る舞い方を、コンスタンス王女の侍女たちから教え込まれた期間がある。それがヘザーにとっての新人研修だった。

ヘザーはもう一度ヒューイ・バークレイのほうを見る。

薄茶色の髪に、綺麗に櫛目が入っているのが遠目にもわかる。育ちのよさそうな人だ。それに二十六歳で花形と呼ばれる司令部所属ならば、将来を約束されたエリートというやつだ。血筋も家柄もいいのだろう。貴族の息子なのかもしれない。

それから、ニコラスを見た。彼も貴族の血を引いている。ただ、ニコラスは父親に会ったことがないらしい。父親である貴族が使用人に手を出して生ませた子供——それがニコラスなのだ。ニコラスの父親はニコラスの母親を解雇したが、自分の屋敷から遠く離れた場所に住まいを与え、ニコラスには教育を受けさせた。この先、決して直接関わらないことを条件に。クインシーというのは母方の姓で、寄宿学校に入る前のニコラスは母と、母方の祖母と三人で暮らしていたようだった。

初めてこの話を聞いたとき、ニコラスの父親はひどい男だとヘザーは思った。しかし戯《たわむ》れに手を出した相手が妊娠したら、屋敷から追い出してそれっきりにする貴族も多いのだという。「だから俺なんて恵まれてるほうですよ」と、ニコラスは笑いながら教えてくれた。父親を恨んだこともないけれど、会いたいと思ったこともないそうだ。それはきっと、母と祖母との暮らしが幸せだったからなのだろう。

庶子《しょし》とはいえ貴族の血を引いていて、教育も受けている。いまのニコラスは頼りないけれど、いずれはヘザーの手の届かない地位まで出世するのではないだろうか。

「キャシディ隊長、そういえば、辞令《じれい》っておりました？」

「まだよ。そろそろだと思ってるんだけどねえ。あと、隊長って呼ぶの早く直しなさいよ」

ニコラスは王都に留まることができるだろう。あるいはどこかの地方都市に派遣されて、騎士として経験を積むことになるのかもしれない。対して自分は、寂れた地方の砦《とりで》に飛ばされる未来しか思い描けない。いや、地下牢獄の警備とかかもしれない。あれは誰もやりたがらない仕事だから。どうやってもきな臭く、煤《すす》けた展望しか見えてこない。ヘザーはこっそりため息を吐《つ》いた。

とにかく、ここはバークレイ教官の研修で使用中らしいので、こうしていても仕方がない。ヘザーたちは別の稽古場《けいこば》へ向かうことにした。誰も使ってなさそうな遠くにある別の稽古場《けいこば》へ向かうために、厩舎《きゅうしゃ》をぐるりと回り込む。そのとき、背後から声をかけられた。

「おい、ヘザー・キャシディさんよお。ちょっとあんたに話があるんだよなあ」

口調からして楽しい話ではなさそうだったが、立ち止まって振り返る。するとそこにはヘザーが見あげなくてはならないほど背の高い男が立っていた。肩幅も広く、王宮にいる騎士たちの中でもかなり体格がいい。遠目に見たことがあるような気がするが、名前も所属もわからなかった。その体格のいい男は、ふてくされたようにヘザーを睨《にら》んでいる。

「コンスタンス王女がいなくなったからって、今度はレナに手ェ出しやがっただろ」

「……は？」

「とぼけんなよ。『もう話しかけるな』って言われてそれきりだ。あんたがレナを誑《たぶら》かしたんだろ！」

この男が言うレナとは、ヘザーに手紙と菓子を持ってきたメイドのことだろうか。そうだとしたら、自分だって困惑している。それに何故こちらが誑《たぶら》かしたことになっているのだろう。

「ひ、人聞きの悪いこと言わないでよ。どうして女同士でそんなことしなくちゃいけないわけ？」

二つ年下の王女は、ヘザーを姉のように慕《した》ってくれていた。周囲の騎士からは「平民のくせに」と、陰口を叩かれることも多かったし、二人のことを「秘密の花園」だと揶揄《やゆ》する声もあった。あれはヘザーに嫌な思いをさせるためだけの言葉だと考えていたのだが、本気にしている人もいるのだろうか。

目の前の男はヘザーからニコラスのほうへ視線を移し、それからニヤニヤと笑った。

「ははあ……で、そのガキのことも可愛がってやってるわけだ」

「な、なんですってえ……？」

確かにニコラスは可愛い後輩だが、この男が口にした言葉の意味はきっと違うものだ。

「ま、あんたの好みに口を出すつもりはねえが……だが、レナは返せよ」

「だから、返すも何も……」

レナに手を出した覚えはないし、そもそも自分には女性と友情以上のものを育むつもりはない。ついでに言えば、可愛らしい男の子を侍《はべ》らせて愛でるつもりもない。

「今晩十時に『七色のしずく』まで来い。俺に負けたら、レナとは手を切ってもらうからな！」

「ちょ、ちょっと……」

だからあなたの恋人に手を出した覚えも、そんなつもりもないってば。そう訴えようとしたが、ヘザーの反論を聞く気はないようだ。男はすぐに踵《きびす》を返していってしまった。

ヘザーはため息を吐《つ》く。コンスタンス王女の近衛《このえ》隊が解散して二週間。以来、何かと言いがかりをつけられては酒場に呼び出されている。確かこれで五度目だ。

「隊長、大丈夫ですか？　俺も、ついていきましょうか？」

「いえ、一人で平気よ。タダ酒いただいて帰ってくるだけだから」

心配してくれるのは有難いが、ニコラスがいたところで助けになるとは思えない。

「レナって、昨日のメイドの娘ですよね？　やっぱり俺、彼女の気持ちわかるなあ。あんな短気そうな男の人より、キャシディ隊長のほうがずっとかっこよくて素敵ですもん！」

「そんな気持ちわからなくていいってば……」

やっぱり、一人で行ってさっさと帰ってこよう。そう決めたヘザーだった。

＊＊＊

「おお、お疲れ！」

ヒューイが司令部新人教育課のフロアに戻ると、同期のベネディクト・ラスキンが何かの書類をひらひらさせながらこちらへ歩いてくる。

「どうよ、今期の新人たちは」

「まったく……遅刻はするし、身だしなみもなってない！　ちょっときつい稽古で音《ね》をあげる……」

「ははは。おまえ、毎回それ言ってるよな」

言われてみれば、そんな気もする。今期の奴らはだめだだめだと思いながらなんとか一人前に仕上げ、各騎士団や騎士隊に送り出している。他の教官に比べると自分は厳しいかもしれないが、配属先によっては命に関わる危険な任務を負うこともあるのだ。新人騎士たちがこの先どんな環境でもやっていけるように教育するのが、この自分の役目である。

「ああ、それでさ。これ、おまえの新しい仕事だって」

そこでようやくベネディクトは持っていた書類を差し出した。書類の上部には「再教育」という文字が赤いインクで記入されている。

「再教育……僕が受け持つのか？」

「ああ、上層部からのお達しだ。いま研修中のおまえの生徒は俺が引き受けることになった。おまえはこっちの再教育をやってくれってさ」

ヒューイは書類を受け取って、ざっと目を通した。再教育。これは一人前の騎士として現場に出た者が、もう一度研修を受けに戻ってきてしまうことだ。体力や教養が騎士としての基準に満たないことが後になって発覚したり、あるいは素行不良と判断されたり、理由は様々だ。そういった者たちに再教育を施す話を聞いたことはあったが、教官として受け持つのは初めてである。厄介なことになったかもしれない。そう考えながらヒューイは書類に記された名前を確認する。

「アルド・グレイヴス。二十四歳……知らないな」

「そいつは城下警備担当だ。悪質な客引きや売春の斡旋《あっせん》人から賄賂《わいろ》を受け取って、不法行為を見逃してるって話だ」

「なんだと!?　懲戒《ちょうかい》処分ものではないか！」

「証拠はないが、そういう噂らしい。あとは勤怠《きんたい》状況がよくない。遅刻や早退が多いんだってさ」

「なるほど……」

収賄《しゅうわい》の噂がある時点でかなりの問題児ではないか。アルド・グレイヴスが新人教育を受けたとき、その担当教官は誰だったのだろう？　後々こういうことが起こるかもしれないから、新人教育は大事だというのに……そんな小言が口から出そうになったが、もう一枚の書類を目にしたヒューイはぎくりとした。しかし同じくらい納得もした。

「二人目は……ニコラス・クインシー。二十歳」

彼のことは知っている。まさに自分が担当した新人だ。ニコラスが再教育課程に戻ってきてしまった理由はよくわかっている。彼はいわゆる劣等生だった。小柄で、体力もない。稽古《けいこ》場《ば》を走らせれば常に周回遅れ。教養テストの点数はそのときによって区々《まちまち》。頭が悪いわけではなさそうだが、集中力にムラがありすぎるのだ。とても及第点は与えられず、ヒューイはもう一期、彼を教育するつもりであった。しかし、ニコラスを騎士として送り出さなくてはいけない強い理由もあったのだ。

「それから、これ。おまえが欲しがってたやつ！」

ニコラスについて思いを馳せていると、目の前にもう一枚の紙が差し出された。

「……なんだ、これは？」

「助手。欲しがってただろ？」

自分だけでは手が回らないときも多いので、助手が欲しいと申請したのはひと月以上も前だ。やっと申請が通ったらしい。しかし業務内容が新人教育から再教育に変わった。再教育はヒューイにとっても初めてのことだし、しばらくは落ち着かないだろう。そのうえ助手にも色々指導しなくてはならない。タイミングがよくないことを苦々しく思いながら紙を受け取り、そして目を剥いた。

「ヘザー・キャシディ……？　女の名前ではないか⁉」

「え？　おまえ、男の助手がよかったのか？」

「当たり前だ！」

「じゃあ、なんで申請するときに指定しなかったんだよ」

ヒューイは助手が欲しいと申請したとき、仕事の下準備や書類の整理をさせるのがメインだから、経歴は問わないと付け加えた。だが男女の指定はしなかった。騎士は男のほうが圧倒的に多いから、女騎士を充てられるとは考えもしなかったのだ。

「迂闊《うかつ》だった……確かに僕のミスなのだろうな」

「え？　迂闊《うかつ》か？　女の子がくるんだからラッキーじゃん！」

「ベネディクト、君は気楽でいいな……」

受け取ったヘザー・キャシディについての資料に目を通す。だいたいヒューイは、女騎士の教育も好きではなかった。女どもときたら、体力はないしすぐ感情的になるし、泣けば許されると思っている。その態度について注意をすれば、何故かこちらが悪者になることが多い。女と一緒に仕事をしたいと思ったことは一度もない。

だがヘザー・キャシディという名前には、聞き覚えがある気がした。そして彼女の以前の所属を確認して、合点がいった。コンスタンス王女の近衛《このえ》騎士隊長を務めていた女だ。平民だが、王女が気に入って傍《そば》に置いたと噂で聞いている。

数か月前、ヒューイは上層部から「新人を一人、コンスタンス王女の近衛《このえ》隊に入れるように仕上げてほしい」と言われていた。難しい注文だった。平民隊長の下につきたいと思う者など、まずいないからだ。実際ヘザーの下には「騎士の仕事なんて結婚までの腰かけ」と考えているような、熱意のない女騎士ばかりが集まっていたらしい。隊員の入れ替わりは目まぐるしく、結婚が決まった女騎士たちがいっぺんに辞めた時期があった。それで人手が足りなくなったようだった。

だんだんと当時のことを、鮮明《せんめい》に思い出してきた。

そのときヒューイが抱えていた新人騎士は血筋や家柄の良い者たちばかりで、平民隊長の下につかせるのは難しかった。本人が快く引き受けてくれたとしても、親が「うちの子を平民の下につけるなんてけしからん」と王宮に乗り込んでくる場合がある。だからヘザーの下につけるのは、ニコラスがちょうどよかった。彼は貴族の庶子《しょし》で、父親からの庇護《ひご》や援助は金銭的なもののみという話だ。騎士としてはかなり未熟だったが、ニコラスがちょうどよかったのだ。

そしていま。コンスタンス王女がいなくなり、ニコラスが戻ってきた。これは仕方がない。彼を立派な騎士に仕上げることができず心残りだったので、むしろ再教育は望むところである。ヘザーについては、上層部は彼女の振り先に困ったのだろう。そこでヒューイのもとで下働きでもさせておこうと考えたわけだ。

「そのヘザーって娘、けっこう美人だって聞いたぜ」

ベネディクトのセリフにヒューイは首を傾《かし》げた。遠目にしか見たことはないが、鮮やかなオレンジ色の髪をした背の高い女騎士が、王女の傍《そば》に控えていたことは知っている。しかし。

「……この職務において、容姿は関係ない」

「そうか？　場が華やいでいいじゃん」

「僕は能力のほうを重視する」

もちろん外見は大切だ。だがヒューイが重視するのは身だしなみや清潔感の類《たぐい》であって、性別や顔の作りのことではない。そう告げるとベネディクトはにやりと笑った。

「じゃ、女でもいいじゃん。おまえにとって大事なのは、性別や容姿じゃなく能力なんだろ？　近《この》衛《え》隊長まで務めあげた女騎士だ。その辺の男よりも使えるかもしれないぜ」

ベネディクトはそう言うが、ヘザーが近衛《このえ》隊長を務めていたのは、王女の強い後押しがあったからだ。本人の実力とは言えない。

そこでヘザーの経歴を確認すると、彼女は十九歳のときに騎士になったようだった。一方、十九歳の頃の自分はまだ学生である。この点ではヒューイよりも先輩と言えよう。それに王女の後ろ盾があったのだとしても、平民出身の女が七年も居座れるほど近衛《このえ》騎士の仕事は甘くないはずだ。体力や根性はそれなりにあるのかもしれない。ヒューイはそう考え直した。

だが、僕の助手だって甘くはないぞ……そう心の中で呟《つぶや》いたとき、自分の机に戻ろうとしていたベネディクトが何かを思い出したように振り返る。

「ああ……っと、それからな」

「まだ何かあるのか？」

「城下に『七色のしずく』って酒場があるだろ？」

大勢でばか騒ぎしたい輩《やから》が行くような大衆酒場だ。付き合いで仕方なく入ったことがあるが、騒がしく俗っぽい場所はヒューイは好きではない。

「うちの若い騎士たちが、店に迷惑をかけるような飲み方をしてるらしい。店主から苦情が来てた」

ヒューイは騎士たちの風紀係も務めている。もともとは司令部所属の騎士が交代で務めていた役割だが、ヒューイが当番のときに著《いちじる》しい成果をあげたので定着してしまったのだ。

ヒューイは懐中時計を確認して答えた。

「わかった。仕事が片付いたらそこへ向かう」

＊＊＊

「うおっと、でけえ女だな！」

歓楽街にある酒場「七色のしずく」の扉を開けると、ヘザーの姿を目にした一人が小馬鹿にするように言った。その男は明らかにヘザーよりも身長が低い。こういう男は見おろしてやるに限る。

ヘザーはちょっとつま先に力を入れ、胸を張って男を見おろす姿勢をとった。好きででかくなったわけではない。だがこんな風に揶揄《やゆ》されて肩身狭そうに縮こまるのもヘザーの流儀ではない。

ヘザーの態度に男は一瞬だけ怯《ひる》んだが、すぐに後方にいる仲間たちに呼びかけた。

「おい、アルド！　お待ちかねのヘザーちゃんだぜ！」

男たちのいるテーブルの中央には、例の大柄な騎士が座っていた。アルドという名前らしい。

「しかし、デカい女だよなあ」

「けど、結構美人じゃん。俺、ばかデカい女って聞いてメスゴリラみたいなの想像してたぜ」

「なんだよ、メスゴリラって」

「知らないのか？　異国の珍しい動物を集めた見世物小屋があるだろ？　そこにさ……」

アルドの仲間たちはヘザーに対して言いたい放題である。抗議したい気もしたが、まずはまっすぐアルドの前に立ってテーブル越しに彼を見おろした。

「私の勝負の相手は何人？」

アルドを含めると男は六人いる。昨夜の倍の人数だが、なんとかなるだろう。しかしアルドは椅子にふんぞり返って笑う。

「ああ？　俺一人に決まってるだろ。こいつらは、言わば証人さ。あんたはレナを誑《たぶら》かしたことを、俺に土下座して詫《わ》びるんだからな」

「だから、私はあなたの恋人を奪った覚えはないわよ。それに……言っとくけど、私を負かしたところで、あなたの恋人が戻ってくるわけじゃないのよ」

こんなに短気で威圧的な男では愛想も尽きるだろう。そう思っての発言だったが、アルドは舌打ちをしてから吐き捨てるように言った。

「レナとあのガキ、二股かけてる奴がよく言うぜ」

ほんとうにそんなつもりはないのだが、これ以上説明してもきりがないのはわかっている。こちらが勝てばいいだけの話だ。相手がどんな大男でも、飲み比べで負ける気はしなかった。

「まあいいわ……さっさと始めましょ」

「そう急《せ》くなって。まずはこれで乾杯といこうぜ」

アルドはテーブルの上に置いてあったカクテルグラスをヘザーのほうへ滑らせる。ヘザーが受け取ったのを確認すると、彼は自分のグラスを掲げて乾杯のポーズをした。アルドと仲よく乾杯するつもりはなかったが、きっとこれは勝負を始める合図を兼ねてのものだろう。ヘザーは無言でグラスを口に運ぶ。すごく甘い酒だった。ひと息に飲み干し、空になったものをテーブルに戻す。アルドも同じようにグラスを空けると、手をあげてビールの注文をした。

ヘザーとアルドはほぼ同時に最初のジョッキを飲み干し、競うように二杯目のジョッキも空ける。このままでは埒《らち》が明かないと思ったヘザーは「三杯目からは、ウイスキーにしない?」と提案し、アルドもその申し入れに頷いた。

ウイスキーの水割りを二杯飲んだところで、なんだか暑くなってきた。上着を脱ごうとしてボタンに手をかけると、アルドの横にいた男がヘザーの動きをじっと見ている。彼らの前で上着を脱ぐのはなんとなく嫌な感じがして、ヘザーはさっさと片をつけて酒場を出ようと決めた。外で夜風に当たれば涼しくなるだろうと思ったのだ。

三杯目の水割りに口をつけたとき、先ほどよりも暑いと感じた。身体が火照《ほて》っている。それに何よりむず痒《がゆ》い。身体を動かすたびに、肌が衣服に擦れる。その僅《わず》かな刺激がとても気になるのだ。

一度意識してしまうと、呼吸のために胸が上下する動きですら辛くなってきた。

ヘザーは微かに呻《うめ》いてグラスをテーブルに置く。三杯目の水割りはまだ半分も残っていた。

「どうした、ヘザー・キャシディさんよお……」

アルドがヘザーの様子を見てにやにやと笑いながら、自分のグラスを空ける。飲み比べで後《おく》れを取るなんて初めてのことだ。焦ったヘザーはもう一度グラスを手にしたが、先程よりも肌が敏感になっている気がした。特に、胸の先と足の間が。

おかしい。何かおかしい……考え込んでいると、男たちはこちらを観察するように無遠慮な視線をよこす。そういえば、最初に飲んだカクテル。あれは、ヘザーが酒場に到着した時点でこのテーブルの上にあった気がする。あれに何かが入っていたのだとしたら――

「なんだなんだ、早くもギブアップか？」

「どうしちゃったんだよ、ヘザーちゃあん！」

男たちは面白がるように囃《はや》し立てた。

「何か……」

何か酒に混ぜたわね。そう言いかけて結局口を噤《つぐ》んだ。証拠がない。それに「負けそうになったから難癖をつけた」と言い返されるかもしれない。そんなことよりも、この身体の火照りをどうにかしたくてたまらない。服を脱いで、どうにかしたい……

ヘザーの思考がおかしなほうへ向かい始めたとき、大きな音とともに酒場の扉が開いた。ひんやりとした夜風が奥のテーブルまで届く。靴音が近づいてきたかと思うと、神経質そうな怒鳴り声がヘザーたちに浴びせられた。

「おまえたちはどこの所属だ⁉　店に迷惑をかけるような飲み方をするな！　解散、解散だ！」

「やべっ。バークレイ教官だ」

誰かがそう言い、皆一斉に立ちあがる。彼らは急いで勘定《かんじょう》を済ませ、酒場から出ていってしまった。だがヘザーだけはテーブルの縁を握りしめたまま動けずにいた。

「おい……君も」

声をかけられて顔をあげると、ヒューイが眉間に皺《しわ》を寄せてこちらを睨《にら》んでいる。

「さっさと宿舎に戻るんだ。王宮騎士として、風紀を乱すような真似はやめたまえ」

この真面目で厳しい教官にしてみれば、ヘザーは男たちに交じって酒場で騒ぎ、羽目を外している女のように見えたに違いない。彼の言うとおり酒場を離れるべきなのだが、少しの刺激でもなんだか辛い。ヘザーはテーブルを掴《つか》んだまままもじもじと膝を擦り合わせた。

「ひょっとして、動けないほど酔っているのか？　……おい、返事をしたまえ！」

「あ、あの……でも……」

「自分の足で歩けないほど飲んだのかと、僕は聞いている。返事すらできないのか？」

尋問するような口調である。わかってはいたが、彼は見た目どおりの厳しい性格のようだ。

「ん、う……い、いまは、動けな……」

なんとか答えようとしたが、口を動かすのも辛い。最後まで言葉を紡《つむ》ぐことはできなかった。するとヒューイは大きく舌打ちし、ヘザーの身体を自分の肩の上に担《かつ》ぎあげる。

「うあっ？」

「僕の制服に吐いたりしたら、君が弁償したまえよ」

ヘザーは酒に酔ってはいない。吐き気がするわけでもない。だが、疼《うず》く身体をどうにかしたくて、どうにもできなくて、苦しかった。彼が歩くたびに身体が揺れて、耐え難い刺激が走る。ヘザーは歯を食いしばって堪《た》えた。

宿舎に到着する頃には、ヘザーは汗をびっしょりかいていた。それに足の間が濡れている気もする。頭がおかしくなりそうだった。

「君の部屋はどこだね？　……おい、答えたまえ！」

答えられずにいると、ヒューイはヘザーの身体を抱え直すようにして揺らす。びりびりとした刺激に襲われたヘザーは思わず呻《うめ》く。

「ふ、ううっ……」

「おい！　気分が悪いのか？」

ヒューイが大きな声で何か言っている。だが内容が理解できない。それほどまでにヘザーは切羽詰まっていた。彼が今夜何度目かになる舌打ちをしたと思ったら、ヘザーの身体は何か柔らかいもの上に放り投げられる。ベッドのようだ。身体を横たえることができて、少しだけホッとする。

「気分はどうなんだね」

ヒューイがヘザーの顔を覗《のぞ》き込んでくる。

気分？　最悪でもあり最高でもある。甘美な刺激に雁字搦《がんじがら》めにされたままの状態がずっと続いているのだから。だから、どうにかしてほしい。このムズムズを……！

それをわかってほしくて、ヘザーは手を伸ばし、ヒューイの袖を掴《つか》んで見あげた。彼ならば何とかしてくれるような気がしたのだ。例えば、上に乗っかってめちゃくちゃにしてくれるとか……めちゃくちゃって、なんだろう？　でも、とにかくそうしてもらえば疼《うず》きは鎮《しず》まる気がした。

「もしかして、洗面器が必要か？」

だが彼にはヘザーの苦しみがまったく伝わっていない。それがよくわかった。仕方がないのでヒューイから手を離すと、今度は自分のシャツの胸ボタンに手をやった。その様子を目にしたヒューイは、何もわかっていないくせにわかったように頷いた。

「うむ。苦しいならばボタンを一つか二つ、開けておきたまえ。僕は必要なものを持ってくる。水と洗面器と……ほかに何かあるかね？」

必要なもの？　いまの自分に必要なのは、この火照《ほて》りをどうするか、それだけだ。ああ、このムズムズをどうにかしたい、早く……早く!!

ボタンはなかなか外れず、苛《いら》ついたヘザーは両方の手を胸元に運んだ。バリッ……と音がして、いくつかのボタンが弾け飛ぶ。

「おい！　何をしている⁉」

ヒューイが何かを叫んでいる。だがヘザーはお構いなしに、今度は夢中でズボンのベルトを外し、前ボタンを開けた。足の間がぬるぬるする。濡れてる。絶対濡れてる。下穿《したば》きの中に手を入れると、やっぱり濡れていた。疼《うず》きの中心に指を忍ばせると、身体中に震えが走る。

「あ、あああんっ……」

一度触れてしまったら、もうヘザーの指は止まらなかった。苦悶《くもん》から解放されたくて、一生懸命指を動かした。じりじりさせられた時間が長かったせいか、その瞬間はすぐにやってくる。

「んっ……ああっ」

絶頂と同時に頭の中が真っ白になる。快感に身を震わせながらヘザーは呻《うめ》いた。そして息を整えながら瞬きを繰り返していると、ヒューイと目が合った。

苦悶《くもん》から解放されたことで、ヘザーの頭の中がようやくクリアになり始める。いま、自分は何をしてしまったのだろう……？　と。

ヒューイは、驚愕《きょうがく》と軽蔑《けいべつ》の眼差しでヘザーを見おろしていた。

それから一歩、二歩と後ろへ下がり、唇をわなわなとさせた。

「変態行為は休み休みにしたまえ！」

彼はヘザーに向かってそう怒鳴りつけると、乱暴に扉を閉めて出ていってしまったのだった。

ヘザーのボスは鬼教官

——変態行為は休み休みにしたまえしたまえたまえたまえ……

ヒューイ・バークレイの怒鳴り声がこだましている、ような気がする。

「う、うわああ……！」

我に返ったヘザーは、頭を抱えてベッドの上で転げまわっていた。

なんということをしてしまったのだろう。酒場ではまだ気を張っていられた。感じの悪い騎士たちに弱っている自分を見せてなるものか！　という反発心を保っていられたのだ。しかし良い香りのする柔らかなベッドに身を横たえた途端、緊張の糸はぷつりと切れた。傍《そば》に誰がいるかとか、ここはどこなのかとか、そういったことはどうでもよくなってしまったのである。

そういえば、ここはどこなのだろう？　ヘザーはゆっくりと身を起こし、左右を見渡した。

宿舎の中の一室のように見える。ヘザーの部屋よりも広くて綺麗だが、作りがなんとなく似ている。この部屋には私物が殆《ほとん》ど置かれておらず、そのせいで余計に広く感じた。ヘザーはベッドからおりると、歩きながら部屋の中を観察した。

部屋の中央には立派な机があるが、上にはインク壜《びん》とペン立てしか置かれていない。壁際のクローゼットの中には白いシャツが二枚、きっちりと畳んだ状態で置いてあった。これはおそらく騎士服の下に着るシャツだ。バリバリに糊のきいたそれを少しだけ動かして確かめてみると、胸ポケットの縁に「バークレイ」と縫いつけてあるのがわかった。

ここはヒューイの居室らしい。ヘザーが自分の部屋の位置を言えるような状態ではなかったので、彼は自分の部屋に連れてくることにしたのだろう。しかし私物らしきものは、替えのシャツと筆記用具だけだ。この部屋を使っている様子がまったくない。そこでヘザーはヒューイの姿を思い浮かべる。口調と同じでかなり神経質そうな雰囲気の男だ。きっと綺麗好きなのだろう。それにしたって限度というものがあるではないか……？

「あ、でも……」

ヘザーは思い出したようにポンと手を打った。

そういえば、王宮に仕える騎士たちには必ず宿舎の一室が与えられるが、自宅から通う人もいるらしい。だからこの部屋には生活感がないのかもしれない。そして通えるほど自宅が王宮に近いということは、ヒューイの家は高級住宅街にあるのだろう。あの若さで指導教官を務めているのだから、やはり彼は家柄の良いエリートのお坊ちゃんだ。ヘザーはそう推測した。

それから、自分を見おろすヒューイの軽蔑《けいべつ》の表情——それを思い出して、ヘザーは急いでこの部屋を出ようとした。彼に戻ってこられてはたまらない。あんな出来事の後ですぐに戻ってくるとは思えないが、彼には二度と会いたくない。ついさっきまで、次の任務は辺境の砦《とりで》の警備なのでは？と考えて、憂鬱《ゆううつ》になっていたはずなのに、いまでは王都からなるべく遠くに飛ばしてほしいと願い始めている。この際、異国の戦地でも構わない。ヒューイと二度と顔を合わせなくて済むならば、どこだっていい。

簡単に服を直して、扉に手をかけた。がらんとした居室を振り返った瞬間、

――整理整頓《せいりせいとん》！　来たときよりも美しく、だ！

厳しい怒鳴り声が、ヘザーの頭の中に響いた気がした。

見渡せば、ベッドが乱れている。ヘザーが横たわったのはベッドカバーの上だったとはいえ、あそこで何をしてしまったのかを考えると……カバーは洗濯に出すべきだろう。ベッドカバーを剥ぎ取って小脇に抱え、ヘザーは今度こそ部屋を後にした。


司令部へくるようにと連絡を受けたのは、翌朝のことだった。きっと辞令《じれい》がおりるのだ。

ヘザーは重い足取りで司令部へ向かった。ヒューイがいたらどうしようと考えたが、彼は新人の指導を行っているはずだし、いないだろう。いなくていい。

「あっ。隊長！　隊長も司令部に行くんですか？」

廊下を歩いている途中でニコラスに会った。彼も呼び出しを受けたらしい。

「これってやっぱり配属のことですよね？　俺、隊長と一緒がいいなあ……」

「だから、隊長って呼ぶのはやめなさいってば。私は、どこか遠いところに行きたいなあ……」

「ああ、遠くもいいですよね。王都とは違った雰囲気が楽しめるかもしれないですもんね！」

ニコラスは呑気《のんき》にのたまう。でも彼ならば僻地《へきち》へ飛ばされても、すぐに馴染《なじ》んで順応《じゅんのう》してしまいそうだ。ニコラスの柔軟性が羨《うらや》ましい。

「おっと。キャシディさんじゃねえかよ」

司令部近くの廊下まで来たところで、ばったりと昨晩の男アルドに会った。彼はニヤニヤしながらヘザーの全身を眺めまわす。

「夕べは邪魔が入っちまって残念だったなあ？」

「ちょっと、あなたねえ……」

ヘザーはアルドを睨《にら》みあげる。彼がヘザーに薬を盛ったのではないだろうか。いや、盛ったに決まっている。昨晩ヒューイがやって来なかったら、自分はどうなっていたのだろう。

男六人に囲まれた状況であんな風になって……やがてどこかで我慢の限界が訪れて、店の中で恥ずかしい行為に及んでしまっただろうか？　いや、あそこは歓楽街だ。近くには連れ込み宿のような建物もある。どちらにしても、女としてひどく惨めな思いをさせられたに違いない。アルドがした行為は恐ろしく卑劣《ひれつ》なものだ。ただ、証拠がない。

「あんた、あの後どうしたんだ？　案外、あのお堅い教官とどっかにしけ込んだんじゃねえの？」

「そんなわけ、ないでしょう！　自分の部屋に戻って休んだわよ」

嘘は言っていない。実際にヘザーは――ヒューイの部屋経由で――自室に戻り、ベッドにもぐり込んだ。眠れやしなかったが。

「お堅い教官って、バークレイ教官ですか？　隊長、邪魔が入ったって……」

「あ、ええ……。酒場にあの教官がやって来てね……」

ニコラスに夕べのことをざっと説明していると、ヘザーたちを背後から怒鳴りつける者がいた。

「おい、扉の前でたむろするのではない！　通行の邪魔だ！」

この怒鳴り声、もう何度も耳にした。ヘザーには声だけで誰だかわかるようになっていた。しかし感じの悪いヒューイが相手でも、ニコラスは朗らかに対応した。

「あっ、バークレイ教官。俺たち、辞令《じれい》を……」

「……知っている。ちょうどいい。三人とも、僕についてきたまえ」

ヒューイはニコラスとヘザー、そしてアルドをさっと一瞥《いちべつ》すると、司令部の中へ招いた。三人一緒ということは、アルドにも辞令《じれい》がおりるのだろうか？　そもそも辞令《じれい》のことを何故ヒューイが知っているのだろう？　司令部全体に周知されていることなのだろうか？　ヘザーは俯《うつむ》き加減になってヒューイの後に続く。

ヒューイは立派な机の前に三人を立たせると、机を回り込み、自分はそこに座った。つまりこの男から辞令《じれい》をもらうということだろうか？　ヘザーは眩暈《めまい》に襲われた。

ヒューイは手元の書類と自分の前に立つ三人を見比べる。

「アルド・グレイヴス。ニコラス・クインシー。君たち二人は、再教育となった。僕のもとで一人前の騎士となるべく、もう一度研修を受けてもらう」

ニコラスは素直に「はい」と返事をしたが、アルドのほうはそうではない。

「あ？　ちょっと待ってくれよ。俺、何年も城下警備の任に就いてたんだぜ？　なんでいま頃……」

しかしそのぼやきもヒューイの怒鳴り声に遮《さえぎ》られてしまった。

「アルド・グレイヴス！　ほんとうにわからないのか？　君は勤怠《きんたい》に問題がある。それに、収賄《しゅうわい》容疑もかかっているんだぞ」

　お説教を横で聞いていたヘザーは驚いた。アルドの生活態度に問題があるのは頷ける。しかし収《しゅう》賄《わい》容疑までかかっていたとは。それほどの問題児ならば、女に薬を盛るなんて朝飯前ではないか。

「再教育中の君の態度によっては、過去の仕事ぶりまで徹底的に調べさせてもらうぞ。何かが明らかになったら、君の進退に関わる。脅すつもりはないが、言葉と態度に気をつけたまえ」

「……ちぇっ」

「その態度がいけないと言っているのだ！　返事は簡潔に『はい』！　言葉の乱れは心の乱れだ！」

「……はい」

「では、アルド・グレイヴスとニコラス・クインシーは下がってよろしい」

　お説教を食《く》らうアルドを半《なか》ばざまあみろという気持ちで見ていたが、自分がいま一人でヒューイの前に立っていることに気づくと、今度は血の気が引いた。恐る恐る顔をあげると、ヒューイもこちらをまっすぐに見据えている。

　――ヘザー・キャシディ。君のような痴女はクビだ！　騎士の称号を置いてここから去れ！　風紀を乱す変態女め！

　……絶対そう言われる。変な汗が噴き出してきた。だが、ヒューイはヘザーが思ってもみなかったことを言った。

「ヘザー・キャシディ。君は僕の助手として、この新人教育課で勤務することになった」

「……はい？」

「僕の助手だ。要は下働き、雑用係みたいなものだ」

自分がこの男の助手？　先ほどよりも激しい眩暈《めまい》がした。何故、よりによって……と。

嫌だと答えたらどうなるのだろう？　僻地《へきち》に飛ばしてもらえるだろうか。だが平民あがりの自分の希望があっさり通るとは思えない。「嫌なら騎士を辞めろ」でおしまいな気がする。

「それから、だな……」

ヒューイは顔をあげて周囲の気配を探り、苦々しそうに唇を歪めて立ちあがった。

「君には話しておかねばならないことがある……が、人目のある場所ではないほうがいいだろう。ついてきたまえ」

夕べのことだとすぐにわかった。ヘザーはふらふらと覚束《おぼつか》ない足取りで、ヒューイの後に続いた。

テーブルが中央に置いてあり、窓が一つだけある小会議室のような部屋にヘザーは案内される。

ヒューイは後ろで手を組んでしばらく窓の外を見つめていたが、やがてくるりと振り返った。

「ヘザー・キャシディ。話とは、君の素行についてだ。君は普段からああいった真似をしているのかね」

「え？　ええっと……」

ああいった真似とは、なんだろう。飲み比べのことだろうか。それとも……

「自慰を見せつける趣味があるのかと、僕は尋ねているんだ」

「ち、違う……！」

「君の性嗜好《しこう》についてとやかく言うつもりはない。倒錯的な行為でも合意の上で、互いの目的が一致しているのならば悪いことではないと思う。だが、僕には他人の自慰を眺めて喜ぶ趣味はない。それに宿舎の一室でそういった行為に及ぶのは、不謹慎だと思わないか？」

夕べのアレを、一つ一つそんな風に説明されると、頭をかきむしって叫びたくなる。

「あああ……やめてやめて！」

「やめてもらいたいのは昨日の君の振る舞いだ！　時と場所を考えたまえ！」

「だから、違うの……！　私、薬を盛られて……」

「薬だと？　他人の前で自慰をしたくなる薬があるとでも言いたいのかね」

そういう限定的なものではないと思う。多分、淫《みだ》らな気持ちになる薬だ。いわゆる媚薬。どのくらい流通していて、どうやって手に入れるのかまでは知らないが。

「わからないけど、とにかく、お酒に何か入っていたのよ。そうでなくてはおかしいもの！　あんな……あんな風になったこと……いままでなかったんだから」

「悪酔いしただけではないのか？」

「絶対違う！　それほど飲んでいないもの！」

ヒューイがじろりとこちらを睨《にら》んだ。表情からして、ヘザーの話を信じていないようだ。

「君は女一人で大勢の男たちと飲んでいたな。日頃からそういうことをしているのか？」

ヘザーは首を振る。酒場に呼び出されたのはここ二週間で五回ほど。普段からしているといえばしているようにも思えるが、近衛《このえ》隊にいた頃はこんなことはなかったのだ。

「とにかく、司令部所属となったからには風紀を乱すような行動は慎みたまえ。話は以上だ」

話は終わりらしいが、ヘザーの言葉は結局信じてもらえていない。なんだか腑《ふ》に落ちない。

「返事は!?」

「は、はい！」

「……それから、君には新しい制服が必要だな」

近衛《このえ》隊の制服はもう着られないので、ヘザーは稽古着で日々を過ごしている。今度からは新人教育課の制服を着ることになるようだ。各騎士団や騎士隊の制服に大きな違いはないが、袖や襟のデザイン、ラインの色や数などは微妙に異なっている。

「備品倉庫まで案内しよう。ついてきたまえ」

ヒューイはそこでヘザーの頭のてっぺんからつま先まで眺めまわした。

「サイズの合うものがあればいいのだが。なかったら、採寸して一から作ることになるだろうな」

服や靴のサイズで苦労するのは初めてのことではないので、それは別にいい。しかし自分は、これからヒューイの下で働くことになるらしい。

あーあ。最悪。ヘザーは俯《うつむ》いて、こっそりとため息を吐《つ》いた。

＊＊＊

「ヒューイ、おかえり！」

ヒューイが王都の西地区にある自宅に戻ると、少年が階段から駆けおりてくる。従弟《いとこ》のロイドだ。

「おかえりなさい」

さらにロイドとそっくりな男の子が、階段途中の手すりからひょいと顔を覗《のぞ》かせた。ロイドの双子の弟、グレンだった。ヒューイと彼らは父親同士が兄弟関係にある。だが双子たちの両親は亡くなってしまったので、ヒューイの家で面倒を見ていた。いまはこの屋敷から学校に通っているが、来年、二人が十三歳になったら寄宿学校へ入る予定だ。

「ヒューイ、ほら、これ！」

ロイドは誇らしげにヒューイに紙を差し出した。テストの答案用紙だった。点数は七十八点だ。

「すげえだろ？　平均点は七十点だったんだぜ。伯父《おじ》さんも褒めてくれた！」

ヒューイ的には全然すごくないのだが、ロイドにしては頑張ったほうかもしれない。

「なるほど、頑張ったな。次は是非とも八十点台が見てみたいものだが……できそうか？」

「お、おうよ！」

ロイドは勉強が好きではない。それに悪い点を取ったときに叱責《しっせき》しても効果は薄いタイプだ。適度に励ましつつ、やる気を削がないようにするのがいいだろう。

「ロイドがテストだったということは、グレンも答案用紙を持っているな？　見せてみなさい」

グレンは重い足取りで、俯《うつむ》きながら階段をおりてくる。この時点で、今回はだめだったのだなとわかる。だがグレンの「だめ」は点数的には決して悪いものではなかった。

「……九十五点か。頑張ったではないか」

「でも、百点の子がいたんだ。ぼく、一番になれなかった……」

学校でテストがあると、グレンは大抵一番を取っている。しかし彼と競う相手がいるようで、一番を取れなかったときの落ち込みぶりが激しい。グレンの一番への拘《こだわ》りは大変結構だが、彼はそこに拘《こだわ》りすぎて視野が狭くなっている気がする。

「グレン。自分と同レベルで競う相手がいるのは、恵まれていることだ。それに、僕は一番に拘《こだわ》る必要はないと思っている」

「うん……」

寄宿学校へ進んだらいまよりも色々な生徒がいる。すべての教科で満点を取ってしまう者、数学のみに特化している者、一度読んだだけで本を丸暗記してしまう者……とにかく様々だ。そのときグレンが挫《くじ》けることにならなければいいのだが。ヒューイはそれが心配だった。

「ヒューイ。帰っていたのかね」

「父上」

双子を二階の勉強部屋へ帰したところで、父親のレジナルドがやって来た。彼は階段を上っていく少年たちを見つめ、ふーっとため息を吐《つ》く。

「双子たちも、来年からは寄宿学校へ入ってしまうね……」

またこの話だ……。ヒューイは心が重くなるのを感じた。父は六年前に妻を、四年前に母親を亡くしている。つまりヒューイも母と祖母を立て続けに喪《うしな》っているのだが、それまで厳しかった父は度重なる喪失に落ち込んですっかり気持ちが弱くなってしまった。

そんなときに現れたのがロイドとグレンの兄弟と、二人の姉のジェーンだった。親を失った姉弟《きょうだい》たちは伯父のレジナルドを頼り、それまで住んでいた街から遥々《はるばる》王都までやって来た。その後ジェーンは地方貴族の男に嫁いだが、双子たちは立派な大人になるべく王都に残って勉強中である。

「ヒューイ。二人が寄宿学校へ入ってしまったら、この家も寂しくなると思わないかい？」

「父上、寄宿学校は家族ならばいつでも面会できますよ。僕たちは充分《じゅうぶん》に彼らの家族でしょう」

父はそこでちらっとヒューイを見て、呟《つぶや》くように言った。

「それはそうだが……おまえが妻を迎えてくれれば……」

「わかっております、父上」

父は家族の存在に飢えていた。ヒューイに結婚してほしくて仕方がないらしい。

「もちろん、バークレイ家に相応しい血筋と家柄の妻を娶《めと》りますとも。どうかご心配なさらず」

このバークレイ家は代々続く騎士の家系だ。爵位ある家の娘を迎えるのが望ましいが、騎士の仕事にではだめだ。社交界に顔を出す機会があるのだから、美しい女でなくてはいけない。騎士の仕事に美醜《びしゅう》は関係ない。しかしバークレイ家の妻には必要な条件だ。別に絶世の美女でなくてもいい。品位と知性を備えた雰囲気を持っていれば。しかし知性――これも難しいところだ。家同士の付き合いや政治についてあれこれ口を出してくる女は好ましくない。かといって、己の意見をまったく持たず曖昧《あいまい》に微笑んで頷いているだけの女もヒューイの意に沿わない。

時折ヒューイの理想を満たす女が現れるが、そういった人は競争率も高かった。バークレイ家はそれなりに裕福だが大富豪と呼べるわけではなく、爵位もない。そのせいかヒューイの条件を満たす女はこちらがアプローチを始める前に、貴族や富豪の息子に掻《か》っ攫《さら》われてしまうのが常であった。

せめてうちに爵位があれば……と何度思ったことだろう。この際、配置換えの希望を出して、きな臭い土地に出向こうかと考えたこともある。戦闘で大きな手柄を立てれば、爵位を受け取ることも夢ではないからだ。野心に満ち溢れていた頃の父であれば「是非行ってきなさい」とヒューイを送り出していただろう。だが、いまの状態の父を置いて王都を離れるのは気が引けた。それなりに妥協《だきょう》しつつ、理想に近い女を見つけるのは色々と大変なのである。

「そのことだが……ヒューイ。別に、そこまで相手の家柄に拘《こだわ》る必要はないのではないかね？　私は、おまえが好きになった女性を妻にすべきだと思うよ」

「父上。家柄のしっかりした女性でなくては、僕は興味すら持てませんよ。同じことです」

「しかし……ジェーンたち夫婦を見ただろう？　彼らはとても楽しそうだったよ」

つい先月、年に一度の剣術大会が王都で開かれ、ジェーンは夫と一緒にやって来ていた。その際に彼らとは何度か顔を合わせている。父は「楽しそう」と表現したが、ヒューイに言わせれば二人は常に騒がしかった。

「楽しそうなのは、愛し合う者同士で結ばれたからではないのかね？　この家を守るのも大事だが……私は、おまえに愛のある家庭を築いてほしいと思っているんだよ」

愛……？　そんな在りもしないものを持ち出すとは。父の心はそれほどまでに弱くなってしまっているのだろうか。ヒューイは思わず肩を落としかけた。

「ですから父上。バークレイ家に相応しい女性を見つけてみせますとも」

父は困惑した表情で口を開きかけたが、ヒューイは首を振る。淋しさを訴える父に追い打ちをかけるようで気が引けたが、決まったことを告げた。

「僕の業務内容が少し変わりました。帰宅が遅い日や、宿舎のほうに泊まる日が増えるかもしれません。夕食は、僕を待たずに皆で食べていてください」

「そうか……わかった」

自室に入り着替えを済ませてソファに腰をおろしても、ヒューイの気分は晴れないままだった。まだ時間はある、と後回しにしていた花嫁探しだが、思っていたほどの余裕はなさそうだ。

しかし、アルドとニコラスの再教育がいまのヒューイの最優先事項である。それにあの痴女……ではなく、ヘザーにも色々と指導しなくてはならない。物覚えのいい女であれば助かるのだが。

それにしても、あの女は……ほんとうに大丈夫なのだろうか？

ヒューイはため息を吐《つ》きながら宙を睨《にら》んだ。あの夜、安っぽい酒場に足を踏み入れ、品のない騒ぎ声をあげている者たちのほうへ向かうと、まずはオレンジ色の髪をした背の高い女が目に入った。ヒューイにはすぐにわかった。あれがヘザー・キャシディ、自分の助手になる女だと。同時に失望した。ガラの悪い男どもと酒場で騒ぐような女だったのか……と。

ヘザーが泥酔して動けないのだと判断したヒューイは、彼女を担《かつ》ぎあげ、宿舎まで連れ帰った。部屋の場所を聞いても、答えられないほど酔っているようだった。仕方がないので普段寝泊りすることは殆《ほとん》どない宿舎内の自分の部屋へ連れ帰り、水と洗面器を提供してやろうとした。ところが。

ところが、なんなのだ？　あの女は……？

まるで野獣のようにボタンを吹き飛ばしながらシャツの胸元を引き裂いたかと思ったら、なんとその次はズボンのベルトに手をかけた。ヒューイは唖然《あぜん》とした。

ひょっとして、この僕を誘っているのか？　一瞬怯《ひる》んだヒューイだったが、こんな野蛮でガサツな誘い方があるか、と考え直す。考え直しているうちに、ヘザーは一人でおっぱじめ、そして一人で終えた。彼女はいったい何がしたかったのだろう。自慰が目的なのか、それとも見せつけるほうに目的があったのか。だがどちらにしろ、この女は変態だ。ヒューイはそう思った。

翌日、司令部に呼び出されヒューイの前に立ったヘザーは死にそうな顔をしていた。彼女は行きずりの行為のつもりだったのかもしれない。あるいは、前後不覚なレベルで泥酔した上での暴挙で、酔いがさめて我に返ったからかもしれない。そのどちらかであろう。

栄《は》えある司令部新人教育課の所属となるからには、色々と改めてもらわなくてはいけない。だから彼女を小会議室に呼びつけ、注意をした。

しかしヘザーは「薬を盛られた、酒に何か入っていた」と主張した。往生際の悪い女である。

ヒューイはそこでふと気づいた。他人の前で自慰をしたくなる薬などあるわけがないと決めつけていたが、ひょっとして催淫剤《さいいんざい》や媚薬の類《たぐい》だろうか、と。怪しげな薬屋が「惚れ薬」だと謳って売っているものは、殆《ほとん》どがその手のものだと聞く。従妹《いとこ》のジェーンは薬草や薬の効果に詳しかったはずだ。媚薬について、ジェーンに手紙で訊《たず》ねてみようかと考えた。

「いや、しかし……」

ジェーンの嫁ぎ先はこの国の北西の果てである。手紙のやり取りには時間がかかるし、そういった催淫剤《さいいんざい》があるとわかったところで、同じものをヘザーが盛られたとは限らない。この件について調べるのは時間の無駄だと判断したヒューイは、明日からの研修に備え、行うべきことを書き留めるために机に向かった。

＊＊＊

結局、ヘザーの身体に合う制服は倉庫にはなかった。新しい制服が仕上がるまで時間がかかるので、ヘザーは未だに稽古着を身に着けている。昨日も稽古着でここへ来たが、今日は働くためにやって来たわけで。稽古着で司令部の厳《おごそ》かな扉を開けるのは少しばかり勇気が要った。

「おはようございます」

部屋の中へ入って新人教育課のエリアへ向かい、ヒューイの机の前に立って挨拶すると、彼は懐中時計とヘザーを見比べた。現在、九時二十八分である。九時三十分に来いと言われていたので遅刻ではない。だがヒューイは何か言いたそうにヘザーを見ている。自分はちゃんと九時三十分から仕事を始められる時間に来たつもりだが、五分前行動しろとか言われるのだろうか。

それにしても彼の複雑極まりない表情といったら……。ヒューイは、ヘザーの姿を目に入れるたびにあの醜態を思い浮かべているに違いない。だが、そうはさせぬ！

「おはようございます!!」

ヒューイに何かを言われる前に、ヘザーはもう一度、怒鳴るように挨拶をした。

「う、うむ。おはよう」

彼は虚を衝《つ》かれたらしく、やや狼狽《ろうばい》したように答える。少しだけヘザーの溜飲《りゅういん》が下がった。

「アルドとニコラスには、第三稽古場《けいこば》に十時集合と伝えてある。我々も向かおう」

ヒューイは立ちあがり、ヘザーについてくるよう促《うなが》した。

「初めの一、二週間で彼らの基礎体力、剣術や乗馬のレベルをチェックする。それから教養のテストも行うつもりだ。試験監督や採点作業を君に頼むことになるだろう」

稽古場《けいこば》まで歩きながら、ヒューイから仕事についての説明をざっと受ける。再教育課程の担当は、どうやらヒューイも初めてのようだった。まずは研修生の現在の状態を把握して、今後のメニューを考えていくつもりらしい。

稽古場《けいこば》にはすでにニコラスがいた。アルドは周囲の柵に凭《もた》れるようにして立っている。

「わあっ、キャシディ隊長っ」

ニコラスはヘザーの姿を目に入れるなり、ぴょんぴょん飛び跳ねながら両手を振ってみせるという、子供っぽい仕草をした。ヘザーにとってはいつもの光景であったが、この教官の前ではやめたほうがいいのでは……と思いつつ曖昧《あいまい》に笑顔を作って手を振り返す。

「ニコラス・クインシー！」

案の定、ヒューイの怒鳴り声が響いた。彼はヘザーの名も続けて口にした。

「ヘザー・キャシディ！　君たちは同じ騎士隊に所属していたそうだが、馴れ合いはやめたまえ。それに、いまのヘザー・キャシディは隊長ではない！　呼び方も改めたまえ」

何故かヘザーまで怒られる羽目になった。呼び方についてはあれほど言ったのに……と、ニコラスをじろりと見やる。

「えっ。で、でも……俺、隊長を呼び捨てなんて……」

「何も呼び捨てにする必要はない。さんでも様でも好きにつければいい」

「え、えーと……じゃあ……ヘザー、さん……？」

ニコラスはヘザーに向き直る。そして指をもじもじさせた後、ぽっと頬を染めた。

「なんでそこで赤くなるのよ」

「じゃあ、えーと。ヘザー、様……？　えへへ……」

「だから、なんで照れる必要があるのよ」

「君たち、いい加減にしたまえ。何をだらだら話している！」

だいぶ聞き慣れてきた怒鳴り声に顔をあげると、ヒューイがこめかみをぴくぴくさせながら立っていた。そして懐中時計を取り出して、ヘザーとニコラスとを見比べる。

「時は金なり、だ。時間を無駄にするのではない！」

やり取りを聞いていたアルドが、柵に寄りかかったままヒャハハと笑って肩を揺らした。

「アルド・グレイヴス！　メンバーが揃《そろ》った。君もこちらへ来たまえ……整列！」

ヒューイに指を突きつけられたアルドは肩を竦《すく》めつつ歩いてきて、ニコラスの隣に並んだ。

「番号！」

「……いち」

「に！」

ヒューイのかけ声にアルドはしぶしぶ、ニコラスは元気に答えた。整列も何も、二人しかいないのだから見ればわかる。何事もきっちりしたい人なのかもしれないが、細かすぎるのではないだろうか。ヒューイの脇に控えていたヘザーはそう思った。

ヒューイの薄茶色の髪には今日も綺麗に櫛目が入っている。いつも手にしている懐中時計は、まめに時間を合わせているようだ。彼のほうから、なんだかいい匂いまで漂ってくる。さっぱりした清潔感のある匂い。たぶん、香水ではなくて石鹸の香りだ。きっとヘザーが使ったこともないような高級石鹸なのだろう。

午後になってもヒューイからは清潔な香りが漂っていた。高級石鹸だから香りが長持ちするのだろうか。あるいは休憩時間に入浴したのだろうか。それとも、やっぱり香水……？　夕刻、司令部の机で鼻をクンクンとさせながらそんなことを考えていると、ヒューイが顔をあげた。

「終わったかね」

「え？　はい。これでいいかしら」

ヘザーは業務日報を記していたところだった。近衛隊《このえ》でもつけていたし、新人教育課も書き方は変わらないはずだ。だがヒューイは受け取った紙を一瞥《いちべつ》して眉を顰《ひそ》め、ヘザーに突き返す。

「午後休憩の後の集合は、十五時十分だったはずだが？　それに本日の研修終了の合図は、十七時二十五分だ」

ヘザーはその時間を十五時ちょうどと、十七時三十分と記していた。

「だいたい、合ってると思いますけど？」

「だいたいではだめだ。五分単位で記したまえ」

「え？　ご、五分⁉」

一分単位で記せと言わないだけ、この男なりに譲歩しているのかもしれない。でも。

「でも、近衛《このえ》隊では三十分刻みでつけていたわ」

「ここは司令部新人教育課だ。近衛《このえ》隊ではない！」

ヘザーはハッと息を呑んだ。そしてやってしまった……と思う。近衛《このえ》隊時代のヘザーは、新しく入った騎士が「前のところと違う」「前はこうだった」などと言い出すたびに内心腹を立てていた。ここはあんたの前の職場ではない、第三王女の近衛《このえ》隊である！　ここの規則に従えないのならば帰れ帰れ！　……と、心の中で思いながらも、諭《さと》す役目であった。それをまさか自分がやってしまうとは。しかもヒューイ相手に。くやしい。

「できました！」

業務日報をやけくそ気味に書き直して再度ヒューイに差し出す。さっきよりも些《いささ》か乱暴気味に。

彼はそれを受け取ったが、なんだか嫌そうな顔でヘザーが書いたものを見おろす。

「……君は、字が汚いな」

そしてボソッと呟《つぶや》いてから、自分の印章を押した。ヒューイの口からは文句か嫌味しか出てこないようだ。彼が素直に他人を称賛することはあるのだろうか？　ヘザーは疑問に思う。

「じゃ、お先に失礼しますっ」

今日はそれほど身体を動かす機会はなかったが、精神的にひどく疲れた。早く帰って休もう。立ちあがってヒューイの脇を通り抜けたとき、彼の手元を見てぎょっとした。

彼は何かの書類を書いていたが、活字を組んだのではないかと思うほどに文字が整っていたのだ。こんなに綺麗な文字は初めて見たし、ヘザーの書いたものにケチをつけるだけのことはあった。衝撃にふらふらとしながら部屋の扉に手をかけた。最後に一度、ヒューイを振り返る。

櫛目の通った髪。きっちり着こなした制服。清潔な香り。異様に片付いた部屋。驚くほど美しい文字。時間に厳しい……というか、何事にも厳しい。それにあのとき、彼はヘザーの醜態を目撃しても非難の言葉を口にしただけだった。単にヘザーを女扱いしていないだけかもしれないが、あれはどう考えても据え膳状態だったのだ。もしヒューイが自分に覆い被さってきていたら、ヘザーは疼《うず》きをどうにかしたい一心で身を任せていただろう。

ヒューイについて知っていることを、挙げ連ねてみる。それから、なんとなーく、思った。

……この人、ゲイだったりして。


ニコラスはてきぱきと、アルドはだらだらと準備体操をしている。ヘザーは二人を横目に、稽古《けいこ》場《ば》の脇にある物置小屋へ向かう。そして練習用の剣が入っている木箱を抱えて戻ってきた。

一方でヒューイは稽古中に足を取られることがないよう、落ちている石を拾ったり地面の凹凸《おうとつ》を均《なら》したりしていた。ヘザーが木箱を地面に置いた音で、彼はふと顔をあげる。

「ヘザー・キャシディ。君の剣の腕はどれほどのものなのだ？」

「え？　どれほど、って……？」

「君の経歴はチェックしてあるが、城へあがる前のことまでは記されていなかった。君はコンスタンス王女の目に留まったという話だが、どこかの貴族の私兵団にでも所属していたのか？」

「ああ……私、闘技場で剣士をやっていたのよ」

彼は「闘技場？」と、ヘザーの言葉を繰り返した。意外そうな表情をしている。

「ええ。カナルヴィルの街で。それで、闘技場に視察に来ていた王女様に勧誘されたの」

「君は剣士だったのか……何年やっていたんだ？」

「十六歳のときにデビューしたの。それから十九歳になるまで、三年ほど」

そう答えると彼は軽く唸《うな》り、少し考え込んだ。ヒューイは闘技場賭博とはまるで縁がなさそうに見えるが、一応確認してみる。

「闘技場、行ったことある？」

「僕は賭け事は好かないし、騒がしい場所も好かない」

それは質問に対する答えではなかったが「行ったことはない」という言い方よりも尖った表現だった。賭け事を好かないということは、競馬もやらないのだろうか。カードで遊ぶときも賭けないのだろうか。そもそも彼は遊んだりするのだろうか？　ヒューイにとっての娯楽がどんなものかを想像していると、彼は屈《かが》んで練習用の剣を手に取った。

「僕に打ち込んでみたまえ」

「はあっ？」

この流れでそうなるとは思っていなかったので、声が裏返った。ヘザーの素《す》っ頓狂《とんきょう》な声に、彼はおおいに気を悪くしたらしい。

「……嫌だと言うのかね」

「あ、いえ……」

この気難しそうな相手に打ち込むのは嫌だったが、正直に答えるとどんな小言が返ってくるかわかったものではない。ヘザーも剣を取って、ヒューイと向かい合った。互いの剣を軽くぶつけ合ってカンと鳴らし、その音を合図に打ち合いを始める。

言い出したのはヒューイなのだから、ヘザーは遠慮なく打ち込んだ。彼はしばらく防御に徹していた。そうやってヘザーの速さや力強さ、正確さなどを計っていたらしい。

「ふむ……」

そして聞こえるか聞こえないかの声で呟《つぶや》いた後、ようやく攻撃に転じる。彼の剣を受けながら「この人、結構強い」とヘザーは感じた。ヒューイよりも力が強い者は闘技場には大勢いる。速さのある者も、正確に打ち込んでくる者もだ。だが彼は全てを兼ね備えている。総合力が高いのだ。

ヒューイが僅《わず》かに身体を引いて溜めを作ったのを、ヘザーは見逃さなかった。次はかなり力強い攻撃がくる——そうわかったので、剣を両手持ちに変えて衝撃に備えた。

受け止めた瞬間は、ギィイン！　とすごい音がした。ヘザーはなんとか剣を手放さずに済んだが、衝撃で腕が痺《しび》れている。この状態での反撃に転じるのは厳しい。でも追撃が来たらもっと厳しい……と考えているると、ニコラスの呑気《のんき》な声と、拍手が響いた。

「すごーい！　二人とも、すごいですねっ。俺、すっかり見入っちゃいました！」

「ニコラス・クインシー！　準備運動が終わったのなら、稽古場《けいこば》を周回してきたまえ」

「えっ……？　は、はあい」

「返事は歯切れよく！」

「はいっ」

ニコラスの相手が終わったところで、ヒューイはヘザーに向き直った。

「最後の僕の攻撃、何故避けなかった？　君は攻撃がくると予測していたはずだ。コースも読んでいたのではないかね。何故、避けずに受け止めた？」

そこまでわかっているのならば、ヒューイの実力はヘザーよりも相当上のはずだ。確かに、ヒューイの最後の攻撃は避けるか受け流すかにしたほうがよかっただろう。だが、別に対抗心から熱くなっていて真正面から受け止めたわけではない。

「つい、癖で。闘技場では、相手の攻撃をできる限り受け止めなくちゃいけないから」

「それは、何故だね」

「避けたりしたら、お客さんが冷めちゃうでしょ。盛りあがらないのよ」

彼はほんとうに闘技場を知らないようだ。「ふむ」と呟《つぶや》いて一瞬考え込み、また顔をあげる。

「なんとなく君の動きには無駄が多い気がしていたのだが、それも理由があってのことか？」

「ええ。派手な動きでお客さんを喜ばせるの」

遠くの席の観客にもよく見えるように、ヘザーはわかりやすくて大げさな動きを心がけていた。

王城へあがるにあたって、剣の構えや基本の型はほかの騎士たちと揃《そろ》うように練習したが、打ち合い稽古ともなると一度染みついた癖はなかなか抜けない。

「君は剣士を三年やっていたと言ったな。騎士のほうがキャリアは長いが、直らなかったのかね」

ここは王宮であって闘技場ではないと言われるような気がした。

「父が闘技場の剣士だったの。小さな頃から父や闘技場の人たちに稽古の相手をしてもらっていたから、闘技場でのやり方が染みついてしまったのよね。直したほうがいいならやってみるけど……」

「……いや、命に関わることだ。それほど幼い頃から馴染《なじ》んでいた動きなら、無理に修正するのはかえって危険だと僕は判断する。このまま精進したまえ」

「はあ」

偉そうな物言いではあるが、ヒューイは意外と融通の利く男だった。

「ところで、闘技場の剣士は女も多いのか？」

「いえ。女剣士は二人か三人よ。在籍している剣士の一割にも満たないわ」

闘技場はこの国にいくつかあるが、だいたいどこも似たような割合のはずだ。飛び入り参加者が出た場合は別だが、通常は闘技場に在籍する剣士同士で試合を行う。

「女の剣士たちは、女同士で試合をするのか？」

「いいえ。男女の区別は殆《ほとん》どしてないわよ」

「では、その女剣士たちは全員、男と互角に戦えるというのか？」

「まさか。女が男とまともにぶつかったら、怪我じゃ済まないわよ。勝ち星の調整があるの」

闘技場の経営陣は客の入りや剣士たちの人気を考慮して、どの試合で誰が勝つかを予め決めてしまうのだ。客はそれを承知で「そろそろこの剣士が勝つのでは？」とか「勝ち星がつかなくても自分はあの剣士を推し続ける！」とか、駆け引きだったりファン活動だったりを楽しんでいる。

「なっ……それは、八百長《やおちょう》ではないかね！」

説明を聞いたヒューイの表情が途端に険しくなる。確かに八百長《やおちょう》かもしれないが……

「だから星の調整だってば。闘技場がやっているのは、娯楽なの。ショーなの。興行なのよ」

女剣士がいれば、それだけで客が集まる。女が男に打ち勝つと、もちろん盛りあがる。だがやりすぎると客は冷める。その辺を調整しながら、試合予定を組むのだ。

「う、うむ……？」

ヒューイは腑《ふ》に落ちない様子だが、飽くまでも興行なのだとわかってもらえれば、それでいいとヘザーは思う。

そのとき走り込みを終えたアルドが戻ってきた。ちなみにニコラスはもう一周半残っているようだ。ヒューイは指導を始めるべく稽古場《けいこば》の中央に向かおうとしたが、その前にヘザーを振り返った。

「なかなか有意義な時間を過ごさせてもらった。礼を言う」

「え？　はあ……」

「それから、男の僕から見ても君は結構強いぞ」

どの部分が有意義だったのだろう。学校も出ていない自分と、エリート騎士のヒューイがそんな時間を共有できたとはとても思えなかったので、彼の言葉に少し驚いた。

午前中の研修を終えた後は長めの昼休憩に入る。昼食をとった後、ヘザーはぼんやりと考え事をして過ごした。先ほどのヒューイとのやり取りが、頭から離れてくれなかったのだ。

石鹸のいい香り。櫛目が入った薄茶の髪。びっくりするほど美しい文字。制服はいつもきっちりと着こなしていて、革のブーツは新品のようにピカピカに磨かれている——それがヒューイ・バークレイだ。向こうはこちらを痴女とか野生児だとか思っているのだろうけれど、ヘザーから見たヒューイも別世界の人間のようにしか思えない。

その別世界の人間が、ヘザーと有意義な時間を過ごしたと言う。あまりピンとこなかった。

だが自分はぼんやりとしすぎていたらしい。ハッとして時間を確認すると、午後の研修の時間が迫っているではないか。ヘザーは慌てて司令部へと向かった。

しかし司令部の扉の近くまで来たところで、ヘザーは身を潜《ひそ》める羽目に陥《おちい》った。

レナがうろうろとしていたのだ。手には何かの包みを抱えている。多分、あれは自分宛てのものだろう。ここでいつかの夜みたいに騒がれたりしたら困る。彼女が帰るまで待つべきだろうか。しかしそれでは午後の仕事に遅れてしまうかもしれない。

「なんだね、君は。司令部に用でもあるのかね」

物陰でどうしたものかと考えていると、ヒューイの声がした。

「あっ、はい。あの、あなたはヒューイ様ですよね？　ヘザー様と一緒にお仕事をされてる……」

「……いかにも」

「じゃあ、これ。ヘザー様に渡してもらえませんか？」

「なんだね、これは」

「手紙とぉ、あたしが焼いたクッキーです！」

「何故自分で渡さない？」

大抵の若いメイドの娘は、ヒューイと対峙《たいじ》したら恐ろしくて立ち竦《すく》むのではないだろうか。ヒューイの雰囲気や態度に臆さないレナは天晴《あっぱ》れだと思う。だがそれはそれで困る……。レナには悪いが、どうにかして帰ってもらえないだろうか。

「前回は断られちゃったんです。だからヒューイ様から渡してもらえたら、いいかなって」

レナのセリフに、ヘザーは思わず顔をしかめた。そうなったらヒューイに突き返すわけにはいかない。返品するためにレナに会いに出向かなくてはならないではないか。そこで起こるであろういざこざを考えると、いま断ったほうがいい。ヘザーが物陰から出ていく覚悟を決めたとき、ヒューイはレナに向かって厳しい口調で言った。

「断る。他人に橋渡しを期待するのはやめたまえ」

「ええっ？　渡してくれるだけでいいのにぃ」

「君は、一度拒否されているのだろう？　何故また同じことをする？」

「で、でも。ヘザー様に受け取ってほしくってぇ」

「自分が満足するためにか？　それを気持ちの押しつけと呼ぶ！」

「ひっ」

「押しつけられた側の気持ちも考えたまえ！　それができないから断られたのではないかね」

「ひ、そ、そんな……」

初めこそは心の中でヒューイを応援していたヘザーだったが、さすがにレナが可哀想になってきた。それに、自分が逃げ回っていたせいでヒューイに嫌な役目を負わせてしまった。ヘザーは「ちょっと待って」と言いながら物陰から出ていった。

「あっ、ヘザー様ぁ！」

レナはこちらに駆け寄ってきたが、ヘザーは手のひらを彼女に向けてそれを制した。

「ごめんなさい。それは受け取れないの。気持ちがこもっているものなら、なおさら受け取れない」

「ヘザー様……でも、あたし……」

「レナ。これ以上食い下がられると、ひどい言葉を吐いてしまうかも。だから、ごめんなさい」

しゅんとなったレナを見るのは辛かったが、この娘が原因でヘザーはアルドに絡まれたのだった。それも、アルドはかなりつれなく振られたらしいではないか。アルドにはざまあみろと言いたいところだが、レナにはもうちょっとなんとかできなかったの？　と言いたい。

「私はあなたを傷つけたかもしれないけど、あなたの前の恋人も、いまのあなたと同じ気持ちだったんじゃないの……？」

「あ……」

アルドにされたことで彼女を非難するつもりはないし、アルドを庇《かば》うつもりもないが、ヘザーは一応、そう言い添えた。

＊＊＊

「昨日、そこの廊下で、おまえを取り合って女の子が揉《も》めたんだって？」

翌日ヒューイが机に向かっていると、ベネディクトがにやにやしながら近寄ってくる。

「僕を取り合ったのではない」

「え？　じゃあ、メイドの娘とおまえがヘザーを取り合ったってことか？」

「いや……そもそも、誰かを取り合って揉《も》めたわけではない」

司令部の扉の前で起こった揉《も》め事は、噂となって広まってしまったようだ。話の通じない娘だったのでヒューイは些《いささ》か大声になってしまったし、途中でヘザーが現れてさらに目立つ騒ぎになった。彼女は背が高くて焚火《たきび》みたいな色の髪の毛をしているから、とにかく人の目を引くのだ。

「じゃあ、あれか？　女の子同士の恋愛の縺《もつ》れを、おまえが仲裁した……とか？」

この意見が一番近いように思えるが、それでも少し違う気がする。

「別にあの二人は恋愛関係ではない。メイドが一方的に熱をあげているだけだ」

これでいいはずだ。いや、ヘザーはコンスタンス王女のお気に入りだったという。もしかして彼女はそっちのほうの人間なのだろうか。だとしたら、あの夜に晒《さら》した変態ぶりはどういうことだろう？　ヒューイが不思議に思って首を傾《かし》げる一方で、ベネディクトは納得したように頷いた。

「ああー。彼女、女にしておくのが勿体ないくらいカッコいいもんなあ。俺わかるわ、そのメイドの気持ち。見たか？　ヘザーのあの足の長さ。腰なんて、こんっな高い位置にあってさあ」

ベネディクトは、ちょっと大げさなのではないかというくらいの高い場所を手で示す。

「顔なんて、こんなちっさくてさ！　こんな！　こんな‼」

「いやさすがにそれはない」

腰の位置に関しては黙って聞いていたが、ベネディクトは男の拳くらいのものを宙に描いてみせたので、ヒューイはとうとう突っ込んだ。

「そういえば、今日はまだヘザーが来てないじゃん」

「彼女には今日は休みを与えている」

「なあんだ、残念。俺の目の保養になってたのになあ～」

ベネディクトは残念そうにヘザーが使っている机を見た。ヒューイもなんとなくそれに倣う。目の保養――。ベネディクトが言うとおり、彼女はとても足が長い。そのぶん、靴もやたらと大きいが。そして背が高いからといって、横幅が比例しているわけでもない。肩幅や腰の細さは確かに女のものだった。顔も涼やかというか凛々しいというか……まあ、整っていると思う。女に言い寄られている女というのも、実際にヒューイが目にしたのは初めてであった。


昼休憩時、ヒューイは宿舎の見回りを行った。共用の場所が綺麗に使われているかのチェックを終え、渡り廊下に差しかかったとき、騒ぎ声が外から聞こえた。

渡り廊下の窓の下はちょうど中庭になっている。ヒューイが少し身を乗り出して確認すると、そこに騎士たちが集まっていた。笑い声や下品な野次も聞こえる。ヒューイは舌打ちして、足早に中庭へ向かった。そして中庭に出るなり、集っていた騎士たちを怒鳴りつけた。

「おい！　この敷地内でのデモや集会は禁止されているぞ！　解散！　解散だ！」

解散、と繰り返しながら、騎士たちの間に割って入った。「げっ」と言ってそそくさとその場を後にする者も多かったが、帰らない者もいた。彼らは複雑そうな表情を浮かべ、ヒューイと植え込みを交互に見やる。その中にはニコラスもいた。

「いったい、何の騒ぎだ？」

ニコラスに問うと、彼は困ったように植え込みに目をやった。ヒューイもそちらを見る。布のようなものが植え込みに載っている。

「それ……女子部屋のほうから、風で飛ばされてきたものだと思うんですけど……」

「なんだ？　洗濯物か？　……ウッ!!」

だからどうしたと歩を前に進め、手を伸ばしかけたところでヒューイはぎくりとして固まった。

それは、ふわふわしたシースルーの茶色い布だった。所々に金色のビーズが散らしてあり、縁と思われる部分には焦げ茶色のフリルがついている。女の、下着の類《たぐい》に見えた。

くしゃくしゃの状態で植え込みに載っているから、シュミーズなのか下穿《したば》きなのか、異様に面積の狭い寝間着なのか、手に取って広げてみないとその正体はわからない。どちらにしろ、こんなスケスケの布は健全なものではない。それだけはわかる。騎士たちはこれを見て騒いでいたのだ。

伸ばしかけた手を宙で止めたまま、ヒューイは女子部屋がある方角に目をやった。

女騎士の洗濯物が、風で飛ばされてきたようだとニコラスは言ったが、こんなに破廉恥《はれんち》なものを身に着ける女が栄《は》えあるフェルビア王国の騎士だとは、なんとも情けない話である。いや、さすがに職務中に着用するものではないだろう。きっとプライベートな時間に使用するものだ。確かにヒューイは風紀係を務めているが、個人の趣味にまで口を出すつもりはない。

だが、いま懸念すべきは布の正体や持ち主についてではない。この敷地内での落とし物は、宿舎の入り口にある受付事務に届けることになっているのだ。ヒューイは考えを巡《めぐ》らせた。

それを、僕がやるのか？　この破廉恥《はれんち》な布を手に取って、受付まで歩かなくてはいけないのか？　途中、女騎士や使用人の目に留まったらどうなる？　ではこの布を植え込みから引き剥がしたら、すぐさま制服のポケットに突っ込んで……それではかえって怪しいではないか！　だったらこの布には手を触れず、誰か――騎士でもメイドでも、女ならば誰でもいい――を呼びにやって、対応してもらうのが一番ではないか？　そうだ、それがいい。

「あーっ！」

考え事を着地させようとしたとき女の声がして、ヒューイはものすごい速さで腕をひっ込めた。その場にいた男騎士たちも二、三歩後退する。声がしたほうを見ると、ヘザーが急いでこちらへやってくるところだった。背が高いうえに足が長いから、距離を詰めてくるのも速い。

「それ、探してたのよ！　窓際で日干ししてたら、風に飛ばされちゃって」

なんと彼女は植え込みを指さし、説明しながら件《くだん》の布に近づいていく。

「そ、それ……隊長……じゃない、ヘザー殿の、だったんですか……？」

ニコラスが震える声で訊《たず》ねた。なんとなく顔も青ざめている。だが彼を笑うことはできない。おそらく、ヒューイも同じくらい青ざめているからだ。

「そうよ！」

ニコラスの質問に答える彼女の様子からは、気まずさや後ろめたさといったものはまったく感じられない。驚愕《きょうがく》、いや、戦慄《せんりつ》する男騎士たちをよそに、ヘザーは植え込みと格闘している。枝が引っかかって簡単には外れないようだった。

「この植え込みの枝、少し折っても構わない？　無理に引っ張ったら、生地がだめになりそうなの」

「う、うむ……許可する……」

ヒューイとしては、そう言うしかなかった。

「ほんとう？　よかった！　これ、コンスタンス王女に頂いたものだから……傷つけたら大変」

ヒューイは耳を疑った。コンスタンス王女にもらった？　この破廉恥《はれんち》な下着を？

集まっていた騎士の誰かが「秘密の花園だ」と呟《つぶや》いた。気まずい空気の中、ぱき、ぽき、と枝を折る音だけが響いている。

「とれた！」

ヘザーは布の回収に成功したらしい。布の所々から小枝や葉っぱが飛び出しているが、それらの除去は後で行うのだろう。半透明の茶色い布を優しい手つきでふんわりと丸める。

「お騒がせしたわね」

彼女はそれだけ言って、また戻っていった。青ざめたまま、ニコラスがボソッと呟《つぶや》く。

「あ、あれって……嘘だぁ……」

ヒューイも密かに同意した。ヘザーのイメージにまったくそぐわない下着だ。だがあれは自分が着て楽しむものというよりは、誰かに見せるための下着ではないだろうか。たとえば、贈り主のコンスタンス王女とかに。やはり彼女はその手の人間なのだろうか？　けれどもヘザーはガラの悪い男たちとだらしなく飲んで騒いでいた……

ヒューイはヘザーと初めて会話した、あの夜の出来事を思い起こした。

弾け飛ぶシャツのボタン。彼女は胸が邪魔にならないように、圧迫するような下着をつけているのがわかった。そんな中でも自らを主張するような汗ばんだ谷間の存在にヒューイは目を奪われた。そしてこちらが呆然としている間にヘザーはベルトを外し始めたのである。彼女はズボンの隙間に手を突っ込み、とんでもない行為に及んだ。あのときちらりと覗《のぞ》いた下穿《したば》きは色気も何もない、白い綿素材のシンプルなものに見えた。男と遊ぶつもりで酒場に出かけたのならば、あんな下着は選ばないだろう。

酒に何かを混ぜられたという彼女の主張は、嘘ではないのかもしれない。

＊＊＊

ヘザーは自室に戻ると、回収した布から小枝を取り除く作業にかかった。少しでも乱暴に扱ったら生地が傷んでしまう。時間をかけて慎重にやった。

「これでよし、と」

すべて取り除いた後で、丁寧に広げてみる。それは、幅広のシフォンのリボンだった。

アクセントとして焦げ茶色の細かいフリルがついていて、所々に金色のビーズが散らしてある。

コンスタンス王女が輿入《こしい》れの際、お別れの記念にヘザーにくれたものだ。

すごく瀟洒《しょうしゃ》なリボンだから、ヘザーが使うような機会は訪れないかもしれない。だが派手なオレンジ色の髪を纏《まと》めると、非常に落ち着いた雰囲気にしてくれる。大切にしまっていた物だが、たまには風に当てておこうとしたら、飛んでいってしまったので非常に焦った。

そこで、ヒューイやニコラス、男騎士たちが自分に妙な視線をくれていたことを思い出した。

ヘザーの持ち物には見えないということだろうか？　くるりと姿見に向き直り、顔の横にリボンを添えてみる。

「結構、似合うと思うんだけどなー……」

だがヘザーの給料では買えそうもない——無理をすれば買えるが、リボンの代金にそこまで割けないという意味だ——品物だ。きっと、男の人にも高価なものだとわかったのだろう。だから下手に手を出せずに、植え込みの周囲に集っていたのだ。そうに違いないと、ヘザーは思った。

鬼教官と野良犬と

小会議室でヘザーは椅子に腰かけ、懐中時計と睨《にら》めっこしていた。

「三十分経過。残り二十分！」

いまのヘザーの業務は、教養テストの試験監督である。ニコラスとアルドは、ヒューイが作成した問題を解いているところだった。懐中時計はヒューイから借りたものだ。試験を始める前に時計を持っていないことを告げると、彼はものすごく嫌そうな顔をしてから自分のものを貸してくれた。

懐中時計の蓋には、控え目だが洒落ている繊細な模様が彫ってあった。しかも文字盤には秒針までついているではないか。かなり高級なものだとヘザーにもわかる。そりゃ貸し渋るよなあ……と考えていると、視界の端にそわそわとしている人物が映った。ニコラスだ。

「ヘザー殿……すいません、お腹痛くて……お便所行ってきてもいいですか？」

彼は腹を押さえながら身体を揺らしている。非常に辛そうだ。ヘザーはニコラスの解答用紙を確認した。初めのほうの問題は解いてあるが、大半が白紙であった。

「いいけど……一度出たら、この部屋には入れないわよ？　再入室はだめなの」

不正防止のためだとヒューイが言っていた。問題用紙を見てもヘザーには全然わからないことばかり書いてあって、ちょっと部屋を抜けたぐらいでは不正なんてできそうにないのだが。

「ええー……どうしよう……や、やばい……どうしよう、どうしようっ」

ニコラスはそわそわしながら問題を解こうと試みている。しかし問題文はまったく頭に入っていないのではないだろうか。机がガタガタ揺れて、インク壜《びん》が落ちそうになった。

「も、漏れちゃう、漏れちゃうよお……！」

「漏らすぐらいなら行ってきなさいよ」

別に年に一度の大事な試験というわけではない。というか、ここで大きいほうを漏らすぐらいならば、テストは断念して用足しに行ってきてほしいものである。

「でも、でも……」

「うるさいぞ！　試験中に何を騒いでいる！」

ニコラスが涙目になったと同時に扉が開いて、ヒューイが顔を出した。ヘザーが状況を説明するより先にニコラスは立ちあがり、ヒューイの脇をすり抜けて部屋を出ていってしまう。

「うわあ、やっぱり漏れちゃうっ！」

「おい、ニコラス？　………いったい、なんなのだ？」

「お腹が痛いんですって。再入室はだめって言ったんだけど……限界だったみたい」

ヒューイは呆れたようにニコラスの答案用紙を持ちあげ、ため息を吐《つ》いた。

「再入室したところで、どうにもなりそうにないな、これは」

それからアルドの手元に視線をやり、少し驚いたように眉をあげる。ヘザーも思わずアルドの答案用紙を覗《のぞ》き込む。だが自分が果たすべき役目をハッと思い出して、懐中時計を確認した。

「残り、十五分！」

けれども残り時間を告げる必要はないように見えた。アルドは答えを最後まで書き終えていたのだから。それが正解かどうかは、ヘザーには知る由もなかったが。

本日の研修がすべて終わって司令部の机に戻ると、ヘザーは教養テストの採点を任された。

「計算問題は答えが違っていても、途中まで計算式が合っていたら部分点を加算してくれたまえ」

照らし合わせて採点せよと、ヒューイが書いた解答をもらったが答えしか記されていない。

「え？　途中計算が合ってるかどうかなんて、私にはわかんないんですけど」

「……では、解答のチェックだけ頼む。途中計算は僕が見る」

アルドの解答用紙は殆《ほとん》どが正解であった。後半はヘザーにはよくわからない記号が満載だったが、ほぼ完璧だ。途中計算をチェックしてもらうためにヒューイにそれを渡すと、彼は感心したように唸《うな》った。

「ほう……アークタンジェントを使って解いたか……」

やはりヘザーにはまったくわからない、呪文のような単語が聞こえてきた。素行に問題があるというアルドだが、頭は結構良いらしい。それからニコラスの解答用紙を手にしたヒューイは、この日何度目かになるため息を吐《つ》く。

「意外と抜け目のない奴だ。選択式問題は完全解答にすべきだったな」

記号で答える選択式問題を、ニコラスはすべて同じ記号で答えていた。要は当てずっぽうである。

回答欄に同じ記号を書いておけば、一つくらいは当たるかもしれないと考えたのだろう。

「そういえば、彼の腹痛はどうなった。大丈夫だったのか？」

結局ニコラスが時間内に戻ってくることはなかったので、ヘザーはトイレの近くまで迎えに行き、彼が落ち着くまでしばらく付き添った。

「ええ。薬を飲んだら、だいぶ楽になったみたい」

「薬？　医務室まで行ってもらってきたのか？」

「いえ、ニコラスが持ってたの。彼のおばあさんが作った薬なんですって」

ニコラスの祖母は薬草に詳しいのだという。帰省した折に、自分で調合した薬をニコラスに持たせてくれるらしい。

そのニコラスの様子がなんだかおかしいと気づいたのは、日が暮れてからのことだ。宿舎の食堂で偶然ニコラスと会ったので、一緒に食べようと誘うとニコラスは頷いた。だがヘザーが食べ終えても、ニコラスの食事はまったく進んでいないように見えた。スープは飲み終えているが、パンやソーセージは手つかずで残っている。お腹の調子が悪いから固形物を避けているのだろうか。

「ねえ。もしかしてまだお腹痛いの？」

「いえ、お腹はもう大丈夫です！　……あっ、ええと、はい。昼間お腹壊してたんで……ゆっくり食べようかなって……」

どうも挙動がおかしい。ニコラスを観察するように見つめていると、彼はぱっと目を逸《そ》らした。

「俺……えーと、まだ時間がかかりそうなんで、ヘザー殿は先に行っててください」

「ふうん……わかった」

これは絶対におかしい。そう思いながら、ヘザーは使った食器を洗い場に戻しに行く。そして食堂から出たように装い、出口のところからニコラスの様子を窺った。

彼はしばらく皿の上の料理をフォークでつついていたが、やはり口に運ぶ様子がない。それから左右を確認してハンカチを取り出し、自分の膝の上で広げる。彼はパンとソーセージをハンカチの上に移して素早く包み、懐の中に押し込んだ。席を立ったニコラスは食器やトレイを洗い場に戻し、懐を手で守るようにしながら出口へと向かってきた。ヘザーは彼の前に立ちはだかる。

「うわあっ？」

「ニコラス。あなた、こそこそ何をやってるのよ」

「え、えーと……」

懐のものを隠したいのだろう。だが胸を押さえて縮こまるから何かを持っているのがバレバレである。というか、ヘザーは見た。ニコラスはパンとソーセージを隠し持っている。

「それ、部屋で食べるの？　夜中にお腹がすくの？　そういうことするからお腹壊すのよ」

彼が手で隠しているあたりに指を突きつけると、ニコラスは観念したように大きな深呼吸をし、それから懇願《こんがん》するような表情でヘザーを見あげた。

「ヘザー殿。あの、誰にも言わないでくださいっ」

ニコラスに案内されたのは、古い飼料小屋だった。新しいものができたので、こちらは使われなくなってそのまま放置されている。しかしニコラスはボロボロの小屋に向かって囁《ささや》いた。

「おいで。ご飯を持ってきたよ」

彼の声が聞こえたのだろう。灰色の大きな犬が小屋から飛び出してきた。キュンキュン鳴きながら後ろ足で立ちあがり、ニコラスに食べ物をねだっている。

「え。これ、犬……？　なんでまた……」

「後ろの足を怪我して動けなくなってた野良犬なんです。もう治ってると思うんですけど……」

ニコラスは怪我した犬を飼料小屋でこっそり保護していたらしい。怪我は治っているように見えるが、餌がもらえるとわかったから居ついてしまったのだろう。なかなか餌にありつけない犬は痺《しび》れを切らしたらしく、二足歩行のままニコラスに迫り、前足で彼をどついた。

ニコラスは「うわぁ」と情けない声をあげて尻もちをついた。彼が持っていたパンとソーセージは地面に落ちる。犬は夢中でそれに食らいついた。

「ニコラス、あなた、相当舐《な》められてるわね……」

＊＊＊

最近あの二人の様子がおかしいと、ヒューイは訝《いぶか》しんでいた。

あの二人とは、もちろんヘザーとニコラスのだめコンビのことだ。彼らは度々内緒話をしていた。

「夜は私が持っていくわ」とか「明日の朝はどうする？」だとか、聞こえてきたことがある。おまけに今日は「ちゃんとした器があったほうが……」と耳にした。ここまで来たら、あの二人が何をしているのか推測するのは簡単だった。野良犬か野良猫をこっそり世話しているに違いない。

夜遅くの厨房。すでに従業員たちの気配はなく、明かりも消えている。しかしそこには食器棚を物色している二つの影があった。一つの影はひょろりと大きくて、もう一つはそれよりもだいぶ小さい。ヒューイは二つの影に向かって声をかけた。

「窃盗《せっとう》を見過ごすわけにはいかないな」

すると悲鳴があがって、ガチャガチャと食器がぶつかる音がした。ヒューイは二人に近づき、持っていたランプを掲げる。ニコラスは尻もちをついたままヒューイを見あげた。

「バ、バークレイ教官……？」

「いかにも」

ランプを食器棚のほうへ向けると、ヘザーは気まずそうに肩を竦《すく》めた。木製のスープ椀を物色した形跡がある。ニコラスは指をもじもじさせながら言い訳を始める。

「あの、窃盗《せっとう》とかじゃなくて……使い終わったらちゃんと返すつもりだったんですけど……」

野良犬や野良猫に使わせた食器を戻すつもりだったのだろうか？　冗談ではない。

「問題の生き物は犬か？　それとも猫なのか？　どこにいるのだね」

そこまでばれていると思わなかったのだろう。ヒューイの質問に二人とも「うっ」と声を詰まらせる。やがてニコラスが諦めたように「案内します……」と呟《つぶや》いた。

その犬はニコラスとヘザーの気配に気づくと、古い飼料小屋から飛び出してきた。大きな灰色の犬に見えるが、たぶんこの犬の本来の色は白だ。汚れているから灰色に見えるのだろう。犬はヒューイにも愛想を振りまこうとした。ハアハアと忙《せわ》しない呼吸をしながらこちらへ向かってくる。

「よ、寄るな！」

あまりに汚い犬なので思わずヒューイは叫んでいた。言葉がわからなくても、語調から激しい拒絶を感じとったのだろう。犬はぴたりと止まった。ヒューイはついでに命令した。

「ここは君が居ていい場所ではない。出ていきたまえ！」

敷地の外側を指さしてもう一度告げる。

「出ていきたまえ」

犬はしばらくヒューイを見あげていたが、やがてパタパタと振っていた尻尾をだらりと垂らし、キュウンと鳴いて去っていった。駄犬のように見えたが、物わかりは意外とよかった。

「バークレイ教官。ちょっと、可哀想ですよ……」

咎《とが》めるような口調でニコラスに言われ、ヒューイは彼に向き直る。

「ニコラス・クインシー！　責任を持って飼えないのならば、中途半端に情けをかけるのではない！　ヘザー・キャシディ、君もだ！」

責任を持って飼うとは、もちろんこのようにコソコソと世話をすることではない。だいたい、二人はこの先どうするつもりだったのだろう。中途半端に面倒を見たせいで野良犬の失望はかえって大きくなっただろうし、ヒューイも嫌な思いをした。そんなことをくどくどと説教する。

二人は萎《しお》れた状態でヒューイに怒られていた。なんだか、ロイドの悪戯《いたずら》を叱ったときに似ている。……いや、彼はまだ子供だ。こっちは大人なのだから、余計に性質《たち》が悪いと思った。

「うっ、うわあ！　た、助けてぇっ」

翌日の午後ヒューイが稽古場《けいこば》へ向かうと、なんとも情けないニコラスの悲鳴が聞こえてきた。アルドの「ぎゃはは」というばかにするような笑い声も続く。ひょっとしてニコラスはアルドにいじめられているのだろうか？　いくらアルドでも、そこまで幼稚ではないと思いたい。稽古場《けいこば》を囲む柵のところまでくると、ヒューイにも事態がつかめてきた。昨日の野良犬が戻ってきたのだ。それだけではない。犬はニコラスを押し倒し、彼の腰をがっちりホールドしてそこに自分の腰を押しつけカクカク動いている。

「た、助けてぇっ！　お、犯されるっ」

「あははは！」

アルドだけではなく、ヘザーまでお腹を押さえて笑っていた。ヒューイも笑いそうになったが、なんとか堪《た》える。自分は教官としての威厳を保たなくてはならない。

「何を騒いでいる！」

「きょ、教官！　助けてぇぇ」

ヒューイは犬を睨《にら》みつけると、練習用の剣を突きつけた。

「やめたまえ」

犬はぴたっと動くのをやめ、ニコラスから離れると、そろそろと地面に伏せる。

アルドが「おおー」と感心するような声を漏らしたが、ヒューイは剣を突きつけたまま犬を睨《にら》み続けた。伏せていた犬は、そこからさらにゆっくりとした動きで身体を反転させていく。やがて完全に腹を見せる姿勢になった。犬の様子を見ていたヘザーが拍手をする。

「わあ、すごい！　もしかして、犬を飼っているの？」

「いや……だが、このくらいできなくてどうする」

犬の飼育をしたことはないが、接し方は馬とそう変わらないはずだ。こちらが思っている以上に馬は人間をよく観察している。一度でも舐《な》められてしまったら終わりだ。言うことを聞かなくなって、大変なことになる。

「教官、あ、有難うございました。俺の貞操が、危ないところでした……。この犬、雄なのに……」

「……ニコラス。犬は発情したわけではないぞ。おそらくマウンティングというものだ」

それは自分のほうが強いのだと、相手に知らしめる行為だ。犬はニコラスを主人どころか、餌を持ってくる家来か何かだと認識していたに違いない。舐《な》められすぎではないだろうか。

「えぇーっ？　俺が餌あげてたのに……」

「とにかく、この犬を今後どうするか、考えねばならない」

軽く追い払っただけではまた戻ってきてしまうだろう。

「ニコラス・クインシー。それにヘザー・キャシディ。責任を持って、君たちがこの犬の引き取り手を探したまえ」

「じゃあ、見つかるまではあの小屋に置いてあげてもいいってこと？」

ヘザーの問いに、ヒューイは唸《うな》った。それから仰向けで寝転んでいる犬を見おろす。汚い。非常に汚い犬である。こんな犬を引き取りたいと考える人がいるだろうか?

「まずはこの汚い犬を洗いたまえ。それから宿舎の掲示板に貼り紙を出す」

綺麗に手入れしておけば、そのうちもらい手が現れるかもしれない。

「だから、それまでは小屋で世話してもいいのよね？」

ヒューイは再び唸《うな》った。そこが問題だ。犬が小屋の近くを通った人に噛みついたりしたら、大変なことになる。その可能性について考え込んでいると、ニコラスがおずおずと口を開いた。

「あのー……バークレイ教官のおうちって、王城の近くなんですよね？」

「だめだ！　こんな汚い犬を家に連れて帰るわけにはいかない！」

「洗って綺麗にしますから！」

「だめだ。だめだと言ったらだめだ！」

縋《すが》ってくるニコラスから逃げながら、どうしてこんなことになったのだろうとヒューイは嘆息《たんそく》していた。

「おーーーい！　ヒューイーーーー!!」

「ヒューイ！」

しかも聞き覚えのある声が自分の名を呼んでいる。声がしたほうを振り返ると、稽古場《けいこば》の柵のすぐ外でロイドとグレンが手を振っているではないか。

「な、何故君たちがここに……？」

「あれ？　ヒューイに言ってなかったっけ？　なんか今日、学校でなんかあるって！」

「ロイド、社会科見学だよ」

ロイドはよくわからない説明をしたが、すぐにグレンがフォローする。二人は学校行事で王城を訪れているようだった。彼らの学校には貴族や裕福な家の子供が大勢通っている。卒業後に親の事業を継ぐ者も多いが、騎士になる者もたくさんいた。つまり将来の職場になるかもしれない場所を見学しに来たのだ。もちろん双子をヘザーたちに紹介する流れになる。

「……僕の従弟《いとこ》たちだ。さあ、挨拶したまえ」

「おれはロイド・バークレイですっ」

「グレン・バークレイです。よろしくお願いします」

「わあ、双子なのね？　私はヘザー・キャシディよ」

ヘザーが二人の前に立つと、彼らは目を見開いた。身長の高さに驚いているというのもあるのだろう。しかし彼らの瞳から読みとれる感情は、単なる驚きだけではないようにヒューイには思えた。

「か、かっけえ……」

ロイドはそう呟《つぶや》く。グレンに至っては頬を染めてもじもじしていた。ヒューイはそんな彼らの様子を見ながら考える。ヘザーを煙たがる騎士たちは多い。平民あがりだの生意気だのボヤいている輩《やから》を目にしたのは一度や二度ではない。だがその裏にある感情は、ただの嫉妬ではないだろうか。ヘザーを素直な目で見れば、彼女は「カッコいい」のだ。その辺の男よりもずっと、ずっと。

そのときグレンがヒューイの後方に目をやった。

「うわ、大きい犬がいる……」

「ほんとだ、でけえ！」

忘れていた。犬をどうするかを話し合っていたところだったのだ。犬はすでに起きあがっていて、何かを期待するような眼差しでこちらを見つめ、忙《せわ》しなく呼吸をしている。

「ねえ、君たち。犬は好きかな？」

双子に向かってニコラスが余計なことを言い出した。ヒューイは彼の口を塞ごうとしたが、今度はヘザーが双子と目線を合わせるように屈《かが》んだ。

「私たちね、この子のもらい手が見つかるまで、預かってくれる人を探しているところなの」

ヘザーの顔を近くで見た双子たちは、ぼうっとなっている。

「お、おう！　おれは好き！」

「ぼくも……」

彼らの返答に、ヒューイはぴくりと眉を動かした。ロイドはともかく、グレンは大きな動物を怖がっていたような気がするのだが？　馬に触れるときも、慣れた人間が一緒でなければ警戒して近寄らなかったはずだ。嫌な予感がしてきた。

「それに、伯父さんも好きだと思うぜっ。な、ヒューイ！」

「ヒューイ。うちに、伯父さんの若い頃の肖像画があったよね？　犬が一緒に描いてあった……」

「まあ、そうなの？」

ヘザーが若干得意気な表情でこちらを見た。確かに父は若い頃に犬を飼っていたようだ。ヒューイもその肖像画を見たことがある。だがその犬は美しくて賢そうな猟犬であった。このような汚れた野良犬では決してない。

ヘザーは双子たちとヒューイを見比べ、畳みかけてきた。

「ねえ。ちゃんと綺麗に洗うから、預かってもらってもいいかしら？」

「バークレイ教官、お願いします！」

ニコラスがヘザーに続き、双子たちもヒューイを見あげる。

「ヒューイ！　おれからもお願いっ！」

「ヒューイ、ぼくもお願い……」

四人に詰め寄られ、ヒューイは後ずさった。誰かに助けを求めるようにして視線を彷徨《さまよ》わせたが、アルドは素知らぬ顔で口笛を吹いているだけだ。そこに引率役の教師の声が響く。

「おおい、バークレイ兄弟！　集合時間を過ぎているぞー！」

ロイドは「あ、いけね」と言って教師のところへ戻ろうとしたが、双子たちは去り際に上目遣いでのお願いも忘れなかった。

「ヒューイ！　なっ、お願い！」

「ヒューイ……伯父さんには、ぼくたちからもお願いするから」

「あ、おい。待ちたまえ……」

双子たちは行ってしまったが、ヘザーとニコラスはまだ期待の眼差しをこちらに向けている。二人から目を逸《そ》らすと、今度は汚れた犬と目が合ってしまった。稽古場《けいこば》にはハッハッハッハッ……という忙《せわ》しない呼吸音だけが響き続けていた。

＊＊＊

今日は仕事が終わった後に、ヒューイの家に犬を届けることになっている。

ヒューイの父親のレジナルドは、ヘザーとニコラスが犬を連れて屋敷を訪ねると聞くと張りきってしまい、夕食を用意してくれているらしい。上官の家――しかもきっとお金持ちの家――にお邪魔することになるので、ヘザーは自室でドレスに着替えていた。休暇の際、ヘザーはいつも楽な稽古着で過ごしているので、ドレスなんて滅多に着る機会がない。

姿見で自分の格好を確かめる。渋い橙色に茶色のレースがついたシックなドレス。派手な赤毛はコンスタンス王女にもらったリボンで纏《まと》めた。これでだいぶ落ち着いた雰囲気になるはずだ。

靴は踵《かかと》の高いものだ。これを履くとさらに背が高くなるが、ヘザーは敢《あ》えてそういう靴を選んだ。好きで大きくなったわけではない。だが、自分の背の高さを忌まわしく思ったこともなかった。姿見の中の自分に向かって頷き、部屋から出る。

ニコラスやヒューイとは宿舎の裏手で待ち合わせていた。ヒューイはバークレイ家の馬車を呼んでくれたようだ。その辺で目にする辻馬車とは明らかに作りが異なる、立派な馬車が停まっている。

「ごめんなさい、待たせてしまった？」

遅れたことを詫《わ》びながら二人に近づくと、こちらを見たニコラスが狼狽《うろた》えたように後退した。

「え？　……な、何？　顔に何かついてる？」

ヘザーは慌てて頬に触れて確かめたが、彼の目線は微妙にヘザーの顔からずれている。

「へ、ヘザー殿……あの、あの、それって……」

「だから、なんなのよ」

埒《らち》が明かないのでヒューイに視線を向けると、彼も珍しく呆然とした表情で口を開けていた。

やっぱり、ヘザーの顔から少しずれたところを見ている。

「あっ、もしかして、髪？　どっか崩れてる？」

王女にもらったリボンで丁寧に纏《まと》めたつもりだが、慣れていないことをしたので仕上がりが変だったのかもしれない。

「やだ。おかしかったらハッキリ言ってよ。よそのお宅にお邪魔するのに失礼じゃない」

「あ、いや……特におかしなところはない」

ヒューイは咳払いして目を背ける。二人の様子は明らかに変だ。なんだか腑《ふ》に落ちない。

「あれ、ぱんつじゃなかったんですね……あ痛っ」

ニコラスが何かを呟《つぶや》いて、ヒューイに肘で小突かれていた。しかも「ぱんつ」とか聞こえた気がする。ヒューイに下ネタを振るなんて、そりゃどつかれても仕方がないとヘザーは思う。

件《くだん》の犬だが、ニコラスと協力して一生懸命洗った。一度洗っただけでは綺麗にならず、結局三回ほど洗った。それでもこびりついて落ちない汚れがあったので、その部分の毛はカットすることにした。所々の毛が短くなってしまったが、いまは清潔な状態でお座りをしている。

ヒューイが馬車の扉を開けると、犬は真っ先に乗り込もうとした。

「待て！　君は最後だ」

そう言って犬を制し、彼はステップに片足をかけた状態でヘザーに手を差し出した。

「えっ？　……え？　運賃？」

「そうではない、誰が金を取ると言った！　いいから手を出したまえ！」

ヘザーは小銭を出そうとして小物袋に手を入れかけていたが、ヒューイに促《うなが》されて言うとおりにした。彼はヘザーの手を掴《つか》むと馬車の中へ誘導する。そこで初めて自分がエスコートされていたことに気づいたのだった。三人と一頭が乗り込むと、馬車が動き出す。

「座席、ふかふかですね！　俺、こんなに立派な馬車に乗るの初めてです！」

ニコラスは子供のようにはしゃいでいる。ヒューイはヘザーの向かいに腰かけ、窓の外を見ていた。犬はヒューイの足元でくつろぐように体を伏せた。ヘザーはというと、急に恥ずかしくなってきたところである。ヒューイから女性扱いを受けるなんて、夢にも思っていなかったからだ。

馬車の中は薄暗いが、灯りのある場所を通り過ぎるたびにヒューイの横顔がちらちらと照らされた。彼は今日の研修を終えた後に入浴したのだろうか。稽古時にはやや崩れていたはずの薄茶色の髪には、しっかりと櫛目が入っている。そしていつものように、いい香りを漂わせていた。

ヒューイはやはり別世界の住人だ。ヘザーはぼんやり考える。その別世界の人に痴態を晒《さら》してしまったのか……と、思い出さないようにしていたことまで思い出してしまった。

ヘザーの痴態については、ヒューイはあれ以来話題に出さない。ヘザーから言い出す勇気もないので、再度弁解する機会は訪れていなかった。つまり、ヒューイの中のヘザーは「酔っ払って他人の前で自慰をした変態女」のままなのである。上から目線の高慢ちき男だとばかり思っていたが、変態女をエスコートするなんて、紳士的なところもあるではないか。

程なくして馬車が停まった。ヒューイの住まいは、ヘザーの想像通り立派なお屋敷だった。

「伯父さん！　ヒューイが犬連れてきた！」

「お帰りなさいヒューイ。いらっしゃい、ヘザーさん、ニコラスさん」

玄関まで行くと、ロイドのほうは元気に、グレンのほうは礼儀正しく迎えてくれる。二人の後ろには品の良さそうな紳士が控えていた。

「君たちがヒューイのお友達だね？　いらっしゃい。会えるのを楽しみにしていたんだよ」

「父上、友人ではありません。助手と、研修生です」

かつてはレジナルドも王宮騎士だったと馬車の中で聞いた。それにヒューイの父親ならば、よほど厳格な人なのだろうと推測していた。だがとても優しそうな人だ。

「伯父さん、ほら、犬！　犬！」

「おお。この子がそうなのかね。よしよし、いい子だ」

子供たちがいるからそれなりに賑やかだろうと思っていたが、なかなかの勢いで騒がしい家である。かなり意外だった。

「名前はなんていうのかね？」

レジナルドは犬を撫でながらヒューイを見た。

「え？　つけておりませんが」

「そうか……ロイド、グレン、この犬の名前は何がいいと思う？」

「待ってください、父上。それでは……」

この犬は、もらい手が見つかるまで預かるという話だったはずだ。それなのに名前をつけてしまっては、このまま引き取るみたいではないか。ヒューイはそう言いたいのだろう。

「うちで引き取っても問題ないと思うよ。ほら、こんなにいい子だ」

「し、しかし父上……」

レジナルドはいい子だいい子だと繰り返すが、舌をベロンと出してハアハアいっている様子はちょっと間抜けで、可愛いけれども賢そうには見えなかった。

「ヒューイ！　おれ、ちゃんと散歩連れていく！」

「ぼくも、面倒見るから」

ロイドとグレンもレジナルドに味方した。彼らは胸の前で指を組み「お願い」のポーズをとりながらヒューイを見あげている。

「し、しかし、君たちは来年寄宿学校へ入るのだぞ？　そうなったらこの犬の世話は……」

ヒューイが言い終える前に、レジナルドが悲しそうな顔をした。

「そうなんだよ。双子たちが寄宿学校へ行ってしまったら、この家も寂しくなる……」

「……クッ……」

ヒューイは言葉に詰まり、後ろで手を組んで皆にくるりと背を向けた。そのまま黙り込んでしまったので、全員が彼の背中に注目する。しーんとした空間の中、犬だけがハアハアうるさかった。

「では、何がいいかね？」

やがてヒューイがこちらを振り返り、犬を一瞥《いちべつ》した。

「……名前だ。その犬の」

彼がそう付け加えたところで、双子たちはぱあっと顔を輝かせる。そして「ヒューイ！」と叫びながら、嬉しそうに彼に抱きついた。

＊＊＊

「チェックメイト」

「えぇーっ？」

夕食が済むと、ヘザーとニコラスはグレンにチェスの対戦を申し込まれていた。いまは三人でチェス盤を囲んでいる。グレンが「チェック」と言うたびにヘザーとニコラスはひそひそ話をして駒を動かすが、すぐに詰んでは大騒ぎを繰り返している。グレンが優秀とはいえ、十二歳の子供相手に大人二人がかりで一勝もしていないようだ。大丈夫なのだろうか、あの二人は。

ヒューイは半《なか》ば冷めた視線でチェスに興じる者たちを見ていたが、今度は「ラッキー」と名づけられた犬と遊ぶロイドに目をやった。一人と一頭は暖炉の前で襤褸《ぼろ》切れを縛ったものを玩具に見立て、引っ張り合いをしているようだ。

「賑やかでいいねえ」

父はヒューイの向かいの椅子にかけ、嬉しそうに皆の様子を眺めている。だが、少しこちらに身を乗り出してきて小声で囁《ささや》いた。

「ヒューイ。ヘザーさんは……ひょっとして、おまえのお嫁さん候補かい……？」

ヒューイは即答した。

「違います。先ほども言いましたが彼女は僕の助手です。一緒に仕事をしているだけですよ」

「でも、おまえが仕事仲間の女性を連れてくるなんて……初めてではないかい？」

「今回はやむを得ない事情があったからです」

あの二人には犬に対しての責任がある。この件にヘザーが絡んでいなかったら、今夜はニコラスだけを連れてきていたはずだ。それに仕事仲間とはいっても、ヒューイにとっては不本意な出来事だった。助手が欲しいと申し出たときに性別の指定さえしていれば、状況は違っていたのだ。

まあ、ヘザーはよくやっているほうだと思う。大抵の女はヒューイの前に立つと萎縮《いしゅく》してしまうようなのだが、彼女はまったく動じていない。おかげで思っていたよりやり易かった。

「しかし、素敵な女性ではないかね。彼女では……だめなのかい？」

父はまだこの話を続けたいようだ。

「父上。彼女はまったくの平民ですよ」

しかもヘザーは学校にも通っておらず、十四歳のときにはもう働いていたらしい。ヒューイには想像もつかない人生である。そういえば、ヘザーの母親の話は聞いていない気がする。母親はいないのだろうか？　そんな疑問が生じたが、父はヘザーの身分は気にならないらしい。彼はまだ食い下がってくる。

「いまは騎士として身を立てているのだろう？　それで充分《じゅうぶん》ではないかね？」

「何の後ろ盾もない女性を迎えてどうするんです？　バークレイ家のためになりませんよ」

ヒューイの目標は貴族の娘を娶《めと》って、家格をあげることだ。あわよくば自分の爵位も欲しい。富豪や地主の娘ならば話は別だが、平民など論外である。

「寂しいならば、父上が妻を娶《めと》ってはどうですか？　母上が亡くなって、もう六年ですからね」

「ヒュ、ヒューイ。それは私とヘザーちゃんが結婚するという意味かい……？」

彼は困惑しつつも照れたようにヘザーを盗み見ていた。しかもいつの間にか「ちゃん」づけに変わっている。さすがにヒューイは突っ込んだ。

「そういう意味ではありません。何故、そうなるんですか」

「……そ、そうだよねえ。しかし、ほんとうに格好いい女性だね」

そう言われて、ヒューイもちらりと彼女を見た。平民あがりとはいえ、食事のマナーはしっかりしていた。長年近衛《このえ》騎士として王族に仕えていたのだから、それは当たり前かもしれない。彼女はいつも背筋を伸ばしていて、自分の身長を引け目に感じていることもないようだ。卑屈になられるよりは、堂々としていたほうが見ているぶんにも気持ちがいい。

ヒューイの妻に、という話など持ちかけたら、彼女は嫌そうな顔をして耳をほじりながら「ハァ？

冗談じゃないわよ」と言い放つに違いない。その痛快なさまを想像して、少し微笑みそうになった。

いや、冗談じゃないのはこちらとて同じだ。彼女を娶《めと》ったところでなんになる？

そう考え直してヒューイは唇を引き結ぶ。

父は手元のグラスを呷《あお》って、軽くため息を吐《つ》いた。

「ヒューイ。しばらく忙しくなると言っていたが、落ち着くのはいつになるのかね」

父に問われ、ヒューイは少し考えた。アルドは剣や乗馬の技術、体力については問題ない。教養テストも素晴らしい成績であった。しかし彼は品位と協調性に欠ける。ヘザーとは特に折り合いが悪いようだ。ニコラスに関しては、体力も学力もどうしようもないレベルだが、彼の人格については実はわりと評価している。城下警備に回れば、年寄りや子供に受けそうなタイプだ。しかし、まずは基本能力の底上げが必要である。

「来月、キンバリー侯爵家で夜会があるようなんだ。招待状が届いていたよ」

「来月ですか……」

キンバリー侯爵家は由緒ある家で、過去にフェルビア王家に妃を輩出《はいしゅつ》したこともある。とにかく、キンバリー侯爵家の夜会に呼ばれるのは大変名誉なことだ。それにこの国の貴族たちの多くが招待されているだろう。

キンバリー侯爵家の夜会でならば、自分の理想の条件に適う相手も必ず見つかるはずだ。

「ええ。その頃には、いまの状況も落ち着いているはずです」

出席しますと言って、ヒューイは力強く頷いた。

鬼教官の疑惑

「ゴダールの街……？」

「うむ。そこの領主に、書簡を届ける仕事を担《にな》うことになった」

ヘザーの問いに、ヒューイはくそ真面目な顔をして答えた。だからヘザーとヒューイと、ニコラスとアルドの四人でゴダールへ向かうのだという。

「これも研修の一環だ。道中、彼らの協調性や忍耐力などもチェックしていくことになる。ヘザー・キャシディ。君はゴダールへ行ったことはあるかね」

「いいえ。だいたいの場所は知ってるけど、行ったことはないわ」

ゴダールは、ヘザーの故郷カナルヴィルの北東に位置する街だ。王都を出て北へ向かうと、マドルカス、ウィンドール、カナルヴィルと比較的大きな街が続く。そのカナルヴィルから北東へ進むと、ゴダールに辿り着くはずだ。

「君はカナルヴィル出身だったな？　帰省にはいつもどれくらいの日数をかけているのかね」

「ええと……私の場合はカナルヴィルまで、片道五日くらい」

ヘザーはいつも乗り合い馬車を使って帰省している。ヒューイが統率して軍馬で移動するのならば、四日もあればゴダールに到着できるだろう。もちろん天候にもよるが。そう告げると、彼は意外な提案をしてきた。

「ふむ……極力野宿はしない方向で考えている。行きはそれぞれの街に一泊の計算で旅を進めるつもりだ。時間的余裕はあまりないが、君は実家へ顔を出しに行きたいかね？」

「あ、いえ……別に」

「そうか」

カナルヴィルには父親が住んでいる。しかし日程に余裕がなさそうだし、わざわざ申請して行動を外れるぐらいなら、父への挨拶は見送ろうと思う。……でも宿を抜けられそうだったら、こっそり実家を訪ねてもいいかもしれない。ヘザーはそう考えた。

二人での打ち合わせを終えた後、ヒューイはニコラスとアルドを呼んで決定事項を告げる。

「出発は明後日だ。野宿はしない予定だが、防寒具は各自で準備しておくように。アルド、君は厨房と倉庫へ行って、念のための携帯食を揃《そろ》えてくれたまえ」

悪天候やトラブルで宿に辿り着けない場合に備えたいようだ。ヒューイはアルドにビスケットや干し肉などの携帯食を準備しておくよう命じた。次にヒューイはニコラスに向き直る。

「ニコラス、君は地図とコンパスの用意だ。倉庫にあるだろう。探してみたまえ」

二人に命じた後ヒューイは解散を告げる。アルドはだらだらとした足取りで、ニコラスは小走りでそれぞれの目的地へ向かったようだった。ヒューイと二人になったヘザーは彼に訊《たず》ねる。

「あの……私は何をすればいいの？」

「君か。君は、カナルヴィルまでの道ならば詳しいはずだな」

「ええ。でも、私は整備された街道しか通ったことがないわよ」

道中の所々にショートカットできる抜け道があったはずだ。しかし狭すぎたり急な坂道だったり、浅瀬を渡ったりするので、大きな馬車や荷車などは通れない。

「だから近道とかはよくわからなくて」

「ふむ。では後ほど、地図で抜け道を調べてみよう。それまでは……」

ヒューイはそこで言葉を切り、抱えていた本を目の前の机に並べた。各表紙には「カナルヴィル」「ウィンドール」「マドルカス」と記されている。中を見てみると、それぞれの街の宿や店の情報が載っていた。これらは、いわゆる観光ガイドブックだ。

「我々が泊まる宿の目星をつけておく。ヘザー・キャシディ。君は帰省の折、どのような宿を利用しているのだね」

「普通の、安い宿だけど……ねえ、どうして私のこと、フルネームで呼ぶの？」

ヘザーの唐突な質問に、ヒューイは顔をあげた。彼は初めの頃こそ全員をフルネームで呼んでいたが、最近はそうでもない。

「最近はニコラスもアルドも名前で呼んでるじゃない。なんで未だに私だけフルネームなの？」

「不満でもあるのかね」

「……呼ばれるたびに、お説教でもされるのかと思って構えちゃうのよ」

するとヒューイは眉間に皺《しわ》を寄せて考え込み、やがて答えた。

「む……わかった。では、ヘザー君。これから君を、ヘザー君と呼ぶ」

「はあ……」

「君」づけもちょっとどうかと思ったが、これはヒューイなりの譲歩なのだろう。

「そういえば、ラッキーはどうしてるの？　元気？」

「昨晩……目を離した隙に、父の靴をだめにした……そして今朝僕が起きたときには、洗濯物を咥《くわ》えて走り回っていた……」

だんだんとヒューイの声が沈んでいく。彼は机の上に置いていた自分の拳をぎゅっと握った。

「僕が家を出るときには、花壇を掘り返して真っ黒になっていた……」

「うわあ……」

「あれは幸運《ラッキー》どころか、災いの類《たぐい》に違いないと思う」

「……もしかして、引き取ったこと後悔してる？」

「いや、僕は自分の甘さと愚かさを嘆いている」

それはラッキーを引き取るにあたって、隙を作ってしまったことを言っているのだろう。あのとき双子が登場したのは偶然だったが、彼らが現れなかったらヒューイは犬を連れ帰ろうとはしなかったはずだ。

ヒューイは表紙に「マドルカス」と記してある本をぺらぺらと捲《めく》りながら呟《つぶや》く。

「だが、皆よく笑うようになった。あの犬に更なるしつけは必要だが、引き取ったことを後悔しているわけではない」

「そうなんだ……」

お高くとまった男だがヒューイは家族思いだ。そして職務上のことを抜きにしても、責任感がある。彼が一度引き取ると決めたからには、犬がどんな悪さをしようと絶対に手放すことはない――そんな気がした。

ゴダールへの出発を明日に控えて、ヒューイとヘザーは地図を見ながらルートの確認をすることになっていた。その前に、皆で集まり持ち物のチェックをする。まずは携帯食の分配だ。アルドが持ってきたビスケットや干し肉の類《たぐい》を均等に分ける。その次に分配するのは地図とコンパスだ。

「ニコラス。地図とコンパスは用意してくれたかね」

「はい！　ここにあります」

ニコラスはヒューイの前の机に持ってきたものを載せた。人数分の四枚の地図。それから……

「……なんだね、これは？」

「コンパスですっ」

ヒューイは身体をわなわなさせながら、ニコラスが置いたものを見つめている。確かにそれはコンパスだった――製図用の。

「ニコラス・クインシー！　君はこれを何に使うつもりだ⁉」

「えっ？」

「地図と製図用のコンパスで、何ができると思ったのだ？」

ニコラスはまだわかっていないらしい。アルドは肩を揺らして笑っている。ヘザーはちょっと引いた。ヒューイのように青筋立てて怒鳴るつもりはないが、ニコラスは大丈夫なのだろうか。

「何って……地図にマル描いたり……？」

「僕が言ったコンパスは、方位磁石のことだ!!」

指摘されてニコラスは初めて勘違いに気づいたようだ。だが彼は慌てるどころかヘラヘラ笑う。

「えぇーっ。じゃあ、最初にそう言ってくださいよ～」

「………!!」

このままではヒューイが憤死してしまう。そう危惧したヘザーは二人の間に割って入る。

「まあ、まあ。方位磁石は私が倉庫から持ってくるわ。ついでに、このコンパスも返してくるわね」

ヒューイは確かに怒りっぽいが、彼の周囲がひどすぎるせいもあるのだろう。もちろん「ひどすぎる周囲」にはヘザーも含まれている。新人騎士の側は研修を終えてしまえば鬼教官とはおさらばだが、ヒューイは常に新人やだめ生徒を受け持っているわけで。そんな彼の負担を減らすことが自分の役目なんだよなあと思う。ヘザーにできることはそれほどないが、方位磁石を持ってくるくらいならばお安い御用である。

倉庫に向かったヘザーは、製図用のコンパスを元の場所に置いた。それから方位磁石を四人分手に取り、ヒューイたちがいる部屋へ戻る。階段を上って、目的地まであと少しというとき、前方から歩いてきた男と肩がぶつかった。

よろめいたヘザーは壁に叩きつけられる。衝撃はかなりのもので、すごく痛かった。というか、すれ違いざまにわざとぶつけられたような気もするのだが？　持っていた方位磁石が床に落ちたので拾おうとして屈《かが》み込むと、ぶつかってきた男の足がそれを蹴飛ばした。

「ちょっ……あなたねえ、いま……」

ひとこと言ってやろうとして顔をあげると、男にはどうも見覚えがあった。

「は？　なんだよ。ぶつかってきて、謝りもしねえのか？」

「ぶつかってきたのはあなたじゃない！」

反論しながらヘザーは思い出した。このむかつく男は、確かニコラスをさらってヘザーを酒場に呼び出した輩《やから》の一人だ。なるほど、ヘザーに対して良い感情がないわけだ。相手が素直に謝ることは絶対にないから、これ以上の言い合いは無駄かもしれない。そんなことを考えながら方位磁石を拾おうとすると、それを男が踏みつけた。ベキベキっと、壊れる音がした。

やはり何か言ってやるべきだ。ヘザーが男を睨《にら》みつけた瞬間、背後でヒューイの声がした。

「おい、そこのおまえ！　……おまえだ、そこの、門番の制服の男！」

振り返ると、ヒューイが怖い顔をしてこちらへ歩いてくるところだった。

「いま、わざとぶつかっただろう。彼女に謝りたまえ！」

ヒューイはそう言って、男に向かってびしっと指を突きつける。

「はあ？　ぶつかったのはこの女のほうだろ。デカいんだから、そのぶん周りに気ぃ使って歩けよな。それとも、自分がデカいって自覚がねえのか？」

男は怯《ひる》むどころかそう主張した。聞き捨てならないので言い返そうとすると、ヘザーの視界を遮《さえぎ》るようにヒューイが前に立つ。

「この廊下は左側通行だ。彼女は左側を歩いていたぞ。僕は見ていた。おまえがぶつかったんだ」

痛いところを突かれたのか、男は押し黙る。ヒューイは追い打ちをかけた。

「彼女に謝りたまえ」

よほど面白くないのだろう。男は口を噤《つぐ》んだままだ。

「その門番の制服……おまえの上官のことはよく知っているぞ。後ほど彼に報告させてもらう」

「クッ……ああ！　悪かった！　俺が悪かったよ！　すみませんでした!!」

ヒューイに脅され、男はようやく謝罪めいた言葉を口にした。あまり詫《わ》びられた気はしないが、事を長引かせたくないヘザーは頷いた。男の謝罪に相当するよう、適当に。

「……壊れちゃった」

男が去った後、ヘザーは踏みつけられて潰れた方位磁石を拾った。他の三つも落としてしまったから、もしかしたら全部壊れているかもしれない。

「コンパスの在庫はまだあったかね？」

「ええ、箱の中にたくさんあったわ。私、取り替えてくる……それから、あの……」

ヒューイはヘザーを庇《かば》ってくれた。これまで男の人に庇《かば》われたことなどなかったし、誰かに守ってほしいと思ったこともなかった。でも実際にそれが起こってみると、無性に心臓がくすぐったい。

だがヘザーが言葉を続ける前にヒューイが言った。

「ヘザー君。いまの件、君に落ち度はなかった。……僕は君の上官だ。今後も君をこき使うだろうが、僕には君を守る義務がある。不条理だと感じる出来事があったら、遠慮なく僕に言いたまえ」

「あ、はい。あ、ありがとうございます……」

彼の為人《ひととなり》に触れる機会がなければ「あんたの存在が一番不条理だよ」と思っていたことだろう。だが、いまはそんな言葉は出てこなかった。ヒューイは、最初に思っていたほど嫌な奴ではなかったのだ。ヘザーはそれがよくわかるようになってきていた。


ゴダールへの移動が始まった。第一日目、王城を出立したヘザーたちは日が暮れるまでに最初の街であるマドルカスに入る予定だった。途中、急ぐために近道を選んだ。街道を外れ、橋のかかっていない川を渡るのだ。

「ど、どうしよう。待ってくださいよ〜」

「だから、待っているではないか」

川といっても流れは穏やかで、水深も大人の膝下ぐらいであった。皆、難なく通過したが、ニコラスの馬だけが川に入るのを躊躇《ためら》っている。ヒューイは対岸にいるニコラスを叱咤した。

「ニコラス！　君が怖がっているのが馬に伝わっているんだ。気をしっかり持ちたまえ！」

「は、はい」

するとニコラスの馬は川へ入ったが、数歩進んだところで固まって動かなくなった。ヒューイは馬から降りて引いて歩くように言ったが、ニコラスに応じる気はないようだ。

「ええーっ？　そんなことしたら、靴が濡れちゃうじゃないですかぁ」

「それが嫌なら、気をしっかり持てと言っているのだ！」

ニコラスを待ちながら、ヘザーは初めてヒューイを知った日のことを思い出していた。彼は稽古《けいこ》場《ば》で新人たちを怒鳴り散らしていて、厳格で神経質そうな男に見えた。ニコラスはヒューイを「面倒見の良い人」と言っていたが、とてもそんな風には思えなかった。だがニコラスの言葉は真実だった。ヒューイが厳格で神経質なことも間違ってはいないが、仕事とはいえニコラスに根気よく付き合っているのだから、かなり忍耐強いほうではないだろうか。

「はあぁ……めんどくせ」

二人のどうしようもないやり取りを聞いていたアルドが、飽き飽きしたように言った。

そういえば、アルドはレナとはどうなったのだろう。

目が合うと、彼は「文句でもあるのかよ」と言いたそうにヘザーを睨《にら》みつけた。

ヘザーもぷいとそっぽを向く。あれ以来レナからの接触はない。しかしアルドはまだヘザーを逆恨みしているようだから、よりを戻したわけではないらしい。だが文句を言いたいのはこっちのほうである。ヘザーは、自分の酒に薬を盛ったのはアルド、またはアルド一味だと確信している。だいたい歓楽街のど真ん中でヘザーをあんな状態にして、いったい何を企んでいたのだろうか。ヒューイが現れなかったらどうなっていたか、考えるだけでも恐ろしい。

あれもヒューイに助けてもらったことになるのだろう。大変な醜態を晒《さら》してしまったが、アルドたちの前で晒《さら》すよりは……たぶん、ずっとましだ。ただ、未だにヒューイに弁解する機会もないまま、そしてアルドを糾弾《きゅうだん》する機会もないままだった。ヒューイの中の痴女のイメージは払拭《ふっしょく》したいものだが、弁解の機会を設けるということは、あの出来事を蒸し返すというわけで……これもまた、複雑である。

ふとヒューイのほうへ目をやると、彼は馬に乗ったまま川へ入り、ニコラスのところまで戻っていった。そしてニコラスの馬の手綱をヒューイが引いてやり、二人でこちらへやってくる。ほんとうに、面倒見がいい。

そんな二人の様子を見つめながら、ヘザーは首を傾《かし》げる。以前、ヒューイのことを「ゲイだったりして」と考えたことがある。いま、またそんな考えが頭を過《よぎ》ってしまったのだ。

「ニコラス、君はもっとしっかりしたまえ！」

「すみませえん……」

しかも厳格なエリート教官とヘタレ生徒という設定までついてきた。ヒューイがエリート鬼教官でニコラスがだめ生徒なのは事実だ。でもヘザーはニコラスにその気《け》はないと知っている。女の子みたいな奴ではあるが、ニコラスが好きなのは女性だ。ただ、ヒューイのほうはわからない。

初めに「もしかして」と思ったときは、ヒューイには良い印象を抱いていなかったし、茶化すような気持ちもあった。だがいまは、何故か面白くなかった。

日が暮れる前に、無事にマドルカスの街に入ることができた。王都を出立する前に作った「宿泊に適した宿屋リスト」と地図を見比べながら宿屋街へ向かう。そして、やや古いがサービスは行き届いているようだ――と、ヒューイが判断した宿に泊まることになった。でもヘザーは古いとは感じなかったし、フロントの雰囲気からしてかなりの高級宿に見える。初日からこんな高そうなところに泊まって大丈夫なのだろうかと心配になってきた。

「費用はすべて国から出ているに決まっているだろう。それに僕はちゃんと計算して使っている」

費用についての懸念を伝えると、ヒューイはムッとしたような口調になった。

「それに王宮騎士が出し渋って安宿に泊まったなどと噂されてみろ。国家の威厳に関わるぞ」

ヘザーの新しい制服はまだ仕上がっていない。しかし稽古着のままゴダール領主を訪ねるわけにもいかないので、旅の間はかつての近衛《このえ》隊の制服を身に着けている。ニコラスもだ。アルドも前の所属、城下警備隊の制服だった。これらの制服には大きな違いがあるわけではない。一般市民から見たら、殆《ほとん》ど同じに思えるだろう。あの制服は、王宮騎士様御一行だ――と。

「なるほど。そういう見栄もあるのね」

「見栄ではなく、威信の問題だ！　制服を身に纏《まと》っているときは特に素行に気をつけたまえ」

ヒューイの小言が長くなりそうだったので適当なところで相槌を打ったら、結局厳しい口調で注意を受けてしまった。その後はそれぞれ割り当てられた部屋へ向かい、夕食時に食堂へ集う。

食前に出されたワインを口にしたヒューイは、感心したように呟《つぶや》いていた。

「む……？　キドニス産の三十年ものだな……」

こっちが知りたくもない蘊蓄《うんちく》を長々と語られたらどうしよう……とヘザーは怯《ひる》んだが、そんなことはなく、彼は丁寧にワインを味わっている。

「お酒に詳しいのね。よく飲むほうなの？」

「付き合いで嗜《たしな》む程度だ」

ヒューイはそう言うが、嗜《たしな》む程度でも少し飲んだだけで産地や年代がわかるらしい。ヘザーも高級酒と安酒の違いくらいはわかるが、お酒は酔いが回りさえすればいいと思っている。ヘザーはウイスキーの入ったグラスを口元に運び、勢いよく傾《かたむ》けた。ヒューイが顔をしかめる。

「……君はいつもそんな風に飲むのか？」

「え？　ええ。明日に響くような量は飲まないから安心して」

そう答えてからハッと気づいた。ヒューイは「酔っ払って自慰を始めるんじゃないだろうな」と言いたいのかもしれない、と。だが違った。

「ヘザー君。君のその飲み方……いつか身体を壊すぞ。もっと自分を労《いた》わりたまえ」

「あ。ええ……はい」

なんと窘《たしな》められてしまった。この際、聞いてもいないワインの蘊蓄《うんちく》を長々と聞かせられて、ヒューイにうんざりできたらよかったのに……。ヘザーはなんとなくそう思う。

「おい、ニコラス。おまえ、なんでそれ残してんだよ」

「あ。俺、エビがだめなんです」

隣のニコラスを見ると、彼の皿に盛られたエビのフリッターが綺麗に残されていた。

「なんで？　美味いじゃん」

「食べると、息が苦しくなって、お腹も痛くなるんですよ」

昔は大好きだったのだが、あるときから急にそんな症状が出るようになったとニコラスは言った。

それを聞いたアルドは眉間に皺《しわ》を寄せ、怪訝《けげん》そうな口調になる。

「はあ？　おまえ、そんなこと言って、ホントは好き嫌いしてるだけなんじゃねえの？」

「ち、違いますって。食べられるなら食べたいですよ。でも、具合が悪くなっちゃうから……」

「なんでエビ食っただけで具合が悪くなるんだよ」

「俺にもわかんないです。でも数時間はベッドとお便所の往復することになっちゃって」

そんなことってあるのだろうか？　……と、ヘザーはちょっとニコラスを疑いながら二人の会話を聞いていた。

「じゃあ、ちょっと食ってみろよ。それで具合が悪くなったらおまえの話信じてやるよ」

「え⁉　い、嫌ですよ！」

「数時間って、明日の朝には復活できるだろ？　じゃあ大丈夫じゃん。食ってみろって、ほら」

アルドはエビのフリッターをフォークで突き刺すと、ニコラスの口元へそれを押しつけた。

「わ、ちょっと。ほんとにやめてください……！」

「大丈夫。大丈夫だって、ほら、食ってみろよ」

ニコラスの話については半信半疑であったが、ヘザーはアルドの行動に苛々《いらいら》してきた。ニコラスは本気で嫌がっているように思える。そんな人に強制したりして、見ているほうも気分が悪い。

「ちょっと、嫌がってるじゃない」

やめなさいよ。と、ヘザーが言おうとした瞬間、ヒューイがアルドの手首を掴《つか》んだ。

「そこまでにしておきたまえ」

「はあ？　俺は、こいつの身長が伸びないのは、好き嫌いのせいかと思っただけっすよ」

「無理強いはやめたまえ。ニコラスは嫌いなのではなく、食べられないと言っているではないか」

ヒューイはアルドの手首を引っ張って、フォークを手元の皿に置かせた。

「アルド。だいたい君は大丈夫大丈夫と言うが、いったい何が大丈夫なんだね？」

「だって、明日の朝には治ってるっしょ。大丈夫じゃないっすか？」

「それは『ニコラスの具合が悪くなっても自分は大丈夫』という意味に聞こえるぞ。確かに君は大丈夫なのだろうが……無責任な発言は控えたまえ」

するとアルドは舌打ちして席を立ち、食堂を出ていってしまった。重い空気だけを残して。

「教官。なんか、すみません。俺……いままではこの話をしても、好き嫌いは良くないって言われるだけで、なかなか信じてくれる人がいなくて」

「僕の従弟《いとこ》……グレンは、巻貝が食べられない」

グレンとは、確か双子の弟のほうだ。グレンは行儀も良ければ頭も良くて、結局チェスは一回も勝てなかった。ヒューイによると、グレンは巻貝を口にすると苦しんで嘔吐《おうと》してしまうらしい。しかしホタテやアサリなどの巻いていない貝は普通に食べられるのだとか。

「そうなんですか……同じ貝でも、そういうことが」

そういえばヘザーが闘技場で働いていた頃、剣士の男の人が急に亡くなったことがある。食あたりを起こしたと聞いているが、若くて元気な剣士だったのですぐには信じられなかった。大抵の人にとっては美味しい食べ物でも、特定の人にとっては「毒」になるような食べ物があるのかもしれない。亡くなった剣士は自分にとって「毒」になるものを口にしてしまったのだろう。ヒューイとニコラスの話を聞いていて、そう思った。

「でも、教官。ほんとに有難うございますっ。俺、気圧《けお》されて食べちゃうところでしたあ」

ニコラスは瞳をキラキラさせて、神を崇めるようにヒューイを見あげている。

「……君はもっとしっかりしたまえ！」

ヒューイはニコラスを叱咤したが、語調はそれほどきつくない。ヒューイのほうこそニコラスのキラキラに気圧されているように見えた。

「はいっ、頑張ります！」

ニコラスは可愛い女の子のような仕草でこくんと頷いた。

彼らを横目に、ヘザーはグラスに残っていたウイスキーを呷《あお》る。そうせずにはいられなかったのだ。しかし強いアルコールも、ヘザーの胸中に生じたモヤモヤを洗い流してはくれなかった。

ちょっと前まで、ニコラスを叱咤するのはヘザーの役目だった。いまはその役目をヒューイが担《にな》っている。そういう風に考えると、自分はヒューイに向けて嫉妬すべきなのだ。

では、このモヤモヤする気持ちは嫉妬なのだろうか？　嫉妬？　……なんで？

ニコラスを盗られた気分になっているわけではないと思う。

ほんとうに、この焦燥感《しょうそうかん》のようなものは……いったいなんなのだろう？

ニコラスは女の子みたいだが、それでも彼が好きなのは女の子のはずだ。ウィンドールを目指してマドルカスの街を発った後、ヘザーはニコラスの馬の隣にささっと自分の馬をつけた。

「ニコラス、あなた……出発前に、この旅でのお土産《みやげ》がどうこう言っていたわよね？」

旅の日程に余裕は殆《ほとん》どない。ニコラスはゆっくりお土産《みやげ》を選ぶ時間はあるだろうかと、そんなことをぼやいていた。

「そうなんですよねえ。なるべく王都から離れた場所……ゴダールかカナルヴィルで買いたいんですけど、ゆっくり選ぶ時間がなさそうですよね」

日暮れ前に街に入ることができれば、夕食時までが自由時間となる。しかしその頃には店じまいしている場合が多い。土産物店《みやげものてん》は、食料品や生活必需品の店ほど営業時間が長くないのだ。

「ヘザー殿って、カナルヴィル出身ですよね。いいお店知りませんか？」

「うーん。何を買うのかによるけど……誰か、お土産《みやげ》を渡したい女の子がいるの？」

そう問うと、ニコラスはわかりやすく慌て出した。なんと、そういう女性がいるらしい。聞いたのは自分だというのに、ヘザーも驚いた。

「まあ。ひょっとして、恋人？」

「ええと、恋人ってわけじゃないんですけど……」

「でも、好きな子がいるのね。どんな人なの？」

「王都の、画廊で働いてる子なんですよ。南の城門前の広場に、大きい本屋さんがあるじゃないですか。そこの路地を入ったところに、今年になってできた新しい画廊なんです」

ヘザーは南の城門前の景色を思い浮かべた。確かに大きな書店がある。その路地には様々なお店が並んでいるが、商売が定着しないイメージがある。新しいお店ができてもすぐに潰れて別のお店になってしまい、前がなんのお店だったかまったく印象に残らない——そんな商店街だ。

「本屋さんに行ったときに、その子に声かけられて……」

ニコラスは彼女との出会いを語り出した。本屋には、新しく発売された書籍の情報が貼ってある。それを眺めているときに「絵に興味はありませんか？」と声をかけられたらしい。

「俺、絵とかよくわかんないんですけど、可愛い子だったから、つい……」

買う必要はない、見るだけでもいいとお願いされ、彼女に手を引かれるまま画廊まで行ったそうだ。ニコラスは店の奥にある立派なソファに案内されたらしい。画廊の彼女はニコラスの前に何枚かの絵画を持ってくると、この中に心惹かれる絵はあるかと問う。ニコラスはなんとなく、その中の一枚を指さしたと言う。

「そしたら！　それすごく高価な絵なんですって！　俺、センスがいいって褒められちゃって！」

「え？　ええー……。何を選んでも彼女はそう言ったんじゃないの……？」

「いや！　彼女、すごくびっくりしてて！　俺、あんな風に称賛の眼差しで見つめられたの初めてだったから、なんかドキドキしちゃったんですよねぇ」

それも演技ではないのだろうか？　なんだか怪しい話になってきた。

「それで画廊にはお抱えの画家が何人かいて……年若いせいもあってあまり売れてないけど、いまのうちに彼らの絵を買っておけば、後々すごく価値あるものになるんだそうです！」

「ちょ、ちょっと！　まさか買ったんじゃないでしょうね」

もはやニコラスの好きな女の子とか、そういう次元の話ではない。ヘザーは身を乗り出して問い詰めた。だが彼は何も疑っていないようだ。

「そうしちゃおうと思ったんですけど、それでも俺が買うにはちょっと高くて……だから旅のお土産《みやげ》持っていったときに、月賦《げっぷ》でもいいかどうか聞いてみようかと思ってるんです」

「や、やめなさいよ！」

ヘザーは思わず叫んでいた。騙《だま》されてる。絶対騙《だま》されてる。お金を払った途端すげなくされるに決まっている。あるいは、さらに搾《しぼ》り取ろうとしてくるかもしれない。

ほんとうは彼の胸ぐらを掴《つか》んで「ニコラス、あなた騙《だま》されてるのよ！　目を覚まして！」と揺さぶってやりたいところだが、このパターンはアレだ。こっちが熱くなればなるほど「彼女はそんな人じゃない、自分にはわかる」と、謎理論を展開して頑《かたく》なになってしまうやつだ。

「どうしても必要なものってわけじゃないでしょう？　そういうのに月賦《げっぷ》って……」

「うーん……投資だと考えれば、悪い話じゃないと思うんですけど」

「そういう先の見えない話にお金を使うのは、もっと金銭的に余裕が生まれてからにしたら？　あなたはほら、まだ研修中の身なんだし……」

「そのとおりなんですけど……どんどん値があがっていくから、いまが買い時らしいんですよねえ」

「ニコラス。あなた近衛《このえ》隊に入隊したとき、これからおばあさまに孝行するんだって張り切っていたじゃない。身の丈に合わないことにお金を使うよりは、おばあさまのために使ったほうが……」

「あ、そうだ。おばあちゃん……！　いっぱい孝行して、長生きしてもらわないと！」

「そうそう、そうよ！」

　ニコラスはかなりのおばあちゃんっ子らしいので、それとなくおばあちゃんを引き合いに出す。怪しい話を思いとどまらせるまでには至らなかったが、必死になって止めるよりも、こうしてやんわりと注意を続けたほうがいいかもしれない。

＊＊＊

　ヒューイの後ろでは、先ほどからヘザーとニコラスがお喋りを続けている。時折、絵だのお土産《みやげ》だのという単語が聞こえてくる。かなりどうでもいい話をしているようだ。そしてアルドはこの隊列の一番後ろにいる。彼の態度は色々と問題が多い。特に協調性がなさすぎる。悪い仲間とはうまくやっているのかもしれないが、この一行においてはひどく浮いていた。ニコラスが話を振れば反応しないこともないが、自分からは溶け込もうとする様子がなかった。ヘザーとは特に折り合いが悪いようで、用がない限りはヘザーも自分からはアルドに声をかけない。

　ヒューイは馬の速度を緩めてヘザーとニコラスに先を譲り、アルドと並んだ。彼はぴくりと顔をあげたが、すぐに目を逸《そ》らす。

「ヘザー・キャシディと何かあったのかね」

　最近どうだね、などの曖昧《あいまい》な切り口では、彼からは何も聞き出せない。そう考えて直截《ちょくさい》に訊《たず》ねる。

「……別に。何もないっすけど」

耳を澄ませなくては聞こえないような声で、アルドは答えた。彼は「なんでそんなこと聞くんですか」とは言ってこなかった。たぶん、アルドとヘザーの間に何か厄介な問題がある。

ヒューイとこの二人との最初の接触は「七色のしずく」という酒場だった。彼らが一緒に飲みにいくとは、まったく考えられない。けれどもヒューイは以前の彼らを知らない。あの夜「七色のしずく」へ行くまでは、一緒に飲みにいくような仲だったのかもしれない。

では、あの夜に二人の間に揉《も》め事が起こったのだろうか？　そういえば酒場にいた男衆は、ヒューイの姿を見るなり逃げるようにその場から立ち去った。ヘザーの身長が規格外とはいえ、女を置いて帰るなど、騎士としてどうなのかと思った記憶がある。やはりあの夜から二人は仲違《なかたが》いしていたのだろうか？

それは男女の色事の縺《もつ》れだったりするのでは――唐突に浮かびあがった考えに、ヒューイは小さく首を振った。あのヘザーが？　まさか、と。ヘザーと王女がデキていたと揶揄《やゆ》する声もあったが、ヒューイが知るヘザーは、色事にはまったく関心がないように見えた。

はじめこそ彼女に痴女の烙印《らくいん》を押したが、いまとなってはあの出来事と普段のヘザーがまったく結びつかない。大抵はニコラスとばかをやっている、さっぱりとした性格の女だ。

しかしヘザーは二十六歳だ。これまでに恋人の一人や二人、いたのではないだろうか？　王宮騎士もその殆《ほとん》どが男だが、彼女はそれ以前も男だらけの職場にいた。闘技場という、荒くれや強者が集う場所に。彼女を「女」と見る者がいてもおかしくはない。

そこでヒューイは再び首を振った。彼女に恋愛経験があったからといって、それがなんだというのだろう。自分には関係のない話だ。

「それ、ほんとう？　あははは！　それでね……」

ヒューイの気を知ってか知らでか、前方ではヘザーが仰《の》け反って笑っていた。彼女はニコラスに馬を近づけ、顔を寄せ合ってコソコソ話し込んだかと思うと、今度は二人で大笑いしている。

女が自分の助手になると聞いたとき、最初は冗談ではないと思ったものだ。男騎士に比べて数が少ないせいもあって、大抵の女騎士は仕事ができなくても力が弱くても、大目に見てもらえると思い込んでいる。ちょっと強く注意するとすぐに涙ぐむし、扱い辛いことこの上ない。

だがヘザーはヒューイが知っている女騎士たちとは違った。彼女は自分が女だということを過剰にアピールしない。その分ヒューイの家を訪れたときの格好は女らしくて、でも媚《こ》びているわけではなく、その好ましさがとても印象に残った。実際、気兼ねなく話せると感じた異性は、ヘザーが初めてではないだろうか。

風が吹いて、地面から土埃《つちぼこり》が舞いあがった。

……だから、それがなんだと言うのだ？

埃《ほこり》を防ぐために、ヒューイは口元を押さえた。

次に入ったウィンドドールという街では「銀の百合亭《ゆりてい》」という宿屋を選んだ。洒落た建物で、従業員の感じも良く、案内された部屋にも満足した。しかし夕食時になると、ヒューイはこの宿を選んだことを後悔しながら顔を顰《しか》めていた。

「ええとぉ、ポークソテーお持ちしましたあ。それとお、ラムチョップのお客様ぁ？」

舌足らずの給仕の娘の香水が、非常にきついのである。

「それからぁ、ソーセージとハッシュドポテトがこちらになりまぁす」

「あ、それ、俺のです！」

「あらあ。はい、どうぞ……ウフ」

しかも彼女はニコラスがお好みらしく、色目を使っている。ニコラスもまんざらではないようで、ヘラヘラ笑いながら皿を受け取った。給仕の娘が立ち去ると、あたりには料理を台無しにするような香りだけが残された。ニコラスがヒューイに顔を寄せる。

「色っぽくて、可愛い子でしたよね」

「そうか？」

香水が強烈すぎて、顔はまったく印象に残っていない。ヒューイはこめかみを揉《も》んだ。

「あれ……？　バークレイ教官、具合でも悪いんですか？」

「うむ。少し頭痛がする」

絶対にあの香水のせいである。

「俺、いい薬持ってますよ」

ニコラスは腰に下げていた小さな巾着の中身を手のひらの上に出す。薬の包みらしきものがいくつか転がってきた。

「俺のおばあちゃんが作った万能薬なんです。腹痛にも頭痛にも効くんですよ」

「……腹痛にも頭痛にも？」

「はい。肩こりや筋肉痛なんかにもいいそうです！」

そういえば従妹《いとこ》のジェーンが作る薬にも、万能なようでいて曖昧《あいまい》なものがあった。ハーブを使った精神を落ち着かせるための薬だ。強い効き目はないが、精神的なものが原因の頭痛や腹痛には、やんわりと効くという話だった。ニコラスの祖母の薬も似たようなものなのだろう。ヒューイはニコラスに向かって頷いた。

「うむ、いただこう」

「はい、どうぞ！」

「それからニコラス。他人の前では『おばあちゃん』ではなく『祖母』と言うようにしたまえ」

ニコラスの手のひらには、同じような包みが六つあった。ヒューイはそのうちの一つをもらって包みを開け、中の粉末状の薬をグラスの水で喉の奥に流し込んだ。

＊＊＊

ヒューイが上着を脱いで、椅子の背凭《もた》れにかける。ヘザーはそれを珍しいと思いながら見ていた。彼が人前で上着を脱ぐことは、普段はあまりないからだ。それに几帳面なヒューイが、脱いだものを無造作に椅子の背にかけるなんて意外である。

「銀の百合亭」はかなり良い宿だ。従業員に頼めば、ハンガーに吊るしてくれたりするのではないだろうか。何故そうしないのだろうと不思議に思っていると、ヒューイはシャツのボタンに手をかけ上から二つ目までを外した。彼が胸元をくつろげるなんて、これもまた珍しいと思う。

しかしそんなに暑いだろうか？　ヘザーは周囲のテーブルを見渡してみる。薄着の客もいるが、大抵の人は何か羽織っていた。ヒューイは自分のグラスの水を飲み干し、水差しからお代わりを注いでいる。そのとき食事を終えたアルドが席を立ち、食堂から出ていった。

「教官、そんなに暑いですか……？」

ニコラスがヒューイの様子に気づき、首を傾《かし》げる。

「うむ。少し、な……」

水を飲み終えたヒューイはグラスをテーブルに戻そうとし、途中で何かにビクッとなって、緩慢《かんまん》な動きでグラスを置いた。額には汗がにじんでいる。口数も、どんどん少なくなった。

そこでヘザーは気づいた。こういう人、見たことがある――と。見たというか、身を以《もっ》て知っている。ヒューイの様子はあの夜の「七色のしずく」での自分に、そっくりではないだろうか。

「先に……失礼する……」

ヒューイがそろそろと立ちあがった。喋るのも億劫《おっくう》そうな様子だが、ニコラスはヒューイの変化には気づいていないようだ。ヒューイはヘザーの脇を通り過ぎ、食堂を出ていった。苦しそうな息遣いが微かに聞こえた。彼の様子は……ほんとうにあのときの自分と似ている。

「ねえニコラス。いまの教官、なんか変じゃなかった？」

「ああ、そうですよね。さっき、頭が痛いって言ってましたけど」

「まあ、頭が？」

ヒューイのおかしな様子は頭痛と関係があるのだろうか。

「だから俺のおばあ……祖母の万能薬をあげたんです。でもあんまり効かなかったのかな……？」

祖母が孫に媚薬など持たせるわけがない。ではヒューイの様子がおかしいと感じたのは、自分の勘違いなのだろうか。

「ねえ。その薬って、前にあなたが飲んでいたやつよね。ほら、テスト中にお腹が痛くなって……」

「え？　ああー……」

ニコラスが答えようとしたとき、舌足らずな給仕の娘がやって来た。

「クルミのケーキお持ちしましたあ」

彼女は先ほどからニコラスに色目を使っている。

「無花果《いちじく》の甘露煮もあるんですけどぉ……いかがです？　ウフ」

「あっ、じゃあ……もらおうかな！　エヘ！」

ニコラスも鼻の下が伸びっぱなしである。この様子ならば、画廊の彼女がだめでもあまり落ち込むことはなさそうだ。それからヒューイが座っていた椅子に上着がかかったままなのに気がついた。

ヘザーは上着を手に取り、ニコラスに「ごゆっくり」と告げて食堂を後にした。

ヒューイの部屋の前までくると、扉をノックする。

「バークレイ教官。いる？　上着、忘れていったでしょう」

さんざん間をおいた後で、中から呻《うめ》くような声が聞こえた。そういえば、彼は頭が痛かったのだ。

「教官？　大丈夫？　ねえ、倒れたりしてない？」

強めにノックし、その後で扉に耳をつけた。返事がなかったら、無理やりにでも扉を開けようと考えたのだ。だが微かな衣擦れの音がしたかと思うと、静かに扉は開いた。

「上着、持ってきたけど……大丈夫なの？」

ヒューイは非常に具合が悪そうだった。汗びっしょりだし動作もやけにのろのろしている。彼は上着を受け取るとヘザーに背を向けて部屋の中へ戻っていった。

「ちょ、ちょっと……！　大丈夫なの？　宿の人にお医者さん呼んでもらいましょうか？」

「へ、平気だ……、……まえ……」

ヒューイを追いかけて部屋の中へ入る。彼は苦しそうにベッドの上に手をつき、何か呟《つぶや》いた。

「え？　何？　なんか言った？」

「……た、まえ。……ここから、出ていきたまえ！」

「え」

ものすごい剣幕で怒鳴られ、ヘザーは固まった。それから気を悪くした。心配しているのになんだそのけしからん態度は！　と。だが、次にヒューイがしたことで考えを改めた。

「ク、クソッ……」

彼は毒づきながらベッドに倒れ込むと、切羽詰まった様子でベルトを外し始めたのである。これは、やはりあのときの自分と同じ症状だと思った。

「ね、ねえ。なんか飲んだ？　アルドになんか飲まされた？」

「で、出ていけと……言っている……！」

ヒューイは荒い息を吐いて、ズボンの前ボタンを外している。ズボンの中から、強張ったものが飛び出した。お上品な顔をしたヒューイから生えているとは思えない、なかなか野蛮そうな物体である。頭の中では、視線を逸《そ》らしていますぐここから出ていくべきだと知っている。知っているが、立ち去るわけにはいかない。ようやく弁解のチャンスが訪れたのだ。

「クソッ……み、見るな……！」

「ねえ、これでわかった？　私が薬を盛られたって、信じるでしょう？」

ヘザーは身を乗り出してヒューイに迫った。彼は硬くなったものを握り、手を動かし始める。その動作に思わず釘づけになってしまう。正直、ヒューイと性欲というものが重ならない。彼はゲイなのかもしれないが、普段が厳格すぎるからだろう。肉欲があるようにはあまり思えないのだ。

だがいまの彼は耐え難い疼《うず》きから解放されるために、必死で手を動かしている。そう。ヘザーにも覚えがある。見ている人がいるとわかっていても、止められないほどの飢餓感と焦燥感《しょうそうかん》だった。

「み、見るなと……言っている……！」

「あら！　あなただって、私の見たじゃない！」

「……クッ……な、なんて……」

なんて女だ。そう呟《つぶや》きながら、彼は手の動きを早めていった。荒い呼吸といい、額に滲《にじ》む汗といい、苦しそうな表情といい……彼は、とても色っぽかった。

やがてヒューイは息を詰まらせて、震えた。その手のひらの中に、白い飛沫がかかったのが見えた。彼は俯《うつむ》き加減で息を整えている。

ヘザーはヒューイを見おろしながら、この場をどうするべきかを考えていた。弁解を続けたかったがヒューイはそれどころではなさそうだし、ヘザーも彼の自慰に見入ってしまった。

これでおあいこよね！　なんて言ったら、殺されそうである。いまのヘザーは彼が普通の状態ではなかったと知っている。彼は自分の意志ではないものに突き動かされたのだ。しかし、どう声をかけるべきかやはりわからず、結局ヘザーは一歩二歩と後退し、無言でその場を後にしたのだった。

廊下に出たヘザーは、大きなため息を吐《つ》いて天井を見あげる。

男の自慰を見たいと思ったことなどなかったが、ヒューイがあまりに色っぽく見えて……突っ立って、凝視してしまった。できることなら、汗で額に張り付いた彼の薄茶の髪を、この指でかきあげてみたいとすら思った。変態女の汚名を雪《すす》ぐ機会がやって来たはずなのに、自分がしたことはまさしく変態ではないだろうか？

今後、彼にどんな態度をとればいいのだろうと考え、ヒューイの部屋の扉を振り返った。

あのとき――とんでもない醜態を晒《さら》したとき――自分はどうしたのだったか。恥ずかしくて、二度と顔を合わせなくて済みますようにと願いながら、転げまわったような気がする。そして思わぬ再会をして死にたくなった。ヒューイはいま、何を思っているのだろう。

非常にプライドの高そうな男だ。ヘザーなんぞに見られたことを恥じ、嘆き悲しみ、絶望して、世を儚《はかな》んでしまうのでは……？　そこまで考えたヘザーはハッとした。これは大変だ。

「きょ、教官！」

慌てて扉を開けると、ヒューイは立ちあがってベルトを留めているところだった。

「ノックぐらいしたまえ！」

「あ、ごめんなさい」

いつものヒューイの怒鳴り声だった。そのことに少し安心する。

「ヘザー君」

「は、はい」

ベルトの金具が、カチャカチャと音を立てている。

「君は、アルドの名を出したな？　何か心当たりがあるのかね」

「私がそうなったとき……彼に渡されたカクテルを飲んでいたから。それだけ。証拠はないわ」

ヒューイが上着に袖を通した。その頬は微かに上気している。上着のボタンをすべて留め終え、ヒューイはビシッと襟を正す。

「僕は、ニコラスにもらった薬を飲んだだけだ……彼はまだ食堂か？」

「え、ええ。たぶん」

「よし……まずは、ニコラスを問い詰める」

ヒューイは颯爽《さっそう》とした足取りで歩き出した。ヘザーは彼の後につく。

ヘザーが見てしまったことによって、ヒューイのプライドがへし折れたのではないかと心配していたが、彼の心は折れてなんかいなかった。それどころかその背中は堂々としていて、神々しさすら漂っている。さっきまで悶《もだ》えまくってオナニーしていた人だとはとても思えなかった。なんという切り替えの早さだろう。

食堂へ戻ると、客はだいぶ少なくなっていた。ニコラスはお茶を飲んでいるところだ。さっきとは違うケーキがお皿にのっている。給仕の娘に勧められるまま注文したに違いない。テーブルの周辺にはきつい香水の香りが漂っていて、先ほどまであの娘がいたのだとわかる。

ヒューイは確固たる足取りでニコラスのいるテーブルに近づいていった。

「ニコラス・クインシー！」

「えっ。は、はい……あれ、頭痛はいいんですか？」

ヒューイは眉間にしわを寄せた厳しい表情のままニコラスの向かい側に腰かける。ヘザーはヒューイの隣に座った。

「え、え？　なんですか？　二人揃《そろ》って……」

「君に、訊《たず》ねたいことがある。まずは、あの薬が入っていた袋を出したまえ」

「え？　おばあ……祖母の、万能薬ですか？」

ヒューイが頷くと、ニコラスはベルトから巾着を取り外し、テーブルの上に置いた。ヒューイが袋をひっくり返すと、中から薬の包みが五つ出てきた。

「ニコラス。君はこの包みの中身が何かわかっていて僕に渡したのか？」

「え？　はい。祖母の、万能薬ですけど……あんまり、効きませんでしたか？」

「……では、この薬の包み。いますべて服用しろと言ったら、君は飲めるか？」

「ええっ。勿体《もったい》ないですよ～。まだ日程の半分も過ぎてないのに。後でお腹が痛くなったりしたとき、薬がないと困るじゃないですか」

ヒューイはニコラスから受け取った薬が怪しいと睨《にら》んでいたが、ニコラスは祖母の万能薬だと信じ切っているようだ。ニコラスだっていままでずっと飲んでいたのだから、おばあさんが故意に妙な薬を持たせたとはやはり思えない。ヒューイは指でテーブルを叩きながら、怖い顔で考えている。

「では、僕の飲んだものだけが……？　僕は薬をもらったとき、いくつかの包みの中から、自分で選んだんだぞ。皆、同じものに見えたのだが……」

「えっ？　なんか変なもの入ってました？」

「……いや」

実は入っていたわけだが、ヒューイはニコラスに話すつもりはまだないようだ。それにニコラスが故意に妙な薬を渡してシラを切っているとも思えなかった。ヘザーは、こういうことをするのはアルドではないかと考えている。ヒューイが目を離した隙に、グラスに何かを入れたのでは？　と。ただアルドの仕業だったとしても、彼が目の敵にしているのはヘザーだ。何故ヒューイが標的にされたのか——それがわからなかった。

「あれ？」

すると、ニコラスが薬の包みを見て首を傾《かし》げた。包みの位置を動かし、数えやすいように並べる。

「この薬、あと五つしか残ってなかったはずなんですけど……教官に一つあげたのに、どうしてまだ五つあるんでしょう……？」

「なんだと？　それは確かなのかね」

ヒューイの眉がぴくりと動いた。

「手持ちのが少なくなってきたから、実家に手紙を書いて送ってもらおうと思っていたんです」

「僕が受け取ったとき、君の手のひらには包みが六つあったぞ」

「あれ？　そうでした？　じゃあ、六つ残ってたのかな……」

ヒューイは目を眇《すが》めて薬の包みを睨《にら》む。ますますニコラスの薬が怪しくなったが、ニコラスの記憶のほうも相当怪しい。

「ではニコラス。最近、君はこの巾着を誰かに触らせたか？　巾着から目を離したりしなかったか？」

「いえ……巾着はずっとベルトに下げていて……ん？　あれ？　違うな……」

ニコラスの様子にヘザーはだいぶ苛々《いらいら》としてきていた。いいから早く思い出しなさいよ！　とニコラスをどやしつけたい気分である。しかしヒューイは根気強くニコラスの言葉を待っていた。

「ええっと……マドルカスの宿で、ベルトから巾着を外して……鞄にしまいました」

「その後、どうしたんだね？　ゆっくりでいい……だが正確に思い出したまえ」

「それで今朝起きて、着替えたときにベルトに……あれ？　ちょっと待てよ……あっ。違う。馬に乗る前に、鞄から出してベルトに下げたんです」

「君はその鞄を、肌身離さず持っていたか？」

「俺、宿を出る前にお便所に行ったんですよね……」

ヘザーは今朝の出立のときを思い出してみる。ヘザーが一番先に宿を出て、厩番《うまやばん》に頼んで馬の装備を整えてもらった。次にヒューイがやって来て、馬の状態のチェックをしていた。その後少し遅れて、ニコラスとアルドの二人がやって来たのだ。

「そうだ！　それでお便所に入ったとき、アルドさんに鞄を預かってもらったんです」

アルドは、ニコラスの巾着に触れる機会があった——妙な薬を紛れ込ませる機会が、彼にはあったのだ。ヒューイが口にするとまでは考えなかったのかもしれないが、ニコラスの所持品に紛れ込ませたのだから、充分《じゅうぶん》に悪質な行為だ。

ヒューイがため息を吐《つ》いて、静かに立ちあがった。

「ふむ……よくわかった」

「えっ？　薬、なんかおかしかったんですか？　あっ、ま、待ってくださいよー！」

ヒューイは来たときと同じようにしっかりした足取りで食堂から出ていく。向かった先はもちろんアルドの部屋だ。

「あ？　俺が何したって？」

いきなり部屋の扉をノックされたアルドは、非常に不機嫌であった。ヒューイやヘザー、ニコラスを忌まわしげに睨《にら》んでいる。ヒューイはニコラスの巾着をアルドの目の前に突きつけた。

「アルド・グレイヴス。君はこの巾着に見覚えがあるのではないか？」

「なんっすか、それ」

「ニコラスの、薬が入っていた巾着だ。君は、とぼけるつもりか？」

「教官は、なんでそんな袋に拘《こだわ》ってるんですか？」

「僕が拘《こだわ》っているのは巾着ではなく中身のほうだ。明らかに、ニコラスのものではない妙な薬が混じっていた。君は今朝、ニコラスから荷物を預かったそうだな。そのときに、この巾着に手を触れなかったと誓えるか？」

「それって……俺がなんか混ぜたって言いたいんすか？」

確かにもっと前から混じっていた可能性はある。けれどもヘザーがおかしくなったとき、ヒューイがおかしくなったとき──どちらも傍《そば》にはアルドがいた。この際、いつ混じったかは問題ではない。誰が混ぜたか、である。

「シラを切りとおすつもりならば、次の街カナルヴィルで君の身柄を拘束する」

「……は？」

「決定的な証拠はない。だがこの一行には、仲間に危害を加えようとする者がいる。消去法でいくと、君が一番疑わしい。加えて普段の君の素行……致し方ない」

カナルヴィルはこの王国にいくつか存在する自由都市の一つだ。国王直轄の街なので大規模な騎士団が駐留している。このウィンドールにもフェルビア騎士の駐留所はあるが、話の通り易さなどはカナルヴィルのほうがずっとずっと上だった。

「君を拘束した後、僕たち三人はゴダールでの任務を済ませ、早急に王都へ戻る。そして君の居室を捜索し、交友関係も洗う。僕は言ったはずだぞ。研修中に何かあったら、君の進退に関わると」

宿舎のアルドの部屋や友人を調べたら色々出てくるに違いない。もしかしたら媚薬を購入した形跡もみつかるかもしれない。レナのことでヘザーを敵視していた経緯も明るみに出るだろう。

でも、ヒューイが「次の街で拘束する」と伝えているのは、きっといまのうちにアルドに自白してほしいからだ。現状では決定的な証拠に乏しいし、王都に戻ってからの調査は時間がかかる。何よりカナルヴィルの騎士団も巻き込むことになってしまう。

「……どうなんだね？」

ヒューイが再度訊《たず》ねる。あたりは一瞬静かになったが、やがてアルドは肩を揺らして笑い始めた。

「教官、ひょっとして、あんたが飲んじまったんですか……？」

「アルド……！　やはり君は……」

「六分の一ですよ？　よりによって……あーあ。ニコラスが飲めば、面白いと思ったのに」

「えっ、俺ですか⁉　……俺が、何を飲むんですか？」

突然自分の名が挙がったことにニコラスは驚いたが、彼は皆がなんの話をしているのかよくわかっていないようだ。だがこれはアルドの自白とみていいだろう。ヘザーは一歩前に出る。

「あなたに好意的だったニコラスにまでそんなこと……いったい、どういうつもりよ？」

「あんたとニコラスは、大抵一緒だからな。面白いことになるんじゃないかと踏んでたのによ。まさか、教官が飲んじまうとはなあ……」

ニコラスが常に持ち歩いている「おばあちゃんの万能薬」の存在を知ったアルドは、自分が持っている媚薬をそこに紛れ込ませてみたら面白いのではないかと考えたらしい。

ヘザーは、薬を飲んだニコラスの近くに自分がいたらどうなるのだろうと想像した。……単に、ヘザーが目撃することになった男性の自慰行為が、ヒューイからニコラスのものに変わるだけなのではないだろうか。それほど大差ないように思えるが、ニコラスの自慰はヒューイほどには色っぽくないような気がした。そこまで妄想して、ヘザーは首を振った。これはいま考えることではない。

「あのなあ、あの薬を飲むと、目の前に女がいたら……大抵の男は無理やりにでも襲っちまうんだよ。女だって、誰でもいいからヤりたくて堪《たま》らなくなる。ヘザー・キャシディ。俺はあんたが恥をかけば、それでよかったんだ」

「な、なんですって……？」

普段のニコラスであれば、ヘザーは簡単に叩き伏せることができる。だが媚薬で理性が吹っ飛んでいた場合はどうだろう？　互いに無傷では済まないかもしれない。最後までされてしまうことはないにしても、ニコラスとの友情も消えてなくなってしまう気がした。

次に自分がおかしくなったときのことを思い出す。あのとき、ヒューイは水だの洗面器だの言いながら、部屋を出ていこうとした。妙な疼《うず》きを彼になんとかしてもらえそうだったら、ヘザーはそうしていただろう。しかしヒューイはどうにもなりそうになかったので、自分で済ませた。

一方でヒューイは目の前にヘザーがいたのに「出ていけ」と、そう言った。とてつもない鋼《はがね》の理性の持ち主とも考えられるが……やはり彼は、女には興味がないのだろうか？

「アルド・グレイヴス。君は、何故ヘザー・キャシディを敵視する？」

ヒューイの声で、ヘザーは再度妄想を打ち切った。

「……単に、気に入らねえんっすよ」

「気に入らないからといって、やっていいことではないだろう！」

そこでヒューイはヘザーとニコラスに視線を送った。アルドと二人で話をさせろという意味らしい。何故いますぐここでアルドを糾弾《きゅうだん》してくれないのだろうと不満に思ったが、ヒューイの立場上そうするしかない。指揮官とは、平等であって然《しか》るべきだ。


アルドとの話を終えたヒューイは、今度はヘザーを自分の部屋へ呼んだ。

「まずは、すまなかった」

ヘザーがヒューイの正面に立つと、彼はそう言った。

「酒に何か混じっていたという君の話を、僕は信じなかった。申し訳ない」

ヒューイはプライドが高すぎて自分の非を認めたり、謝罪の言葉を口にしたりするタイプではないと、ヘザーは思っていた。だがその印象は徐々に覆《くつがえ》っていった。いまもまだ、覆《くつがえ》り続けている。

「あ、ああ……でも、あれは、もう……」

「だが、変態呼ばわりについては訂正する気はないぞ。僕は、出ていけと言ったのだからな……！」

じろりと睨《にら》まれ、ヘザーは俯《うつむ》いた。それについては弁解の余地もない。ヒューイの身に何が起こっているのか理解していながら、自分はその場に留まろうとしたのだから。それも、色っぽくて目が離せなかったという不埒《ふらち》な理由で。

ヒューイはそこで咳払いをして、話を続けた。

「アルドは君の酒に媚薬を混ぜたことを認めた。だが、君を嫌忌《けんき》する理由までは話さなかった。ヘザー君。君には心当たりがあるのではないかね」

「……司令部の扉の前で、私にお菓子と手紙を渡そうとしたメイドの女の子がいたでしょう？　あの人、アルドの恋人だったみたいなの」

レナにすげなく別れを告げられ、その心変わりの理由がヘザーにあると決めつけたアルドは、ヘザーを酒場に呼び出して恥をかかせようとしたのだ。

「……呆れたな。まったくの逆恨みではないのかね」

「ええ、私もそう思う」

「……それで、君はどうしたいかね」

「え、どうって……？」

「アルドの処分については、君の意見も考慮に入れる」

ヒューイはアルドがシラを切りとおしたら拘束するつもりだったようだが、アルドは薬を入れたことを認めた。

「今夜被害を受けたのは僕だ。僕だけだった」

身体の疼《うず》きを止められなくなって、他人を襲うというような事態に陥《おちい》っていたら話は別だ。だが今回の事件はこのメンバーの中だけで始まり、そして終わった。だからヒューイはいまのところアルドを罰するつもりはないようだ。

一瞬、その寛大さに腹が立った。しかしよく考えてみれば、アルドは現在ヒューイの管轄下にある。彼が問題を起こしたら、上層部から処罰されるのはヒューイなのだ。

「君は、女だ。何を以《もっ》て辱《はずかし》めと受け取るのか、その辺の感覚も男とは違うだろう。君がアルドを許せないと訴えるのならば、このことを表沙汰にして彼を処罰する方向で動く」

もちろんアルドのしたことは許せない。けれども表沙汰にしたらヒューイの立場も危うくなってしまう。ヒューイに下る処分は、左遷《させん》のような重いものかもしれない。でも口頭注意やちょっとした減給程度のものかもしれない。しかしヘザーは知っている。エリート街道を走ってきた彼にとっては、ちょっとした経歴の疵《きず》が、将来の出世を閉ざす致命傷にもなり得るのだ。それなのにヒューイは「ここは我慢してくれ、穏便に済ませよう」なんて、保身に走るようなことは何も言わなかった。

「アルドは……自分の部屋?」

「え? ああ……おい、ヘザー君?」

ヘザーはくるりとヒューイに背を向け、アルドの部屋へ早足に向かった。乱暴にノックし、返事が聞こえる前に扉を開けた。無礼な行為かもしれない。でもアルドが相手だからどうでもよかった。部屋の奥でアルドは椅子に凭《もた》れ、頭の後ろで腕を組んでつまらなそうにしていたが、ヘザーの乱入に立ちあがる。

「なんだよ、まだなんかあんのかよ」

「私は、あなたなんか地下牢獄で朽ちて骨になればいいと思ってる! でも、今回だけは不本意だけど目を瞑《つむ》るわ。あなたがしでかしたことで教官が処分されたりしたら、もっと不本意だもの!」

言いたいことだけ言って扉を閉めると、後ろにヒューイが立っていた。急に出ていったヘザーを追いかけてきたらしい。彼は戸惑ったような表情を浮かべている。

「僕は、君に礼を言うべきなのか？」

「……いいえ。あなたがどこかに左遷《させん》されたりしたら、私が困るからよ。いまの仕事、せっかく慣れてきたところなのに……」

「……なるほど。王都に戻る頃には、君の制服も仕上がっているだろうしな」

思わず言い訳をしたが、ヘザーはこんなことでヒューイがどこかへ行ってしまうのが、自分の上官でなくなってしまうのが許せなかったのだ。

＊＊＊

カナルヴィルへの道中で、ヒューイは昨夜のことを思い返していた。

自分はヘザーに庇《かば》ってもらったらしい。とはいえ、今回のことが表沙汰になったとしても、ヒューイ自身に下る処分は左遷《させん》のような重いものではないだろう。もちろん上に報告しなくてはならないから、記録は残る。そして将来、ヒューイが自分と同等のスペックの人間と一つのポストを巡《めぐ》って争うようなことになったときに、それがじわじわと効いてくるのだ。今回のことは水に流せとヘザーを言い包《くる》めることもできたが、保身に走る人間をヒューイは好まない。出世のために経歴を綺麗に保っておきたいくせに、言い逃れをよしとしない矛盾がヒューイにはある。

爵位のある者のために、立場の弱いバークレイ家が泥をかぶる。「今回のことは水に流してくれないか」そういったセリフを聞かされたのは一度や二度ではない。そのたびに自分の無力さを思い知らされる。だからこそ自分よりも弱い立場の人間に、同じ思いをさせたくはなかった。そういった信念からヘザーを庇《かば》ったつもりだったが、まさか自分のほうが気遣われるとは思わなかった。

アルドの罪を今回だけは問わないにしても、色々と問題のある男だ。確実に研修期間は延びる。ヘザーの心意気に触れたことで気持ちを入れ替えてくれればいいのだが、そう簡単な話でもない。

今後の研修内容をどうするか思案しながら、ヒューイは一行の先頭を務めた。


ヘザーの様子が妙だと気づいたのは、カナルヴィルの街の宿に入ってからだった。

「ヘザー殿、おうちの人に挨拶しに行かなくていいんですか？」

「ええ。今回は、時間に余裕がないしね。次の長期休暇にゆっくり帰るつもりよ」

街に入った直後、彼女はニコラスとそんな話をしていた。

一応ヒューイは彼女に意思確認をしている。実家に顔を出したいならば、帰路で時間を調整すると。彼女はそれを断った。しかし何故か、夕食時のヘザーは落ち着きがなかった。調理が簡単そうなものを注文し、急いで料理を口にすると、さっさと席を立って自室へ戻ってしまったのだ。いつもの彼女であれば料理を追加注文したりして、ニコラスとだらだら喋っていたはずだ。

そこでハッと気づく。まさかヘザーは、宿を抜けてどこかへ出かけるつもりなのだろうか。嫌な予感に駆られたヒューイは自分の食事を急いで済ませ、ヘザーの部屋へ向かった。

「ヘザー君、いるのかね？　返事をしたまえ」

扉を数度ノックしたが返事はない。

「ヘザー君？　開けるぞ！」

そう呼びかけても反応がなかったので、ヒューイは扉を開けた。

部屋に彼女の姿はなかった。用を足しに行ったのかもしれない、浴場へ行ったのかもしれない……とは、まったく思えなかった。この部屋の裏庭に面した窓が全開になっていたからだ。絶対に彼女は宿を抜け出して夜の街のどこかへ行った。しかも、ヒューイには申請できない場所と踏んだ。

ヒューイは思わず窓枠を乗り越え、裏庭に出ていた。

「ヘザー君！　ヘザー・キャシディ！」

彼女の名を呼ぶと、脇の茂みががさがさと動いた。そしてランプを手にした厩番《うまやばん》が顔を出す。彼女のいる方角には宿の馬小屋がある。ヒューイの声を聞いてこちらにやって来たようだ。

「あんたが探してるのは、背の高いお姉ちゃんかい？」

「そうだ。彼女を見たのか？」

厩番《うまやばん》は大きな通りがあるほうを指さした。

「彼女は、馬には乗っていかなかったのか？」

「ああ、その柵を長い足でひょいっと乗り越えて、あっちのほうに行っちまったよ」

「……わかった」

ヘザーが乗り越えたらしい柵をヒューイも乗り越え、宿の敷地から出る。そして厩番《うまやばん》の示した方向へと走った。ほどなくして大通りに出る。左右を見渡すと、遠くにオレンジ色の髪がちらりと見えたような気がした。闇の中でも目立つ色だから有難い。ヒューイはヘザーが曲がったと思われる角まで走り、いったん建物の陰に身を潜《ひそ》めてから通りの先を覗《のぞ》いた。

彼女が歩を進めるたびに、馬のしっぽのように結った髪の毛がゆらゆらと揺れる。間違いない、あの堂々とした歩き方はヘザーだ。彼女に追いついたことで胸を撫で下ろしたが、いまの自分が取るべき行動に迷った。彼女を呼び止め、夜更けに無断で外出して風紀を乱すなと叱責《しっせき》すべきだろうか。それとも彼女が何故宿を抜け出したのか、調べるべきなのだろうか。

確かに無断外出の理由が謎である。実家へ行きたいならば帰路で時間を調整すると伝えているというのに。いや、帰省の折に顔を出す場所は何も実家だけではない。古い友人に会うとか……そこまで考えてヒューイは首を振った。相手が古い友人であれば無断外出をする必要はないからだ。大っぴらに言えない事情となると、相手は男かもしれない。普段の彼女からは、男の気配はまったく窺えない。だが、故郷に男がいたのだとしたら……

その可能性に思い当たると、胃のあたりがぎゅっと圧迫された気がした。

……なんだ、これは。僕は体調が悪いのか？

問題の場所を擦りながら、ヘザーの後をつける。彼女は狭い路地に入った。その路地を抜けると、急に人の気配が減った。彼女の身長は男並みだし、腰に剣を佩《は》いているから滅多なことはないと思うが、こんな危険を冒してでも会いたい男がいるのだろうか。

やがて、似たような作りの小さな家が四、五軒並んでいるのが見えてきた。ヘザーはその中の一つを目指して歩いているようだ。彼女の歩き方に力がこもる。ヒューイは声をかけるべきかどうかを考え続けていたが、ヘザーがとある家の扉を叩いたと同時に、結局身を潜《ひそ》めた。

扉が開いて、家の中の灯りが外に漏れる。出てきたのはヘザーよりもかなり大きな男だった。心のどこかで「彼女の実家であってくれ」とヒューイは願っていた気がする。だが男はヘザーの父親にしてはずいぶんと若く見えた。……いや、兄や親戚の可能性もある。

男が両手を広げた。ヘザーは無邪気な笑い声をあげながらその腕の中に飛び込んでいく。彼女はあんなに可愛らしく笑うのだと、初めて知った。心の中でしぶとく「ヘザーの実家説」を唱えていたが、さすがにここでヒューイは確信した。これは逢《あ》い引《び》きだ――と。

僕の痴態を視姦しておきながら他の男と逢《あ》い引《び》きとは……どういうことだ、ヘザー・キャシディ。

昨晩、ヒューイは妙な疼《うず》きを抑えられなくなり、食事を切りあげて部屋に戻った。精を抜けば楽になるとわかってはいたが、急に漲《みなぎ》ってしまった原因がわからなかった。正体不明の欲望に打ち勝とうと、祖母や母親の葬儀の日のことまで思い起こした。だがどうしても無理で、処理してしまおうと決心したときにヘザーがやって来たのだ。上着を忘れたのは迂闊《うかつ》だった。

早く出ていってほしかったのだが、ヘザーはヒューイの具合が悪いのだと決めつけて居座っていた。怒鳴りつけても、彼女は出ていくどころか身を乗り出してくる。ヒューイが何をしようとしているのか、彼女はどこかで理解したに違いない。それなのに、目を逸《そ》らすどころかヒューイの局部を凝視していた。なんという女だ。

少しでも油断したらヘザーに触れてしまいそうだった。いったん触れてしまったら、彼女をベッドに押し倒していただろう。そんなことは許されるはずがない。このヒューイ・バークレイが欲望の赴《おもむ》くままに女を襲うなど、あっていいはずがない。ヒューイは彼女を見ないようにして、抜くことに集中した。

精を抜いてしまうと、びっくりするほど冷静になった。そして色々と思い出した。ヘザーが「アルドになんか飲まされた？」と言っていたこと。あの夜の彼女は、まさしくいまの自分と同じ状態だったのではないかということ。「あなただって、私の見たじゃない！」彼女はそう叫んで、ヒューイの自慰をじっくり見ていたこと。ほんとうに、なんという女だ……

さっきよりも胃がキリキリする。痛む部分を押さえて屈《かが》み込んだとき、落ちていた小枝を踏んでしまった。パキッと乾いた音が響く。音に反応して、男とヘザーが同時にこちらを見た。

「……え？　あ、あれ？　も、もしかして……教官？」

「あ？　ヘザー。おまえの知り合いか？」

「うん」

ヘザーがゆっくりとこちらへ近づいてくる。もちろん男もいっしょにやって来た。ほんとうに大きな男だった。シャツの胸元は大きくくつろげてあり、胸に彫った刺青《いれずみ》が覗《のぞ》いている。

こんなにガラの悪い男と逢《あ》い引《び》きするために、彼女は宿を出たというのだろうか？　恐ろしく動揺していたが、ヒューイはなんとか背筋を伸ばし、二人と対峙《たいじ》した。

「ヘザー・キャシディ！　君がしたことは、無断外出だ」

「ご、ごめんなさい」

「おい、ヘザー。おまえ、休暇で帰ってきたんじゃねえのか？」

「うん。仕事でゴダールまで行くことになったの。通り道だったから……」

「ヘザー・キャシディ！　夜更けに宿を抜け出しておいて、通り道も何もないだろう！　我々は任務の最中なんだぞ。一人で夜道を歩くなんて、途中で何かあったらどうするつもりだったんだ！　君は自分の立場をわかっているのか⁉」

ヒューイは確かに彼女を咎《とが》める立場であるが、何故か苛々《いらいら》していて、必要以上に厳しい口調になってしまった。すると男がヘザーを押しのけ、ヒューイの前に立った。

「おい。そこまで言うことねえだろう！　ヘザーが可哀想じゃねえか！」

可哀想なのは自分のほうのような気がした。コソコソとヘザーの後をつけてみれば、ごろつきみたいな男との逢《あ》い引《び》き現場を見せつけられているのだから。

「ちょっと、やめてよ。いいの、私が悪いんだから」

「アア？　娘がいじめられてるのに、黙って見てる親がどこにいるってんだ！」

「いじめじゃないってば、父さんったら！」

挙げ句、痴話喧嘩《ちわげんか》である。……いや、いま「娘」とか「父さん」という単語が聞こえた気がする。

彼らの言葉を反芻《はんすう》しながらヒューイは顔をあげ、二人を見比べる。共通点は背の高さと、髪の色が近いくらいだろうか。顔はあまり似ていない。それに男はどう見ても四十かそこらだ。二十六歳の娘がいるようには思えなかった。

ヒューイの言いたいことがわかったのだろう。ヘザーは咳払いをしてから説明をした。

「教官。この人、父なの……。それで父さん、この人はバークレイ教官。私、いまこの人の助手をやっているの」

男はゆっくりとヘザーの肩を抱き寄せ、それから大きな手で彼女の頭をわしわしと撫でた。

「俺はヴァルデス。ヘザーは、俺が十七歳のときに生まれた子だ」

ヘザーは彼が十七歳のときに生まれた娘――若いわけだ。妙な脱力感があった。

「ごめんなさい。昼間は父が仕事でいないから、訪ねるなら夜しかなくって。でも夜だと外出の許可は取れないだろうし、それで……」

「言ってもらえれば便宜《べんぎ》は図った」

「ご、ごめんなさい……」

「まったくだ」

ヒューイは日付の変わる前に帰ってくるようにと告げ、ヘザーの実家を後にした。

父親が在宅している夜しか訪ねる時間がないということは、ヘザーに母親はいないのだろうか？以前ヘザーと闘技場の話をしたときに彼女は言っていた。父親が闘技場の剣士だったと。そして父親に連れられて、ヘザーも幼い頃から闘技場へ行っていたと。ひょっとしたら彼女の母親は、かなり前に亡くなっているのかもしれない。そうだとしたら、気の毒なことだ。

ではヘザーが王都にいる間は、父親はあの家で一人で暮らしているのだろうか。そこでヒューイは、自分の父親が寂しそうにしているところを思い浮かべてしまった。

胃痛はいつの間にか消えていたが、代わりに寂寥感《せきりょうかん》のようなものに襲われ、俯《うつむ》いた。

＊＊＊

「父さん、お茶淹《い》れるわね」

ヘザーはキッチンへ向かおうとしたが、ヴァルデスに両肩を掴《つか》まれ椅子に誘導される。

「いいからいいから。おまえは座ってろ。旅の疲れってもんがあるだろ？」

「そう？　じゃ、甘えちゃおうかな」

ヘザーはテーブルに頬杖をついて、お茶の準備をする父親を見守った。

父親のヴァルデスは、この街で闘技場の剣士をやっていた。働ける年頃になったヘザーが闘技場に勤め出したのも自然な流れだった。父は試合を行い、ヘザーはチケットを売ったり剣士たちの武器を磨いたりの下働き。そしてヘザーが剣士となって舞台へあがると、父は引退した。そして逆に、彼が下働きをするようになった。

「父娘の剣士」は闘技場の大きな売りになりそうだったが、きっと目立つ。勝っても負けても、すごく目立つ。いいことも悪いことも言われまくる。だから父は娘と一緒に舞台にあがるのは避けたかったらしい。引退するいい機会かもしれないと言って、彼は裏方に下がったのだった。人気剣士だったヴァルデスの引退はかなり惜しまれたし、ヘザーも武器を運んだり行列を整理したりするようになった父を見て、少し寂しく思った。

ヘザーが十九歳になって王女の近衛《このえ》として王城にあがる話が出たとき、ヘザー自身はかなり迷った。しかし父は大賛成した。剣士は華やかな仕事であるが、いつ大怪我をするかわからず、収入も安定しているとは言い難い。一方で騎士ならば年を取ったら負担の軽いデスクワークに回してもらえるし、退役《たいえき》するほどの怪我を負ったら年金がもらえる。父は闘技場の剣士よりはずっといいと言って、ヘザーを送り出したのだった。

いつか父を王都に呼んで一緒に暮らしたいと思っているが、いまの給料では彼を養う余裕がない。父はまだ若いから王都でも仕事を見つけられるかもしれない。でも彼はいまの仕事を辞める気はないみたいだった。

お茶を飲みながら互いの近況を語り合っていると、時間はあっという間に過ぎていった。

「もう帰るのか？」

「うん、早めに戻らなくちゃいけないから」

もう少し父と話していたかったし、日付が変わるまでにはまだ時間がある。だがヒューイに心配をかけた手前、余裕をもって宿に戻るつもりだ。

「あー……それでよ……」

ヘザーが立ちあがると、父は視線を宙にさまよわせ、口ごもりながら先を続けた。

「こないだ、マグダリーナがここに来た」

「は？　……なんですって？　どの面《つら》下げて来たのよ」

「まあ、まあ。おまえの母親なんだから。そんな風に言うこたねえだろう」

「……母親なもんですか」

マグダリーナは確かにヘザーの母親らしいのだが、普通の母親のように接してもらった記憶はない。それにヘザーが物心つく頃には、マグダリーナはこの家からいなくなっていた。そしてたまにふらりと——たぶん、男に逃げられるたびに——金の無心にやってくる。一度は惚れた弱みなのだろうか、父はかつての妻を冷たくあしらうことはできないようだった。

「それに、おまえがどうしてるか気にかけてたぞ」

「そんなの、私の稼ぎを知りたいだけに決まってるでしょ！」

ヘザーが騎士になったことをヴァルデスから聞いたマグダリーナは、その収入が気になって仕方がないらしい。

「だから、そんな風に言うなって。娘に苦労かけたって、あいつも反省してるみたいだったぞ」

「一番苦労したのは、父さんでしょ……」

反省なんてきっとその場しのぎのでまかせだ。お金をもらうために口にしているに過ぎないのだ。父には何故それがわからないのだろうと歯痒《はがゆ》く思う。父のことは大好きだが、マグダリーナについての意見が一致することはこの先もないだろう。

「ところで、ゴダールに行くくっつったな。帰りも寄るのか？」

「できたら寄りたいけど、日程が詰まってるから無理かも……でも、次の長期休暇には絶対帰ってくるからね！」

「おう。けど仕事の内容が変わったばかりなんだろ？　あんまり無理すんなよ……宿まで、一人で大丈夫なのか？　送っていってやろうか？」

「平気。剣持ってるから」

そんな会話を交わし、最後にもう一度父と抱き合ってから家を出る。そして最初の角を曲がると
そこにはヒューイが立っていた。ヘザーは心臓を押さえて飛びあがる。

「わあ！　びっくりした……」

「一人で夜道を歩くなと、さっき注意したはずだ。何故、父親に送ってもらわない!?」

「あ、送るって言われたんだけど、剣もあるし……断っちゃったの」

ヒューイはムッとしたような表情のまま口を噤《つぐ》んでいる。

「ご、ごめんなさい」

それから何故ヒューイがここにいるのか考えた。ヘザーが一人で帰ると見越していたのだろうか。

「もしかして、待っててくれたの……？」

「我々も明日は早い……帰るぞ」

彼は否定も肯定もせず、ヘザーの前をさっさと歩き出した。

ヒューイの後ろを歩きながら、ヘザーは彼の薄茶色の髪の毛を見た。それから、わりと広い肩を。

時折、ふっと良い香りが漂ってくる。

……やばいな。

私、この人のこと、好きかもしれない。

闘技場のトリックスター

次の日はカナルヴィルを早朝に出立した。昼頃にゴダール領内へと入る。荒れ地と森と小麦畑を抜けて、日が暮れる前になんとかゴダール領主館へと辿り着いた。

ゴダールの領主はヘザーたちを歓迎してくれ、晩餐《ばんさん》はとても豪華だった。王都からの使者のために、楽師まで呼んでいた。演奏を聴きながら、次々と運ばれてくる料理を味わう。

ヘザーの隣のニコラスは先ほどからずっと背中を気にするようにもぞもぞと動いている。こんなに立派な椅子なのに座り心地が悪いのだろうか。それとも背中に怪我でもしているのだろうか。

「ねえ、背中……どうかしたの？」

「実はずっと背中が痒《かゆ》くて……。カナルヴィルの宿にダニでもいたのかな。ヘザー殿は平気ですか？」

「私は問題なかったけど」

「ええー？　じゃあ、俺の部屋だけなのかなあ」

かなり良い宿だったしダニがいるようなベッドには見えなかったのだが、ニコラスの部屋はそうではなかったのだろうか。

「アルドさん、ほら、これ美味しいですよ。トウモロコシで育った豚の肉なんですって」

あの件以来、アルドはわりと大人しい。ニコラスは知らないうちに薬を持たされていた被害者なのに、彼はそれほど気にしていないようで普通にアルドに話しかけていた。

ヘザーはアルドに「今回だけは目を瞑《つむ》る」と宣言したが、あんな風に話しかける気にはとてもなれない。ニコラスは色々とだめな部分も多いが、寛容さは彼の大きな魅力だと思う。

パンを口に運んでいたアルドが、テーブルの中央に置いてあったパテの容器を顎で示した。

「おい、ニコラス。このパテ、魚介の味がする。エビが入ってるかもしれねえから、食わないほうがいいぜ」

「えっ？　あ、はいっ。有難うございます！」

アルドは一応、反省しているようだ。薬を盛ったことに対してはどうかわからないが、ニコラスにエビを食べさせようとしたことに関しては一応。ニコラスはヘザーを見て嬉しそうに笑った。

「お、教えてもらっちゃいました……えへっ」

「よかったわね」

それにしてもニコラスは素直で明るくていい子だ。アルドが態度を変えてくるほどに。初めてニコラスと会ったときのことを思い出す。彼はヘザーを見あげて目をきらきらさせながら言ったのだ。

「わあ、背が高くてかっこいい！」と。

もちろん悪い気はまったくしなかった。ヘザーよりも背の低い男は「でけえ女だな」と、大抵嫌悪感を露わにしながら言う。「俺の近くにくるな」とまで口にする者もいた。ヘザーは、そういう男に対してわざと近寄って隣に立ってやる。身長だけじゃなくて、ケツの穴まで小さいのね！　と心の中で呟《つぶや》きながら。ニコラスは身長こそ低いが、ケツの穴は……ケツ……そこでヘザーは首を振った。ここは心が広いとか器が大きいとか言っておくべきだろう。

考え事がおかしなほうへ向かったので慌てて修正していると、ニコラスが腰をあげて塩の壜《びん》を取ろうとした。するとニコラスの向かい側に座っていたヒューイが先に壜《びん》を掴《つか》み、ニコラスに手渡す。

「わっ、有難うございます！」

「使いたいのならば、遠慮しないできちんと言いたまえ。こちらのソースは必要かね？」

ニコラスが頷いたので、ヒューイはグレイビーソースが入った器を手に取る。しかもそれを甲斐甲斐しくニコラスの肉にかけ始めた。

「どれくらい必要なのだ？」

「じゃあ、いっぱいかけてください！」

「……あまりかけると、素材の味がわからなくなるぞ」

なんなのだろう、この二人は。ヘザーは思わず二人の様子に見入る。いくらニコラスが可愛らしいからといって、行きすぎではないだろうか。ニコラスはヒューイのことを「とても面倒見がいい」と言っていたし、それは事実だったが……でもヒューイはニコラスに対して下心があるから、特別に気にかけてやっているのかもしれない。ニコラスは女の子が好きなのだから、いくら頑張ったって無駄なのに。いや、ニコラスはかなりチョロい。親切にしてもらっているうちに、気が変わることもおおいにあり得る。

目的地のゴダールに到着し、旅の日程はようやく半分を終えたところだ。帰路もこんな感じでモヤモヤとしていなくてはいけないのだろうか。そう考えると、どっと疲れが増した。

キツイ。なんかこの旅、キツイ……

＊＊＊

食事を終えて自室に入ったヒューイは、食事の途中からヘザーがやけに無口になったことに気づいていた。ニコラスに塩の壜《びん》を取ってやったあたりからだろうか。あのとき、身を乗り出したニコラスの袖がヒューイのスープ皿に入りそうになった。そんなことにも注意を払えないなんて困った男である。同じ調子でグラスまでひっくり返されてはたまらない。それでヒューイが壜《びん》を取って渡したのだ。ついでにグレイビーソースも彼が必要とする前にかけてやった。これが別の場所であれば「もっと注意深い動作を心がけよ」と小言をくれてやるところだが、ゴダール領主の手前、それもまずいと思ったのだ。ヘザーが俯《うつむ》き加減になったのはそれからだった気がする。ニコラスの言葉に相槌は打つものの、妙に暗い表情をしていた。

……いったい、彼女に何があったのだろう？

そう考えた途端、また胃のあたりが締めつけられたようになった。ヒューイはその部分を擦りながら考える。領主館の食事は美味だったが、消化に悪いものやスパイスが効きすぎたものなど、胃痛の原因になるような料理があったのかもしれない。口にしたものを一つ一つ思い出してみる。

ニコラスの祖母の万能薬が一瞬だけ脳裏を過《よぎ》ったが、あんな事件があった後では、とても飲む気にはなれないと思った。そのとき、扉をノックする音とニコラスの声がした。

「教官。バークレイ教官、いますか？」

扉に向かって「どうした」と声をかけると、ニコラスが顔を出し、朝から背中の痒《かゆ》みに悩まされているのだと訴えた。自力で問題の部分を確認するのは難しいので、ヒューイに見てほしいと言う。

「カナルヴィルの宿のベッドに、ダニでもいたんじゃないかと思うんですよねぇ」

「ばかな。かなり清潔な宿だったではないか。手入れも行き届いていたぞ」

「そうなんですよー。ヘザー殿もアルドさんもなんともなさそうだったのに……」

「よし。こっちに来て、見せてみたまえ」

ヒューイは部屋の中にニコラスを招き入れ、シャツを脱ぐよう命じた。

＊＊＊

ヘザーはニコラスの部屋を訪ねたところだった。手には痒《かゆ》みを抑える軟膏《なんこう》の壜《びん》を持っている。これは領主館の使用人に頼んで借りたものだ。

「ねえ、ニコラス。痒《かゆ》み止めを持ってきたわよ……ニコラス？」

だがノックをしても名前を呼んでもニコラスからの返事はなかったので、出直すことにする。

領主館の廊下には、所々に油絵が飾ってあった。ヘザーは絵を眺めながらゆっくりと歩を進める。

すると、ある扉の前まで来たとき、中から話し声が聞こえた。

「おい……動くのではない。少し、じっとしていたまえ」

「ふふふふっ。だって、くすぐったいですよぉ……」

「ふむ。少し赤くなっているな……ここかね？」

「あっ、そんな……触ったら……かゆ……だ、だめですぅ……」

……なんなの、この会話⁉　ぎょっとしたヘザーは軟膏《なんこう》の壜《びん》を落としそうになった。どう聞いてもヒューイとニコラスの声である。どう考えても、いちゃついているときのアレな会話である！

ヘザーはノックもせずにいきなり扉を開けた。

部屋の奥にあるベッドの前にいた二人が顔をあげ、こちらを見た。ニコラスは上半身裸で、ヒューイに背を向けて立っている。ヒューイは服を着ていたが、ニコラスの両肩を後ろから掴《つか》んだ状態だった。真っ最中とは言えないにしても、二人の様子はヘザーの推測どおりのものだ。

「なっ、何してるの……⁉　ニコラスに、何してるのよー！」

「え？　……おい」

ヒューイが驚いたような顔をして、こちらへ一歩踏み出した。

「ばかっ‼」

ヘザーは軟膏《なんこう》の壜《びん》を彼に向けて投げつけ、踵《きびす》を返した。後ろでパシッと小気味よい音がしたので、ヒューイはそれを綺麗にキャッチしたのだろう。

「おい、ヘザー君⁉」

彼に呼び止められたが、ヘザーは無視して自分の部屋へと急ぐ。

なんてことだ。あの二人はそうだったんだ……やっぱりヒューイはそうだったんだ!!

自室の扉を開けて身体を滑り込ませたときに、すぐ後ろまで追いついていたヒューイが一緒に入ってこようとした。

「こ、来ないでよ！　出てって！」

「待て！　君は何か誤解をしている！」

扉を押し合い引っ張り合いの攻防が続いたが力では敵わない。ヘザーは諦めて扉から手を離す。

「私には不謹慎だって言ったくせに！　自分はもっと不謹慎なことしてるじゃない！」

ヘザーがヒューイの目の前でおかしくなったとき、彼から「不謹慎だ」と説教をされた。だが、そういうヒューイはゴダールの領主館で何をしているのだろう。任務の途中でニコラスを裸にしていちゃつくなんて、彼だって不謹慎ではないか。怒りと困惑のあまり声が震える。

「なっ、何よ……何よ……」

「ヘザー君、僕の話を聞け！」

さっきヘザーは「ニコラスに何をしているのか」と糾弾《きゅうだん》したが、ほんとうに叫びたかったことは、たぶん違う。何故、ニコラスなのだろう。何故、女じゃないのだろう。ヒューイが好きなのは、何故、どうして、男なのだろう……

「なんでゲイなのよー!!」

「ヘザー！」

震える声で叫ぶように訴えると、ヒューイに名前を呼ばれた。「ヘザー君」でも「ヘザー・キャシディ」でもなく「ヘザー」と。だから驚いた。次に彼は両腕でヘザーの肩を掴《つか》んだ。ぐいと引き寄せられたかと思ったら、ヘザーは口づけを受けていた。

何が起こったのかよくわからなかった。狼狽《うろた》えて身体を離そうとするそぶりを見せると、ヒューイの手が後頭部に回って、顔の位置が固定される。ヘザーは目を見開いた。

熱くて滑らかなものがヘザーの唇を割って、中へと侵入してくる。

「んっ……？　んんっ……」

ヒューイの舌だ。彼の舌がヘザーの舌を絡め取り、口の中で蠢《うごめ》いている。互いの舌が擦れ合う度に、甘い刺激が全身を駆け巡《めぐ》っていった。

「ん、ふっ……」

膝の力が抜けた。ヒューイのもう片方の腕がヘザーの腰を支え、自分のほうへと引き寄せた。互いの身体がぴたりと密着する。ヒューイはヘザーの下唇を、自分の唇で軽く食《は》んでから顔を離した。ヘザーのお腹には、硬くなった熱いものが押しつけられている。二人とも、息があがっていた。

彼はまっすぐにヘザーを見つめるとはっきりした口調で言った。

「僕は、同性愛者ではない」

「……あなたは、同性愛者ではない」

呆然としながら復唱すると、彼は大真面目な顔で頷いた。ヘザーもつられて頷いた。

再びヒューイの顔が近づいてくる。ヘザーの腰は未だにしっかりと押さえられていたが、もう逃げるつもりはなかった。

「バークレイ教官？　ヘザー殿？　いったい、どうしちゃったんですかあ？」

目を閉じようとした瞬間、廊下からニコラスの声がして二人はぱっと身体を離したのだった。


キスされた……ヒューイにキスされた！

ヘザーはその夜なかなか眠りにつけず、空が白んできた頃にようやく微睡《まどろ》み始めた。もちろんすぐに起床せねばならなかったが、寝不足感はまったくない。ただ夕べからふわふわと、何か柔らかいものの上を歩いているような、そんな感覚が続いている。

そして朝食をとるために向かった食堂で、ヒューイと顔を合わせることになった。彼はいつものように薄茶色の髪をぴしりと整え、制服もきっちりと着こなしている。見慣れたはずの彼の姿が視界に入った瞬間、頭の芯がじんと痺《しび》れたような気がした。

食事の席は夕べと同じくヘザーの隣がニコラスで、ヒューイは斜め向かいだった。天気の話やこの辺の特産物、あとはゴダールの街の教会の尖塔《せんとう》が修理中なのだとか、無難な話が交わされていた。

朝食の間、ヒューイと視線が絡むことはなかった。しかし食堂を出る際、ヘザーは段差に気づかず――なんせ、ずっとふわふわした状態なので――転びそうになった。

「大丈夫か」

そのときさっと肘を支えてくれたのがヒューイだった。

「あ……」

「気をつけたまえ」

彼はそれだけ言うとぱっと手を離し、ニコラスとアルドに荷物を纏《まと》めたら出立すると伝え、去っていった。

ヒューイは別にふわふわとしていないようだ。彼の切り替えの早さを思い出した。色っぽくよがって精を抜いていたと思ったら次の瞬間にはもういつものヒューイに戻っており、ニコラスを問い詰めると言って颯爽《さっそう》と歩き出したのだ。

それにヒューイにとってあのキスは、自分は同性愛者ではないと証明するだけのものだったのかもしれない。自分は女性に対して欲情するのだと、ヘザーに示して見せただけではないのだろうか。口にした言葉も「僕は同性愛者ではない」それだけだ。対してヘザーは、感情的になって叫んでしまった。あれではまるで、ヒューイが同性愛者では困ると訴えたようなものではないだろうか。つまり、恋心を打ち明けてしまったも同然なのでは……？　そこに気づいた途端、足元のふわふわした感じが消えた。


「ヘザー殿、やけに静かですね」

領主館を出立してしばらくすると、ニコラスが隣に馬を並べてきた。

「あ、もしかしてお腹でも痛いんですか？　薬飲みます？」

「いえ、いいわ……」

実際にお腹が痛かったとしても、悪いがニコラスにもらった薬を飲む気にはなれない。

「あなたこそ、痒《かゆ》いのは治ったの？」

「はい！　薬が効いたみたいです」

夕べ、ヒューイとのやり取りの最中にニコラスがヘザーの部屋へやって来た。彼はヒューイを追いかけてきたらしい。そして薬があっても一人では塗れないと訴えた。するとヒューイはニコラスに向き直り、ニコラスは一度着込んだシャツを脱いで、ヒューイに背中を見せた。

『ふふふ、くすぐったいですよぉ』

『少し我慢したまえ。動くと薬が塗れないではないか』

こんな会話が交わされ、そこでヘザーはあのとき二人が何をやっていたのか、ようやく理解したのだった。まったく、紛らわしいったらない。

けれどニコラスがやって来なかったら、ヒューイとはどうなっていたのだろう？　ヒューイが顔を近づけてきて……熱くて硬いものをお腹に押しつけられたまま、ヘザーは目を閉じようとしていた。もう一度、キスしていたのだろうか？

堅物で神経質で潔癖に見えるヒューイがあんな風に激しいキスをするなんて、考えもしなかった。彼の自慰を見たときにも思ったが、高潔そうな仮面の下には、意外な情熱が隠れているのかもしれない。もっと彼を知る機会が欲しい。そう思ったが、ヒューイのほうはすでに気持ちを切り替えてしまっているようだ。

「……せんか？」

「えっ」

気がつくと、ニコラスがこちらを向いて何か言っている。

「だから……この調子なら、思ったよりも早くカナルヴィルに着きそうですよね？　自由時間がもらえたら買い物に付き合ってくれませんか？」

「え？　あ……ああ！　いいわよ」

そういえばニコラスはお土産《みやげ》を買いたいと言っていた——限りなく怪しい画廊の女性に。あまり高価なものを買ってしまわなければいいのだけれど。

「ヘザー殿……ほんとに、大丈夫ですか？　教官に言ってペース落としてもらったほうが……」

「へ、平気！　ちょっと考え事してただけなの。大丈夫よ」

ニコラスに心配されるなんて、自分は相当おかしくなっているようだ。ただ、領主館で躓《つまず》いたときからブーツの踵《かかと》がちょっとおかしい。カナルヴィルの街に着いたら靴の修理屋へ行かなくては。色ボケして怪我なんてしたら、カッコ悪いことこの上ない。ヒューイのように、とまではいかなくても、いい大人なのだから自分ももっとしっかりしようと思った。

＊＊＊

ヒューイはカナルヴィルの街の書店にいた。

早めに到着できたので、他の者たちには少しの自由時間を与えてある。ヘザーとニコラスは土産《みやげ》物店に行ったようだ。アルドがどこへ向かったのかはよくわからない。彼を監視したほうがいいか迷ったが、一時間かそこらでは問題を起こすような暇もないだろうと判断した。

ヒューイは本棚を眺め、兵法書と思われる一冊の本の背に指をかけて引き出した。パラパラと捲《めく》って、面白そうな見出しの部分で手を止めた。

面白そうなことが書いてある。それはわかっているのに、自分の目線は同じ行を往復するだけで、内容はちっとも頭に入ってこない。集中力の欠如である。ヒューイはため息を吐《つ》き、本を戻した。

集中力の欠如――その原因はわかっている。ヘザーだ。

昨夜の自分がしたことは、彼女へのハラスメントである。断りもなしに口づけるなど、していいはずがない――しかし、他にどうすればよかったのだろう？

ヘザーが「ニコラスに何をしているの」と叫ぶまで、まさか自分が妙な誤解を受けているとは思いもしなかった。ニコラスがあまり「男」という気がしないのは確かだ。どちらかといえば「男の子」に近いかもしれない。ニコラスといると、従弟《いとこ》の少年たちを相手にしているときと似たような気分になる。それを、まさか「そういう目」で見られていたとは……

誤解を解かねばならないとヒューイは焦っていたし、ヘザーは混乱のせいか顔を真っ赤にして叫んでいた。彼女を黙らせつつ誤解を解く方法。あれが一番合理的であったのだ……と、いうのは後になって当て嵌《は》めた理由に過ぎないのだろう。それでは、未遂に終わったが二度目に口づけようとしてしまった行動の説明にはならないのだから。

口づけたときのヘザーの反応は初心《うぶ》だった。あまり慣れていないのだろうか？　いや、ヒューイはいきなり舌まで入れた。驚くのも無理はない。ヘザーの口内を探り、舌で舌を絡め取ると、彼女の膝がかくんと折れた。腰を抱いて引き寄せさらに身体を密着させると、血が全身を熱く駆け巡《めぐ》ったような気がした。初めての感覚だった。

だが一度では足りなかった。ヒューイはあの感覚をもっと確かめたいと思ったのだ。

書店の主が、毛ばたきを手に近寄ってきた。これ見よがしにヒューイの周りで毛ばたきを振っている。これ以上の立ち読みは迷惑ということだろう。懐中時計を確認して、思っていたよりも長い間ぼんやりと突っ立っていたことを知った。店主に長時間の立ち読みを詫《わ》び、書店を後にする。

ヘザーは今夜、実家を訪ねるのだろうか。彼女からの申請はまだないが、言われたら外出を許可するつもりだ。そしてヘザーが宿と実家を行き来する際の送迎をヒューイが引き受け、その間、昨夜のことについて話し合おうと思った。

だがヒューイ自身の考えがまだ纏《まと》まっていない。わかってもらうにはああするしかなかったと開き直るべきだろうか。それとも無礼を働いたと詫《わ》びるべきだろうか。あの出来事をどういう方向に持っていきたいのか、自分自身がわかっていないのである。そのためにも、ゆっくり考えを纏《まと》められる環境が欲しい。喫茶店やベンチを探して視線を彷徨《さまよ》わせると、書店を出たところの広場にヘザーとニコラスがいるのが見えた。

ヘザーは忙《せわ》しない様子で人ごみを見渡している。その隣のニコラスは泣きそうな顔でおろおろとしていた。トラブルが起きたに違いないと、すぐにわかった。ヒューイは二人の前まで歩いていく。

「どうした。何かあったのかね？」

「ニコラスが、鞄を盗まれたみたいなの」

「ど、どうしよう。俺、まさかあんな一瞬でなくなるなんて、思ってなくて……」

ヘザーはニコラスを土産物店《みやげものてん》まで案内したが、いったん店の前で別れ、自分はブーツの修理をしてもらうために靴の修理屋へ向かったらしい。そしてニコラスは土産物店《みやげものてん》に一人で入った。店内はやたらと狭く、荷物を持ったままでは碌《ろく》に動けないと判断した彼は、店の入り口の近くに鞄を置いた。店内を一周して戻ると、鞄はなくなっていた。そういう話だった。

「……要は、不注意から置き引きに遭ったということかね」

そこそこ大きな街で自分の所持品から目を離すとは、ほんとうに呆れた奴だ。

「どうしようどうしよう」

「ニコラス、ちょっとは落ち着きなさいよ。鞄には何が入っていたの？　お財布はベルトについてるわよね。じゃあ、着替えと……？」

ヘザーに問われたニコラスの顔色がいっそう悪くなる。そこでヒューイも思い出した。ゴダール領主館を出立する際、ニコラスに預けたものがあった。ゴダール領主から国王に贈られた記念の品だ。それは栞《しおり》と呼ばれていたが、金と白金でできた宝飾品に分類されるものだった。所々に小さな宝石が嵌《は》まっており、実際に栞《しおり》として使われることはなさそうだが、国王のコレクションの一つに加わることは間違いない品物だった。それが鞄と一緒に盗まれた――激しい眩暈《めまい》がしてきた。

「ひょっとして……あの栞《しおり》が、なくなったというのか……？」

「ごめんなさい、ごめんなさいっ……あの、バークレイ教官……これ……」

ニコラスは涙目になりながら封筒のようなものを差し出してくる。手に取って見てみると「辞表」と丸っこい文字で書いてあった。

「……なんだね、これは」

「せ、責任取って、辞めます……」

いつの間にこんなものを書いたのだろう。ニコラスはだめな奴だ。だが、いまのニコラスはこれまでで一番だめな奴だと思った。

「ニコラス・クインシー！　ばかを言うな！　責任を取るのは僕の仕事だ！」

ヒューイは封筒をびりびりと破き、さらにぐしゃぐしゃに丸めてニコラスに突き返す。

「これを受け取ることはできない！　それに、君のような新人は『退役願《たいえきねが》い』や『退職届』あたりにすべきだ。『辞表』などと書いたら笑われるぞ」

「で、でも教官だってタダでは済まないんじゃ……。俺のせいでクビになったりしたら……」

「クビということはない。安心したまえ」

しかし、上層部に報告したら確実に査定に影響する。司令部勤務から外されることも、あるかもしれない。かなり痛いが、ニコラスに貴重品を預けた自分にも大きな責任と落ち度がある。

「で、でも、俺……」

「ニコラス。ほんとうに悪いと思っているのなら、君はこの件の顛末《てんまつ》をその目で見届けるのだ！　そして感じたことを、今後の人生に活かしたまえ」

ニコラスにそう告げた後、ヒューイは腕を組み、何をすべきか考えた。この街に駐留する騎士団に置き引きが発生したことを報告すべきだろうか。そして街の門や周囲を騎士たちで固め、出入りする者のチェックを厳しく行う。栞《しおり》が戻ってくるとは限らないし、盗人が捕まるとも限らないが、できるのはそのくらいであろうか。

「おっと。皆、ここにいたのかよ。あのさあ……」

そのときアルドが姿を現したので、緊急事態が発生したことを彼にも告げた。

「……記念品の栞《しおり》？　それって、こんくらいの大きさで、金と白金でできてるやつだったよなあ？」

アルドが手で栞《しおり》の大きさを示す。領主から受け取った折に、全員目にしているはずだった。

ヒューイは頷いた。

「それそれ。一点ものだって話だったよな？　それがさあ……」

その栞《しおり》に非常によく似たものを、彼は見かけたと言う。街の中を歩いて自由時間を潰そうとしたアルドは、中古品の売買も行っている宝飾店の前を通りかかった。その際、店外に向けたショーケースの中に、ちょうど店員が並べていたのだと。

皆でその宝飾店に向かいショーケースを確認すると、確かにその栞《しおり》が並べられていた。「新入荷」の札がついており、金貨三十枚で売りに出されているところだった。

「ええーっ？　コレ、盗品だったの？　そりゃ困るよ～」

店主は渋々といった感じでショーケースから栞《しおり》を取り出した。困っているのはこちらもだが、店主もまた被害者といっていいだろう。しかし店主は品物をこちらに渡そうとはしない。

「これ、結構いい値段で買っちゃったんだよねえ……」

栞《しおり》を売りに来たのは三十歳前後の男だったという。身なりがそれなりによかったから、盗品だなんて思いもしなかったと説明した。店側も商売である。盗品だったからといってタダで返すわけにはいかないのだろう。ヒューイは軽く唸《うな》り、考えた。余計な支出にはなるが、栞《しおり》そのものが見つからないよりはずっといい。ここは栞《しおり》を買い取るしかない。

「いくらで買ったのかね？」

「金貨二十枚」

彼はチラッとヒューイを見あげ、栞《しおり》が入った小箱を大事そうに抱える。ヒューイはその様子に演技っぽさを感じた。

「店主……それは、ほんとうか？」

「あー、いや。十六……十五……だったかな？」

睨《にら》んでいればもっと値が下がりそうな気がしたが、店主は逆に疑いの眼差しをヒューイに向けた。

「けど、これ……ほんとにお客さんの持ち物だったの？　いるんだよね～、盗まれたとか言って安く買おうとする人がさあ～」

問題はそこである。この街に駐留する騎士団に報告すれば、金貨十五枚どころか普通に没収することができる。栞《しおり》は窃盗《せっとう》事件の証拠品扱いになるからだ。だがそうすると、今回のヒューイの失態はもちろん上層部に報告されることになるだろう。

財布の中身は金貨十五枚には到底足りない。路銀――公費なのでこれに手をつけるわけにはいかないのだが――の残りを合わせても、やはり金貨十五枚にはまったく及ばなかった。だがそれも仕方のないことだ。自分はこの一行の指揮官なのだから、潔く報告して、処分を受けるしかない。

事件を報告しにこの街の騎士団のところへ向かう覚悟を決めたとき、ヘザーが口を開いた。

「待って。金貨十五枚あれば、その栞《しおり》を買い戻せるのね？」

「え？　あ、ああ。それはそうだが……」

「わかったわ。絶対に金貨十五枚を持ってくるから、明日まで待ってもらえる？」

なんと彼女は勝手に店主と話を進め始めている。

「おい、ヘザー君。何を言っているのだ？」

ヒューイはヘザーの腕を掴《つか》んで店の隅まで彼女を引っ張り、問い詰めようとした。しかしヘザーはヒューイの質問には答えず、アルドとニコラスがいるほうへ視線を向けた。

「二人とも、ちょっとこっちに来て」

皆が集まったところで、ヘザーは訊《たず》ねる。

「皆、いまいくら持ってる？」

ニコラスとアルドは財布の中身を手のひらに出した。どちらも銀貨と銅貨しかない。ヒューイの持っているもの——公費の路銀と、ヒューイ個人の財布の中身——を合わせても、金貨十五枚には相当しなかった。しかしヘザーは頷いた。

「これから、闘技場へ行くわよ」

「おい、ヘザー君？」

まさか彼女は、闘技場賭博で増やそうとしているのだろうか？　そうだとしたら、とんでもない話である。いまの所持金がゼロになる可能性だっておおいにあるのだから。

「ヘザー君、待ちたまえ！」

肩をいからせながら店を出ていくヘザーを追いかけようとすると、彼女は唐突に振り返った。

「これから試合に飛び入り参加するわ」

そしてヒューイとニコラスとアルド、全員に鋭い視線をくれた。

「あなたたち……有り金全部、私に賭けなさい！」

＊＊＊

闘技場への飛び入り参加——その戦い方ならば、ヘザーはよく心得ている。ただし、防衛する闘技場の剣士側としてだが。

闘技場に籍を置く剣士同士の試合は、裏である程度の星の調整が行われている。しかし飛び入り参加者との試合はかなりの真剣勝負だ。飛び入り参加した者は、挑戦者として闘技場の剣士たちを倒していかなくてはならない。そして名も知れぬ挑戦者にあっさり負けてしまっては客も冷めるし闘技場剣士の名折れである。闘技場側もそれなりの手練れを用意してくるに違いなかった。

ヘザーは宿屋で騎士服を脱ぎ、着替えとして持ってきていた稽古着に着替えると、闘技場へ向かった。

カナルヴィルの闘技場は、かつて自分が剣士として働いていた場所である。当時の剣士は殆《ほとん》どが入れ替わっているだろう。でも観客は自分を覚えているかもしれない。だから目立つオレンジ色の髪の毛と、顔の下半分を隠すようにストールを巻いた。

飛び入り参加の登録料は、ヒューイに借りた銀貨を使って払った。それから使用する剣を選ぶ。これは闘技場の備品で、長さや太さ、重さに様々な種類がある。自分の戦い方に一番適したものを選ぶのだ。次に挑戦者の控え室に入り、一人で今回の作戦を練る。とはいえ、闘技場側がどんな剣士を出してくるかは直前までわからないので、ざっくりとした作戦だ。

闘技場に所属する剣士五人に勝ち抜けば多額の賞金を受け取ることができるが、途中で負けてしまうと登録料の分だけ損をするシステムだ。だが、どこで勝負を降りるか決めるのは自由である。

男の挑戦者だって五人勝ち抜きは滅多に出ない。女の身で五人目に勝つのはまず不可能だ。もっとも、五人全員と戦わなくても、四人目に勝った後で勝負を降りれば金貨十五枚にはなるだろう。しかし、やはり四人に勝つのも難しいと思う。三人目に勝ったところで勝負を降りるのが理想だが、それでは賞金が足りない。ヒューイたちには自分に賭けるよう告げているから、三人勝ち抜きの賞金と、彼らの配当金を合わせれば……多分、なんとかなる。

自分にできるのは、ヒューイたちが受け取る配当金をあげてやることだ。ヘザーは名前も性別も伏せて挑戦者登録をした。ヘザーは身長だけならば規格外だが、体型から女と推測できるはずだ。そして女だと思ってもらったほうが、舐《な》めた勝負をしてもらえる。性別については必要以上に隠すこともないだろう。

目を閉じて戦う自分をイメージする。剣のぶつかる音。観客の拍手と声援。下品な野次。いつも怪我の危険がつきまとっている、リスクの大きな仕事だ。でもヘザーは、粗野であり華やかでもあ

る この世界が決して嫌いではなかった。

＊＊＊

――有り金全部、私に賭けなさい！

彼女が考えていることはわかる。所持金を増やして栞《しおり》を買い戻そうというのだ。それも、ヒューイのために。基本的にヒューイは隠蔽《いんぺい》をよしとしない。自分に責任のあることならばなおさらだ。しかしここは素直にヘザーに助けられておくべきなのだろうか。いや、彼女が途中で敗北したりしたら状況はさらに悪化する。大丈夫なのだろうか……？

闘技場の入り口で悶々《もんもん》と考えているヒューイに、アルドとニコラスが言った。

「なあ、教官。あの女だって相当の覚悟で言ったんだろ。俺たちにできるのは、あの女に賭けることじゃないっすかね？」

「俺はヘザー殿を信じてますよ！　教官も信じましょう！」

青臭くも熱い展開になってきたが、あのアルドがヘザーの気持ちを汲んだのは良い兆しではないだろうか。ヒューイの気持ちがヘザーの提案に乗ってみるほうにぐぐっと動いた。

舞台があると思《おぼ》しきほうへ視線をやると、受付カウンターのような場所に客が殺到してチケットを差し出している。受付係はチケットをもぎって客に半券を返していた。

「ど、どういうシステムなんだ、ここは……？」

「教官。あんた、こういう場所初めてなんすか？　まずは入場券を買うんっすよ」

諸々の手続きはアルドが請け負ってくれた。ずいぶんと手馴れた様子である。

「ああー。すげえやつ当てたときって、ほんっと脳汁《のうじる》ドバドバ出るんすよねえ」

彼はヘザーの気持ち云々よりも、自分が賭け事に参加したいだけだったのかもしれない。

「おうおう！　あんた、ヘザーのボスじゃねえか！」

観客席に向かう途中、見覚えのある男がのしのしと歩いてくるのが見えた。ヘザーの父親のヴァルデスだった。背の高さといい、眼光の鋭さといい、シャツの隙間から覗《のぞ》く刺青《いれずみ》といい、どう見ても只者ではない。ニコラスは震えあがったし、アルドですら警戒して一歩下がった。

面識のあるヒューイはヴァルデスに向かって会釈をした。

「おいおい、ボスの兄ちゃんよう！」

しかし挨拶も碌《ろく》にしないうちに、ヴァルデスに腕を引っ張られる。彼はヒューイに耳打ちした。

「なんで、うちのヘザーが挑戦者やってんだよ？」

彼は今日の仕事を終えようというときに、挑戦者控え室へ入っていくヘザーのような人物をちらりと見かけたそうだ。控え室に入った挑戦者は試合を終えるまで外部と連絡を取ることはできないので、追いかけて確かめることはできなかったと言った。

「なんか顔半分くらい隠してたけど、あれ、ヘザーだろ？」

「う、うむ。実は……」

ヒューイは少し口ごもりながら、急に金が必要になったことを告げる。「他人の娘になんてことさせてんだ？」と非難を浴びる覚悟であったが、ヴァルデスは笑いながらヒューイの肩を叩いた。

「面白えじゃねえか！　よし、一緒に観ようぜ！」

仕事をあがったヴァルデスは、そう言ってヒューイたちにビールを奢《おご》ってくれた。


ヘザーの出番はまだのようだ。中央の舞台では闘技場の剣士同士が戦っている。周囲の客は非常に騒がしい。ヒューイはビールの入った木製ジョッキを片手に考えていた。

客が興奮しているから、確かにガラス製の容器では危険だ。しかしジョッキがきちんと洗浄されているか、カビが生えていないか、気になって仕方がない。王都の剣術大会も非常に賑やかなイベントだが、ここには王都にはない活気と野蛮さがあった。

やがて試合が終わってそれまで戦っていた剣士たちが引っ込むと、舞台の中央に司会の男が現れる。彼はブリキのメガホンを使って叫んだ。

「ええー、次の試合はァア！　飛び入り参加の剣士が登場だ！　匿名の覆面剣士だが、充分《じゅうぶん》に強そうな雰囲気を醸し出しているぞォ！」

「おっ、ヘザーだな？」

挑戦者が出場する時間になったようだ。ヴァルデスが身を乗り出す。

「対するゥ、闘技場の剣士はァア！　素早さが売りの、ボビー・アップルトン！　小柄だが、それだけに俊敏性は侮れない！」

「へえ。一人目はボビーか……」

司会の説明にヴァルデスは感心したように唸《うな》る。ヒューイは彼に訊《たず》ねた。

「その人は強いのですか？」

「結構な。この闘技場の剣士の中では、真ん中より上だな」

「真ん中より上……」

ヒューイは、勝ち抜き戦の一人目はあまり強くない剣士が出てくると思い込んでいたので驚いた。

そこでヴァルデスが解説をしてくれる。

「一人目は、かなり重要な役割だぜ。未知の相手の強さを調べなくちゃならねえだろ？」

だからそこそこ強い剣士が出てきて、相手の力量を測る。さらに試合を盛りあげるために、わざと負けることが多いのだという。挑戦者がすぐに敗北してしまっては、観客が冷めてしまうからだ。

もちろん挑戦者が弱すぎると力量を測る間もなく勝負がついてしまうらしい。

「昔はこの一人目の剣士、うちのヘザーがやることが多かったんだぜ！」

ヴァルデスは誇らしげに胸を張り、説明を続けた。一戦目を終えて控え室に戻った一人目の剣士は、仲間たちに自分の知り得た情報を伝える。そこで闘技場側は次にどの剣士を出すか、どんな風に戦ってどんな風に客を盛りあげるのか、簡単な作戦会議を行うそうだ。

開始の鐘が鳴り響き、まずはボビーが攻撃をした。ヘザーは自分の剣でそれを受け止めながら後退していく。それは非常に危なっかしい防御であった。

「お、おい……あれでは……」

ヒューイはヘザーと剣を合わせたことがある。彼女はもっと強かったはずだ。今日は調子が悪いのだろうか？　隅に追い詰められて不格好に逃げてみたり、あろうことか剣を取り落としたりしている。周囲の客からはため息が漏れたが、ヴァルデスだけは腕を組んでにやにやと笑っていた。

「まあまあ、見てろって」

ヘザーはしばらく逃げ回っていたが、振り返りざまに放った一撃がボビーの剣を弾き飛ばした。偶然のように見えた。そしてボビーが剣を拾う前に素人っぽい剣の振りで彼の腕を叩き、落ちた剣を舞台の外に蹴り飛ばす。自分の身体や武器が舞台の外に出てしまったら負けというルールである。

「あーあ。あんな素人にやられちゃって」

「ボビーも情けねえなあ」

観客たちは挑戦者の泥臭いまぐれ勝ちに小さな拍手と、ボビーへの野次を飛ばした。司会はヘザーに二人目にも挑戦するかどうかを訊《たず》ねる。ヘザーが頷くと、観客席からは「おいおい、大丈夫かよ」と、ばかにするような笑いが起こった。

そこでヴァルデスが、舞台の近くにある大きな黒板を顎で指し示す。見てみると、ヘザーが二戦目に勝った場合の配当金が大きくあがっているではないか。

ようやくヒューイにもわかった。ヘザーの情けない動きは、すべて演技だったのだ。

彼女は二戦目もやや危なっかしい戦い方をし、三戦目で本気を出した。ヒューイと稽古を行ったときよりも動きにはキレがあり、軽やかだった。大胆だが華のある戦い方で相手の剣に自分の得物をぶつける。激しい音が鳴り響いて、そのたびに歓声があがった。

かつてヒューイは闘技場の仕組みを知ったときに、八百長《やおちょう》ではないかと非難したことがある。ヘザーは「闘技場とは娯楽であり、ショーであり、興行なのだ」と答えた。

確かに、素晴らしいショーだとヒューイは思った。

騒がしくて野蛮な場所で飲む安いビールは、とても美味だった。

＊＊＊

「いくらになった？」

三戦目に勝って試合を降りた後、闘技場を出て宿の一室に皆で集う。お金を数えると、ヘザーの賞金と配当金でぎりぎり金貨十五枚を稼ぐことができた。残りの路銀に手をつけることもなく、栞《しおり》を買い戻せそうだ。ヘザーはホッと胸を撫でおろした。

充実感はあるが、疲労もすごい。安心したことで力が抜けてしまったのだろう。

「じゃあ、私、先に休むわね。さすがにちょっと疲れちゃった」

「はい！　ヘザー殿、ほんとにお疲れさまでした！」

「おう、お疲れ」

ニコラスだけではなくアルドからも労いの言葉があったので驚いた。そして部屋を出たところで、ヒューイに後ろから呼び止められる。

「ヘザー君。助かった……ありがとう」

素直に礼を言われ、ヘザーは狼狽《うろた》えた。ヒューイはまっすぐにヘザーを見つめ、言葉を続ける。

「君は、素晴らしいエンターテイナーだな」

それは、今日のヘザーの試合のことを言っているのだろう。久しぶりに舞台で戦って、楽しかった。ちょっとばかり演技もして、観ていたお客さんたちも楽しんでくれたと思う。ヒューイも楽しんでくれたらしい。ヒューイからの思いがけぬ言葉は、ヘザーにとって素晴らしい贈り物であった。

「それ、最高の褒め言葉だわ！」

そう答えるとヒューイがふっと微笑んだように見えた。彼が笑ったところを初めて見たような気がする。ヒューイはいつも眉間に皺《しわ》を寄せて、険しい顔をしている人だから。

見惚れたことに気づかれてしまったかもしれない。彼から微笑みが消え、一瞬だけ、互いに真顔で見つめ合う。だがヒューイはそこで一歩後ろに下がった。

「疲れただろう。ゆっくり、身体を休めるといい……おやすみ」

「え、ええ……おやすみなさい」

ヒューイが去ると、微かに石鹸の残り香がした。ヘザーは俯《うつむ》き、自室へと向かった。

やばい。やばいなあ……

私、あの人のこと……ほんとうに好きかもしれない。

清く正しく狂おしく

「……で、国王陛下が体調を崩したんだよな。軽い風邪って話だが、大事を取って三日ほど公務をキャンセルして……」

「なんだと。いまはお元気なのか？」

「ああ、ピンピンしてるよ。もういつも通りだ」

ヒューイの不在時に起こった出来事をベネディクトが報告している。ヘザーは書類の整理をしながら彼らの会話を聞いていた。

「あとさあ、南地区にあった画廊を摘発したんだよな」

「……画廊？　南地区に画廊などあったか？」

「ああ。今年できたばっかりなんだってさ。なんでもガラクタみたいな絵を『後でものすごい価値が出る』とか適当なこと言って、高い値で売りつけていたらしいんだよ。詐欺じゃないかって噂になって、そんで騎士団が動いたってわけ」

「ほう……とんでもない画廊だな」

これはきっと例の画廊のことだろう。案の定、怪しい商売であったのだ。ニコラスのことを考えると可哀想だが、お金を取られる前でよかったとも言える。

ベネディクトが行ってしまうと、ヒューイも仕事に戻る。彼は上層部に提出するための今回の旅の記録を纏《まと》めているところであった。本来は助手が纏《まと》めたものをヒューイがチェックしてそのまま提出する流れなのだが、ヘザーの汚すぎる文字を上の人間に見せるわけにはいかないと思ったのだろう。ヒューイが綺麗に清書してくれている。

彼の仕事を増やしてしまった。文字を綺麗に書く練習を、したほうがいいかもしれない。王都に戻るとできあがっていた新しい制服の、袖のボタンを弄《いじ》りながらヘザーはちょっと考えた。

しばらくはヒューイがペンを走らせる音だけしかしなかったが、唐突に彼は顔をあげた。

「ヘザー君。カナルヴィルでは君の世話になった」

「え？　あ、ああ……ええ……」

旅の間は色々なことが起こった。結局、ニコラスの鞄を盗んだ犯人は見つかっていない。栞《しおり》を買い戻しに行ったとき、これを売りに来た男の似顔絵を店主に描いてもらったが、僅《わず》かな滞在時間では見つけることはできなかったのだ。

「借りを作ったままというのはどうも落ち着かない。何か、僕にできることはないかね」

彼はほんとうに落ち着かないらしい。椅子に座り直したり制服の襟を正したりしている。

「君に礼をしたいと言っているんだ」

「お礼……？」

お礼ならば最高の賛辞を贈ってもらった。ヘザーはそれで充分《じゅうぶん》だったが、もしかして彼は金品で支払うと言っているのだろうか？　……いや、王宮騎士が現金のやり取りをするのはさすがにまずいだろう。ヘザーはヒューイにしてほしいことを考えた。

「なんなら、今度食事……」

「あっ。じゃあ、お給料をあげてほしいわ！」

途端にヒューイが怖い顔になった。ヘザーを守銭奴《しゅせんど》だと軽蔑《けいべつ》したのかもしれない。

「あの。私に関することで、教官にしかできないことっていうと……お給料の査定しかないと思って……無理ならいいですけど」

「……わかった。考慮する」

自分は使えない助手だと自覚しているし、図々しい願いだともわかっているが、それしかないと思ったのだ。気持ちをお金で表すのは卑しいことだという人もいる。しかしヘザーは嫌いではない。むしろわかりやすくていいと思っている。

考慮すると言った後、ヒューイは怖い顔をして押し黙り、やがて報告書の作成作業に戻った。この話はこれで終わりということなのだろう。ヘザーも書類の整理を再開する。

しかし、旅の間はほんとうに色々なことがあった。父にも会えたし、再び闘技場の舞台にあがった。それから、ヒューイとキスをした……

あれはなんだったのだろうと、もう幾度も考えている。あのお堅いヒューイが、あんなに情熱的な口づけをするなんて――思い返すたびにヘザーの胸はドキドキと高鳴って落ち着かなくなる。

その後で置き引き事件があって、気がついたらうやむやになっていた。こうして日常に戻ってみると、すべて夢だったような気がしてくる。あのキスはほんとうになんだったのだろう。やはり自分は同性愛者ではないという、単なる証明だったのだろうか。確かめたくても「そのとおりだ」と言われてしまったら……ヘザーはたぶん、がっかりする。つまり自分は傷つきたくなくて、確かめられずにいるのだ。

……なんか、めんどくさい。他人の心がわからなくて、知りたくて、でも怖くて、そんな感情の波に翻弄されるのがめんどくさい。グズグズ悩んでいる自分もめんどくさい。

　しかも悶々《もんもん》としながら作業したせいで、書類をどこまで数えたか忘れた。数え直そうとしたとき、部屋の出入り口で自分の名を呼ぶ者がいた。宿舎で受付事務をやっている人だった。

「ヘザー・キャシディさんって、ここにいるー？」

「はい。私ですけど」

「あなたに面会希望の人が来てるの。宿舎の談話室で待ってもらってるから、向かってくれる？」

ヘザーは首を傾《かし》げた。こんなことは初めてだからだ。騎士の宿舎まで訪ねてくるような友人は王都にはいない。では親類だろうか。父方の親類は殆《ほとん》どがカナルヴィルに住んでいるが、王都見物にでもやって来ているのかもしれない。仕事を抜けてもいいか訊《たず》ねようとしてヒューイをちらりと振り返ると、彼はこちらを見もせずにボソッと言った。

「……行ってきたまえ」

ヒューイはさっきからなんだか感じが悪い。おかげでヘザーは遠慮なく離席できた。

宿舎の談話室は、王城で働く騎士と、その家族の面会に使われることも多い。父方の親類の顔を思い浮かべながら、ヘザーは談話室へ向かった。

微かな笑い声が聞こえた気がして、ヒューイは周囲を見渡した。するとベネディクトが口元を押さえて肩を揺らしている。

「おいおい。もしかして、お堅いヒューイ君にも春が来ちゃった？」

「……なんの話だ」

「さっき、ヘザーを誘おうとしてただろ」

「ベネディクト。君は、盗み聞きをしていたのか？」

周囲の雑音や机の位置関係からして、彼の席からは余程注意を払わなくてはこちらの会話は聞こえないはずだ。

「人聞き悪いこと言うなよ。だって聞こえちゃったんだもん。しょうがないだろ？　……で、どうなんだよ。なんか、脈なさそうだけどなあ」

そこで先ほどのヒューイとヘザーのやり取りを思い出したのか、ベネディクトは再び笑う。

「脈も何も……別に彼女だけを誘ったわけではない。他の皆も含めて行こうと思っていたんだ」

嘘だった。ヒューイは、ヘザーだけを誘おうとしたのだ。

ところがなんだ、あの女は。給料をあげろだと……？

実際にあがるかどうかは上層部の判断によるが、ヘザーの給与査定は基本的にヒューイが行う。

まあ、彼女はヒューイの期待以上によくやっている。しかし置き引き事件においてのヘザーの活躍をばか正直に上層部に報告するわけにはいかない。ゴダールへの道中で人助けをしたとか、昇給に値するような理由を作り、その書類を上に提出しようと考えた。

こういったごまかしをヒューイは好かないが、正直に報告するとカナルヴィルでのヘザーの心遣いが無駄になってしまう。こういうのを「融通を利かせる」と世間では言うのかもしれない。

「いやあ、しかし。おまえが女の子を誘うとはねえ……」

「だから、彼女一人を誘ったわけではない」

「ほんとに～？」

「ベネディクト。君には、わかるだろう？」

ヒューイとベネディクトは騎士として同期で、学生時代からの友人でもある。彼とは勉強でも剣術でもいつも一番を競い合い、切磋琢磨《せっさたくま》してきた仲だ。だがベネディクトは伯爵家の三男であった。爵位を継ぐことはないにしても、彼にはヒューイよりも大きな後ろ盾がある。

いまはともに司令部所属で同等の地位にいるが、大きなミスさえしなければ、じわじわとゆっくり、ベネディクトのほうが上に行くのだろう。強い後ろ盾がないと、本人の能力とは関係のないところで差がついていってしまう。だからヒューイは良い家柄の娘を妻に迎えたかった。バークレイ家の力を大きくするために。

「ああー。おまえ、いいとこのお嬢さん捕まえたいんだもんなあ。そんなに親がうるさいわけ？」

「いや、そういうわけではないが……」

父はヒューイが好きになった女性を迎えて、楽しい家庭を築いてほしいと言っていた。愛し合う者同士で一緒になるべきだと。父の言葉を思い出したら、自然と眉間に皺《しわ》が寄った。愛など、思い込みや錯覚に過ぎないとヒューイは考えているからだ。

「そういえばさ。キンバリー侯爵家の夜会って、おまえは参加するのか？」

「ああ。招待状をもらったが」

「じゃ、そこで見繕うわけだ。理想の条件に適うお嬢さんをさ」

「……そのつもりだ」

キンバリー侯爵家の夜会は大規模なものになる。ヒューイの理想の女――美しく聡明で、出しゃばらずに夫を立ててくれる、然《しか》るべき家柄の女――がたくさん参加するはずだ。だが夜会の話を初めて聞いたときよりも乗り気になれないのは何故だろう。たとえヘザーと食事に行ったとしても、ヒューイは花嫁を探すためにキンバリー侯爵家の夜会へ参加する。ヘザーの件と花嫁探しは、まったくの別物。そのはずだ。

また胃のあたりがぎゅっと苦しくなった。顔をしかめてその部分を擦る。ほんとうに自分の身体はどうしてしまったのだろうか。体調を崩している場合ではないというのに。

そのときヒューイに声をかける者がいた。

「あの、あなた、キャシディさんの上官の方ですよね？」

声の主を確認すると先ほどヘザーを呼びに来た受付事務の女だった。ひどく焦った様子だ。彼女はヒューイにだけ聞こえるように声を潜《ひそ》めた。

「キャシディさんが、面会に来た人と揉《も》めてるんです。来てもらえますか？」

「……なんだと？」

＊＊＊

談話室に入る前、入り口のところでヘザーはぎくりとして足を止めた。中にいたのはマグダリーナだったからだ。彼女と最後に顔を合わせたのは、十年以上前だ。王都まで、いまさら何をしに来たというのだろう。いや、考えるまでもない。お金のことに決まっている。会わずに仕事に戻ったほうがいい――そう決めたとき、ヘザーが踵《きびす》を返すよりも早くマグダリーナが顔をあげた。

「ヘザー！　ヘザーでしょう？」

彼女は椅子から立ちあがり、笑顔を作って手を広げ、こちらへやってくる。

「綺麗になったわねえ。でも、すぐにあんただってわかったわよ！」

きつい香水と白粉《おしろい》の匂いがぷんぷん漂った。彼女の服装はみすぼらしいものではないが、派手で品がなかった。ヘザーは彼女からの抱擁《ほうよう》を避けるために数歩下がる。

「な、何しに来たのよ」

「まあ。母親が娘に会いたがっちゃ、おかしいっていうの？」

マグダリーナは最後に見たときよりも、当たり前だが老けた。しかし彼女は十五歳でヘザーを生んだという話だ。傍《はた》からは二十六歳の娘がいるようには見えないだろう。

「前にヴァルデスから、あんたが騎士になったって聞いたの。騎士なんてすごいじゃない！　立派になったあんたに、ずっと会いたいって思ってたのよ？」

「私は会いたいと思ったことなんてなかった」

ぴしゃりと返すと、マグダリーナは大げさに悲しそうな顔をした。ハンカチを取り出し、零れてもいない涙を拭うふりをする。

「やっぱり、私を恨んでるのね……」

ヘザーは黙っていた。かつては激しく恨み憎んだこともあった。だが、いまでは彼女に対して自分の感情を動かすのが勿体ないと思う。感情の無駄遣いだ。

「私はね、あんたを忘れたことなんてなかったわ。昔のこと……とても、後悔しているの」

「それで、何しに来たわけ？」

「ヘザー。ひどいこと言わないで。私、あんたにひと目会いたいと思って……」

「私は会いたくないって言ってるでしょ。帰ってもらえない？」

ヘザーに取りつく島はないのだと、マグダリーナはようやく理解したらしい。小道具のハンカチをしまい、談話室の中を観察するように見渡す。

「あんた、ここに住んでるの？　まだ独身なんでしょ？　お金、結構たまってるんじゃない？」

彼女が相変わらずで安心した。これで心置きなく冷たくできるのだから。

「あんたには何も教えない。帰って」

「いくらか都合つくでしょ？　私、いまね、王都に住んでいるのよ。連絡して、ね？」

マグダリーナは何かの紙片をヘザーのポケットに半《なか》ば無理やり突っ込む。

「帰って！」

ヘザーはマグダリーナの腕を掴《つか》むと、談話室を出て宿舎の出入り口まで引っ張っていこうとした。その際、ほかの騎士たちから注目を浴びていることに気づく。マグダリーナは大勢が見ていると知って、今度こそ涙を流し始めた。「冷たい娘を持った可哀想な私」を演じるために。

「母親にそんな言い方……謝っているじゃない。でもあんたは、許してくれないのね……！」

自分に妙な母親がいることが露呈《ろてい》してしまった。数日は噂になるだろうが仕方がない。ヘザーはマグダリーナの腕を、宿舎の外に出るまで引っ張り続けた。

「帰って！　もう来ないで！」

マグダリーナを突き飛ばすようにして締め出した後、仕事に戻ろうとして踵《きびす》を返す。するとそこにはニコラスとヒューイがいた。きっと、騒ぎを聞いてやって来たのだろう。

ヒューイはなんともいい言えない表情でこちらを見ている。こんな状況に遭遇したのだ。話しかけていいものかどうか、迷っているのかもしれない。だがニコラスは駆け寄ってきた。

「ヘザー殿……いまの、お母さんなんじゃないですか？」

「あんなの、母親じゃないわ」

ヘザーは足早に歩き続けたが、ニコラスは追ってくる。

「あんな風に追い出しちゃって……可哀想ですよ！　家族なら、ちゃんと話し合ったほうが……」

ヘザーは足を止めた。

ニコラス。あなたにはわからない。わかるはずもない！

そう怒鳴ってしまいそうになって、ヘザーは目を閉じて大きく深呼吸する。あの女のことで感情を動かす必要はない。怒りを覚えるだけ無駄だ。勿体ない……そうでしょう？　もう一度深呼吸してから目を開け、ニコラスにゆっくりと告げた。

「ごめんなさい、ニコラス。でも……放っておいてほしいの」

「ヘザー殿……」

ニコラスは母親と祖母と三人で仲よく暮らしていたらしい。そんな彼には、わかるはずもないだろう。家族だからこそ——血が繋がっているからこそ、話し合っても無駄なのだということが。

制服のポケットを探ると、やはり住所を書いた紙が入れられていた。ヴァルデスにせびったお金で王都に来たのだろうか？　それとも新しい男について引っ越してきたのだろうか？　それはわからない。知りたくもない。ヘザーは急いで紙を丸め、隅にあったゴミ箱に投げ込んだ。

ヒューイが、ヘザーの様子を窺うように言った。

「ヘザー君……今日は、もうあがりたまえ」

確かにヘザーは動揺している。しかしマグダリーナのせいで仕事に穴をあけるのは嫌だった。マグダリーナに負けたみたいで、そんなのは癪《しゃく》だ。

「いいえ……やるわ。やります」

そう答え、仕事場へ向かって歩き出す。だがマグダリーナの存在をヒューイに知られたのは、何よりも痛いと思った。

＊＊＊

『ヘザー。お客さんが来たから、あんたは外で遊んでいらっしゃい』

マグダリーナは「お友達」だという男を家の中に引き入れ、代わりにヘザーを外に出した。まだ幼かったヘザーは母の言葉を信じ、言われたとおりに外で遊んでいた。地面に絵を描いたり、花を摘んだり、泥団子を作ったり。だが一人で遊ぶのはつまらなかった。

あるとき、父親の職場へ行ってみようと思い立ったことがある。闘技場に一人でやって来た子供を係員は追い出そうとしたが、誰かが「ヴァルデスの娘だ」と気づき、父を呼んでくれた。

父はヘザーが一人でやって来たことに驚き、そして叱った。事故や誘拐に繋がることもある。子供が一人で出歩いてはいけない、家にいなさい、と。

ヘザーはマグダリーナの「お友達」が来ているから、家に入ってはいけないのだと答えてしまった。途端、父の表情が変わった。いつから、どれくらいの頻度で「それ」が起こるのかをヘザーから聞き出そうとしたのだ。ヘザーは父の様子が変わったことに怯《おび》えて泣き出した。彼は焦ってヘザーを宥《なだ》めたが、マグダリーナが家を出ていったのは、そのすぐ後のことだ。父はヘザーに「ごめんな」と言った。

それから父は一人でヘザーを育ててくれた。彼の職場にも連れていってもらえるようになった。ヘザーは元々マグダリーナのことがあまり好きではなかったし、何より父とずっと一緒にいられるのが嬉しかった。

やがてヘザーは知ることになる。マグダリーナは男に逃げられるたびに、父に金の無心をしに来ていたのだと。

最後にマグダリーナに会ったのは、ヘザーが闘技場で働き出した頃だった。なるべく父娘で同じ時間帯に勤務するようにしていたが、その日はたまたまヘザーが家にいて、父は仕事に行っていた。急に現れたマグダリーナを見て、ヘザーは憤慨し、彼女を突き飛ばして帰れと怒鳴った。するとマグダリーナは捨て台詞を吐いて消えた。

『あんたは、そこのキッチンのテーブルでヤッたときにできた子なのよ』

ヘザーは十四歳で、その言葉の意味がわかる年齢になっていた。マグダリーナが帰った後、ヘザーはさっそくキッチンのテーブルを家の裏に運び、斧で叩き壊し、火をつけた。

テーブルが勢いよく燃えている頃に父が帰ってきて「なんだぁ!?」とびっくりしていた。けれどもどうしてヘザーがそんなことをしたのか、父は何も訊《たず》ねなかった。

『おいおいおい。これからメシ、どこで食うんだよ?』

彼はただ呑気《のんき》にぼやいた。そのセリフがおかしくて、ヘザーはお腹を押さえて笑ったことを覚えている。いまになって思えば、父はマグダリーナの来訪を察していたのかもしれない。

ヘザーは初めての給料で、新しいテーブルを買った。

＊＊＊

彼女の母親は生きていた――

ヒューイは仕事に戻ったヘザーをちらりと盗み見た。母親は亡くなっているのだと思っていたが、まさか生きていて、しかも王都にいたとは。母親はずいぶんと若いようだった。たぶん、ヘザーが幼い頃に母親は男を作って出ていったのだろう。推測でしかないが、当たっていると思う。よくある話だからだ。そして王都で一旗揚げた――騎士になったのだから、彼女の出自を考えれば充分《じゅうぶん》に成功したと言えるはずだ――子供に金の無心にやってくる。これも、よくある話だ。

ヘザーは下を向いたまま、一生懸命書類を数えている。たまに数え損ねては顔をしかめ、初めから数え直していた。

ヒューイの知るヘザーは、ほかのどんな女よりもタフで、シンプルな人間であった。だがいまは明らかに動揺しており、傍《はた》からも彼女がダメージを受けていることがわかる。あの母親は、ヘザー唯一にして最大の弱点だったに違いない。

＊＊＊

二日ほど後。街の喫茶店の入り口で、ヘザーはニコラスを睨《にら》みつけていた。

「どういうことよ、ニコラス」

その日の午後は研修が休みだった。「買い物に付き合ってください」と頼まれて彼についてきてみると、マグダリーナがいる喫茶店に案内されたのだ。

「ヘザー、こっちよ！」

奥の席ではマグダリーナが自分に向かってわざとらしい笑顔を作り、手を振っている。

「ニコラス。説明して。どういうことなの？」

「あの……俺、やっぱり家族は仲よくしたほうがいいと思うんです」

ニコラスはヘザーをここへ連れてきた理由を説明した。ヘザーが捨てたマグダリーナの住所が記されたメモ。ニコラスはそれを拾い、彼女を訪ねた。そして母娘二人で話し合う機会をもうけてみてはどうかと持ちかけたそうなのである。その平和でおめでたい理由に、ニコラスの首を絞めてやりたくなった。

「仲よくしたほうがいいって、何よ。誰が決めたの？　法律で決まってんの？　いつから？　答えなさいよ、ねえニコラス」

首を絞める代わりにニコラスを見おろしながらぐいぐい迫る。

「うわ、あわわ……ヘザー殿、怖いですよ……！」

「こんなことされたら、怖くもなるわよ！」

入り口でニコラスとやり合っていると、ほかの客から注目を浴びた。店員も迷惑そうにしている。

「……今回だけよ、ニコラス。二度とこんなことしないで」

「は、はい。じゃあ、仲直りできるといいですね！」

仲直りも何もない。二度と会うつもりはないと再度告げて、宿舎に帰るだけだ。ニコラスが出ていったのを確認したヘザーは、大きなため息を吐《つ》いてからマグダリーナの元へ向かった。すぐに帰るつもりだが、何か注文しないと店に悪い。ヘザーはハーブのお茶を頼んだ。

「さっきのあの子、もしかして彼氏？　可愛いじゃないの」

「後輩よ、ただの。そんなことより、私からあんたにあげるものは何もないわよ。泣き落とししたって無駄。宿舎に来たって、次からは警備兵に追い返してもらうからね」

「まあ……ひどいこと言うのねえ」

睨《にら》んでやりたかったがマグダリーナの顔を見るのも嫌で、ヘザーは運ばれてきたお茶に視線を落とした。それにしても、彼女はいつの間に王都に出てきていたのだろう。父は「こないだマグダリーナが来た」と言っていたが、それはどれくらい前のことだったのか。マグダリーナが王都に出てきた時期を考え始めたそのとき、靴紐が解けていることに気がついた。

「私ね、これからは王都で真面目にやり直そうと思っているのよ」

「ふーん」

ヘザーは気のない返事をしながら屈《かが》んで靴紐を結び直す。その間、マグダリーナは王都での展望を語っていた。

「まず、どこかお給料のいいところに勤めるでしょ。それでお金を貯めて、お店をやりたいと思ってるの。お店が繁盛《はんじょう》したら、ヴァルデスにもこれまで借りていたお金を返せるでしょう？」

「ふーーーん」

ヘザーは適当に返したが、マグダリーナが語っているのは夢物語である。まず、給料がいいところとはどこなのだろうか。そんな職場があったとして、自分が雇ってもらえるとでも思っているのだろうか。やりたいお店とはいったいどんなお店なのか。何故、繁盛《はんじょう》すると思い込めるのか。

十五歳でヘザーを生んだ後は家庭を放棄し、男をとっかえひっかえして気ままに暮らしてきたから、彼女は人間的に成長できないまま年を取ってしまったのだろう。

「あんたがちょっと出資してくれたら、早くお店を出せると思ったんだけど……」

「出すわけないでしょ！」

ヘザーは即答した。ニコラスが投資だといって絵を買おうとしたのと同等に危ない話だと思う。

「……でしょうね。でも、まあいいわ。娘が元気だとわかったんですもの」

マグダリーナは殊勝《しゅしょう》なことを言うが、彼女の本心であるはずがない。ヘザーはそんな風に思いながら残っていたお茶を飲み干した。

「これからは同じ王都にいるんだもの。また、会えるわよね？」

「会わないって言ってるでしょ。街で見かけても声かけたりしないでよね」

「まあ……ほんとうに、冷たいんだから……」

絆《ほだ》されてはだめだ。ちょっとでもこの女を可哀想とか思ってしまったら、すぐにつけ込まれることになる……。ヘザーはゆっくりと瞬きを繰り返し、あくびをした。なんだか眠い。

「まあ、眠いの？　仕事、大変なのね」

「あんたの話が退屈だっただけよ。もう帰る」

「私が借りてる家、すぐそこなの。寄っていかない？」

「行かない」

ヘザーが立ちあがると、意外なことにマグダリーナがヘザーのぶんの会計もしようとした。お茶代程度とはいえ借りを作るのは嫌だったので、ヘザーは自分の財布を出す。

「いいから、ここは私が払うわ。でも、もうちょっと付き合ってよ」

「だから、行かないってば」

マグダリーナを払いのけようとしたヘザーの手はお店のカウンターに当たった。何故、こんなあさっての方向に手を動かしてしまったのだろうか。ゴツンと鈍い音がして痛かった。

それに、どうしてだろう？　すごく、眠い……。

＊＊＊

アルド・グレイヴスは城下の商店街の前をうろうろしていた。

王都に戻ってきてから、ようやくレナに口をきいてもらうことができた。彼女はアルドが酒と賭け事をやめて、真面目に働くようになったらよりを戻してもいいと言っている。

だが禁酒はなかなかにキツい。この辺の酒場に入ると大抵は知り合いがいるので、アルドが飲んでいたことはいずれレナにも知られてしまうに違いない。では喫茶店はどうだろう？　お茶だけでなく、ビールやワインを出している店もあるらしいではないか。

「……いや、それもなあ」

隠れて飲んでいたことがばれたら、今度こそレナとはおしまいである。それに「飲んでもバレなきゃいい」というわけではない、ような気がする。曲がったことをよしとしない上官の影響であろうか？　以前の自分はもっと好き勝手に振る舞っていたはずなのだが、酒のことを考えるとレナの顔だけでなく、ヒューイの顔まで一緒に思い浮かぶ始末である。自分の変化を認めたくなくて酒に逃げたいのにそれもできず、アルドは喫茶店のある通りを苛々《いらいら》しながら歩きまわっていた。

すると、奥のほうにある店から見覚えのある女が出てきた。ヘザーと、数日前に宿舎で揉《も》めていた女——彼女の母親だという女である。

アルドの知るヘザーとは、いつも背筋をピンと伸ばしている高身長の女であったが、今日はなんだか違う。ふらふらしながら下を向いていて、母親に支えられている。彼女はいつもより小さく見えた。具合でも悪いのだろうか？　なんとなくそのまま見ていると、店の近くに停まっていた馬車に乗せようとして、母親がヘザーの背中を押した。ヘザーは馬車の扉の縁に掴《つか》まり、抵抗するそぶりを見せた。だが母親のほうは力を緩める様子がない。アルドはここで何かおかしいと思う。

二人には体格差がある。もちろん母親のほうがずっと小さいのだ。力でヘザーをどうこうできるわけがない。それにあの二人は折り合いが悪いのではなかっただろうか。やがてヘザーの手がするりと縁から外れ、彼女は母親から無理やり押し込まれるようにして馬車の中へ入っていった。

アルドはいま目にした光景の違和感について考える。

「もしかして……なんか、まずいことになってんのか？」

「あっ。アルドさん。どうしたんですか、こんなところで」

自分を呼ぶ声に振り返ると、そこにはニコラスがいた。

「おい。いまよお、ヘザー・キャシディのやつが母親だっていう女と……」

「それ、俺がセッティングしたんですよ！　一度ゆっくりお母さんとお話ししたらいいと思って」

「……あ？　なんだと？」

「俺はその間、別のとこで時間潰そうと思ってたんですけど……画廊が……なくなっちゃってて……なんでだろ……？」

詳しく訊《たず》ねようとしたが、ニコラスは呑気《のんき》に画廊の話をしている。アルドはニコラスの肩を掴《つか》んでこちらを向かせた。

「ちょっと待て。おまえが、ヘザー・キャシディと母親を会わせただと……？」

アルドは先日の揉《も》め事の一部始終を見ていたわけではない。ヘザーが母親を追い出そうとしているところをちらりと見ただけだが、それでもわかる。あの二人は相容れぬ存在だ。少なくともヘザーのほうは、母親を不倶戴天《ふぐたいてん》の敵くらいに思っている。

自分も平和な家庭で育ったわけではないから、そういうことはよくわかっているつもりだ。中でも一番うざったいのは「家族ならわかり合えるはず、話し合うべき」と、口を出してくる外野の存在である。家族ならば話し合って仲よくする――それは理想的な家族の在り方なのかもしれないが、アルドからしてみればただの夢物語である。うざったい外野はその夢物語を悪気なく押しつけてくるからなお性質《たち》が悪い。貴族の血を引いていて跡継ぎやら相続やらの問題があるならば、外野の口出しもある程度は仕方ないと思う。だがヘザーの家にそういった事情はないはずだ。

「おい、ニコラス。おまえ……なんてことしたんだ」

「はい？」

「ヘザー・キャシディが、連れていかれたぞ」

＊＊＊

時折ハッと目覚めるが、再びうとうとしてしまう。それを何度も繰り返した後で、ようやくヘザーは覚醒してくる。

「こりゃまた、デカい娘だねえ」

「でも、わりと綺麗でしょ」

薄暗くて強い香の匂いが立ち込める空間だ。自分は粗末なソファに寝かされていて、カーテン越しにマグダリーナの声と老婆のしゃがれた声が聞こえてくる。

「ちょっとトウが立ってるよね」

「まあ、そうなんだけどさあ……要らない？」

「うーん、デカい女が好きって男もいるからねえ……少数派だけどさ」

「そう。じゃ、いくらになる？」

ここがどこなのか、ヘザーにはわからない。しかし会話の流れからしてヘザーを売り買いしているようだ。つまりここは、娼館のような場所なのだろう。……娼館？　冗談ではない。起きあがろうとしたが激しい眩暈《めまい》に襲われ、ヘザーは香の匂いがしみ込んだソファに突っ伏した。

「おやおや。その様子じゃあまだ薬が効いているようだね」

カーテンが開けられ、老婆が顔を出した。おそらくは娼館の主だろう。ソファに顔を埋めたままヘザーは考える。薬を飲んだ覚えも飲まされた覚えもなかった。喫茶店でも、自分が注文した飲み物を飲んだだけ――いや、飲み物から目を離した瞬間がある。靴紐を結んだときだ。

いますぐマグダリーナを追いかけて、彼女を問い詰めながらどつきまわすべきだと思ったが、力が入らず、身体を起こすことすらままならない。

「その体躯《たいく》で暴れられちゃ敵わないからねえ。いまのうちに準備しておこうか」

老婆は振り返り、奥に控えていた男たちを呼んだ。

「ちょっとあんたたち！　この娘を二階の……そうだねえ……『騎士の間』に運んでおくれ」

二人の男が現れ、ヘザーの身体を抱えようとする。

「ちょ、ちょっと……、何すんのよ！」

手足を振り回そうとしたがやはり力が入らず、狙ったところに当たらない。ヘザーはそのまま二階に運ばれてしまった。ヘザーが運ばれた部屋に、老婆は少し遅れてやってくる。その腕には様々な衣装が抱えられていた。彼女はヘザーの身体を不躾に眺めまわし、男たちに命じる。

「よし、この男用の騎士服にしてみようか。あんたら、着替えを手伝っておやり」

男たちは店の下働きなのだろうか。老婆の言うとおり、ヘザーの服を脱がせにかかる。

「ぎゃああ！　ちょっと！　やめてよ！」

他人に、しかも見知らぬ男に服を脱がされるなんて初めてのことである。だが男たちはとても慣れていて──きっと、こんな風に連れてこられる娘が多いのだ──手早くヘザーの服を脱がせると、代わりに老婆に指定された衣装を着せた。それはこの国の騎士服にデザインを似せて作ってあるが、生地は恐ろしく安っぽい。上着の丈は、ちょうどヘザーの太腿くらいだった。それを見た老婆はにやにやと笑う。

「うーん、なかなかいいんじゃないかい？　じゃあ、お客さんを喜ばせるようなプレイをするんだよ！　チップをはずんでくれるからね！」

「はあ？　プ、プレイって……？」

「なあに『ごっこ遊び』だよ！　ほら、気の強い女騎士は捕虜《ほりょ》になったときに『クッ、殺せ……！』とか言うものだろう？」

「えっ……!?」

老婆に言われて、ヘザーは一瞬考え込んでしまった。これまで捕虜《ほりょ》になったことはないし、捕虜《ほりょ》になる危険性がある任務を請け負ったこともない。けれどももし捕虜《ほりょ》になったら……言うものなのだろうか？　捕虜《ほりょ》になった女騎士たちは皆言っているのだろうか？

老婆はヘザーを見おろしてニヤリと笑った。

「ここはお客さんとそういう遊びをする部屋なのさ！」

気がつくと、ヘザーの両腕は一本ずつ革のベルトで留められている。この部屋の壁には偽物の剣が立てかけてあり、その隣にはやはり安っぽいオモチャみたいな盾が置かれていた。要は「そういうなりきりプレイ」をする部屋なのだ。

老婆は部屋の隅にあった香炉に火を入れ、男二人を引き連れて部屋を出ていってしまった。

取り残されたヘザーは、改めて自分の姿を確認してみる。足はむき出しで、偽物の騎士服の上着だけを着せられ、ベッドに横たえられている。腕は一本ずつベッドの支柱に革ベルトで留められていた。足が拘束されていない理由を考えて、身震いした。

まずは腕を引っ張ってみる。支柱が軋《きし》むような音はまったくしない。力が戻ってきたらもう一度やってみようと思ったが、その前に誰かが入ってくる可能性もある。背中に嫌な汗が滲《にじ》んだ。

「クッ、殺せ」なんて、誰が言うか！　……いや、言ったら油断してベルトを解いてくれるかも？　そうしたらあのオモチャの剣で相手を脅して逃げられるだろうか？

どうやってこの場を切り抜けようか考えているうちに、香炉から煙が出て甘い香りが漂ってくる。力が入らないのはマグダリーナに盛られた薬の影響だろうか。薬の効果はいつまで続くのだろう？　何をするにしても、力が戻ってこないことにはどうしようもない。ヘザーはベッドに身体を預け、目を閉じた。

マグダリーナが自分を売ったことに対しては、ショックを受けてはいなかった。心のどこかで「最低の女であってほしい」と願っていたからだろう。そして彼女はそのとおりの人間だった。逆にマグダリーナがほんとうに心を入れ替えて真面目に働いていたら、そっちのほうが複雑だったと思う。彼女を許すべきかどうか、悩まなくてはならなかったからだ。だからマグダリーナが最低の女であってくれて、ホッとした。

だが自分を売ったことに関しては話は別だ。ここを出たら彼女を捕まえて、絶対にひどい目に遭わせてやる。……その前に、ここから出ることは可能なのだろうか。やはり誰かが入ってきたら油断させてベルトを解いてもらって、あの剣で殴りかかって……色々とイメージしているうちに、香の煙が部屋に充満してきた。くどいくらいに甘い香りだ。

明日までに仕事に戻れなかったら、ヒューイは不審に思ってくれるだろうか。「無断欠勤する輩《やから》などもう知らぬ」と呆れられ、放置されるのだろうか……？　いや、彼ならば呆れるのではなく、激怒しながらヘザーを捜すに違いない。「ヘザー君！　無断欠勤とはどういうことだね？　説明したまえ！」そんな風に怒鳴りながらヘザーの部屋の扉を叩くだろう。その光景が自然に頭の中に浮かんで、こんなときだというのにヘザーの口元が緩んでくる。なんといっても、ヒューイは面倒見が良い男だ。だからヘザーは彼のことが……。

そこまで考えて、ヘザーは鼻をひくひくさせて顔をしかめた。

「ん……？　な、なんか……」

身体がムズムズする。この感覚をヘザーは知っていた。あのとき——ヒューイの前で醜態を晒《さら》したとき——と同じだ。全身がやたらと敏感になっていて、胸の先と足の間が特に疼《うず》いている。

ヘザーは香炉のほうに目をやった。もわもわと煙が出ている。あれが怪しい。でも、手を拘束されているからどうにもできない。このままでは誰が入ってきても懇願《こんがん》してしまう。めちゃくちゃにして、と。それどころかあの老婆に指示されたセリフを言ってしまうかもしれない。

足の間が濡れているのがわかって、ヘザーは膝をもじもじとさせた。動いた拍子に肌と偽物の騎士服が擦れ合い、その刺激で乳首がぴんと硬くなる。

「あ、は、はぅ……」

誰でもいい。疼《うず》いている場所に触れてほしくてたまらない。煙の効果なのだろうか、頭の中までぼんやりとしてくる。この状況をどうやって打破するかという考え事も、どうでもよくなってきた。

＊＊＊

ヒューイはカナルヴィルの騎士団駐留所で受け取った紙の束を眺めていた。カナルヴィルの街における、犯罪者の手配書の控えである。王都でも調査したいからと説明して、自分たちが置き引きに遭ったことは伏せつつもらってきたのだ。

宝飾店の店主が描いてくれた似顔絵と照らし合わせてみれば、栞《しおり》を盗んだ人間がわかるかもしれない――そう考えていたのだが、描いた人間によってずいぶんとタッチが違う。細かい皺《しわ》まで描き込んでいるものもあれば、ざっくりとした雰囲気しか描かれていないものもあった。どちらにしろ置き引き事件を表沙汰にするわけにはいかないので、元からある罪状でしか裁くことはできないが、ここから犯人を見つけるのは難しいかもしれない。

急ぎの案件ではないから、こうして研修のないときに少しずつ作業している。ヒューイは紙の束をなんとなくパラパラとやった。

「……ん？　これは……」

その中の一枚に目を留め、紙を引き抜いた。マグダリーナに似ている女の顔が描いてあったのだ。手配書を確認してみると、マグダリーナ・ウェルズという名前が記されていた。これは旧姓だろうか、それとも現在の夫の姓なのだろうか？　罪状の欄にはケチな詐欺がずらずらと並んでいる。それから最後の行に大胆な密輸の罪も記されていた。手配書が出た日付はわりと最近だ。

「なるほど……」

ヒューイは小さく唸《うな》る。マグダリーナはこの手配書が出回ったからカナルヴィルにいられなくなり、より人口の多い王都に逃げてきたのだ。王都でマグダリーナを捕まえることもできるが——ヘザーはそれをどう思うのだろう？

「きょ、教官！　バークレイ教官！」

そのとき、ニコラスが司令部に現れた。走ってきたらしく、髪は乱れ、汗びっしょりでゼエゼエと呼吸している。明らかに何かあった様子である。

「ど、どうしよう。俺のせいで……」

またか！　と呆れそうになった。何が起こったのかは知らないが、だいたいのトラブルは彼が引き起こしている気がする。だがニコラスが続けた言葉にぎくりとした。

「ヘザー殿が、お母さんに……どうしよう……」

「……ヘザー君が、なんだと？」

ニコラスに案内されたのは、南地区の商店街だった。商店街の奥にある喫茶店で、ヘザーは母親と会っていたらしい。ニコラスが余計なお節介でセッティングしたのだという。その喫茶店の前まで行くと、アルドが待っていた。

「ヘザー・キャシディを乗せた馬車は、東地区の店の前で停まった」

異変を察知したアルドは連絡のためにニコラスをヒューイのもとまで走らせ、自分はヘザーたちが乗った馬車の後をつけたようだ。ヘザーは眠らされていたらしく、店から出てきた男たちによって中へ運ばれていったとアルドは言った。

「……東地区の店だと？　なんの店だね」

訊《たず》ねるとアルドは店の名前を答えた。そこは娼館だと付け加えられ、心臓が凍りそうになる。

「ニコラス！　ヘザー君の母親の住まいを覚えているな？　アルドと二人で向かって、身柄を確保してくれ。悪いが、他の騎士団には応援を頼まず二人で行動してほしい」

彼らに指示して商店街の入り口まで駆け足で戻る。ヒューイはそこに繋いでいた馬へ飛び乗った。アルドに教えてもらった店を訪ねると、奥から老婆が顔を出した。制服姿のヒューイを見てにやにやと笑う。

「おや、いらっしゃい……お兄さん、ひょっとして女騎士と遊ぶのが好きなんじゃないかい？　さっき、ぴったりの娘が入ったんだよ！」

自分は客として来たのではないと言いそうになったが、ふと考える。老婆が言っているのはへザーのことだろうか、と。

「それとも、本物の騎士様なら、そういうプレイはもう飽き飽きかねえ……」

老婆の言う「そういうプレイ」とはなんなのだろう？　それに自分は制服のまま客としてこんな店に入るような男に見えるのだろうか？　異議を唱えたくなったが、そういうことに時間を使っている場合ではない。ヒューイは咳払いをして姿勢を正す。

「ご婦人。先程、背の高い赤毛の女がこの店に連れてこられたはずだが？　彼女について訊《たず》ねたいことがある」

「ひっ。もしかして……ガサ入れ？　ガサ入れなのかい？」

老婆はカウンターの中にさっと身を隠した。ガサ入れを警戒するとは、この店は不当な手段で女を売り買いしているに違いない。だがヘザーとマグダリーナの身柄を確保するまでは、下手に騒ぎたくなかった。不本意だがここは客のふりをするしかないだろう。

「……いや、捜査で来たのではない。その女騎士とやらに興味がある。紹介してくれたまえ」

老婆はまだ訝《いぶか》しげにヒューイを見やっている。大抵の買い物はサインで済ませているヒューイだが、辻馬車に乗る程度の小銭は持ち歩いている。さらに念には念を入れて、金貨を一枚か二枚は携帯するようにしていた。「バークレイ」の名が通じない相手に対峙《たいじ》するとき「自分は金貨を惜しげもなく出せる身分である」ことを簡単に証明できるからだ。ちょうど、いまのように。

「……彼女はいくらだ？」

「金貨……！　おおい、このお兄さんを『騎士の間』まで案内しとくれ！」

懐から金貨を出して見せると、老婆はころりと態度を変えて奥のほうにいる男を呼んだ。

店の中はどこもかしこも薄暗く、階段も狭い。ほんとうにヘザーがいるのかどうか怪しいが、まずは確かめなくてはならない。下働きの男は二階の奥にある扉の前までヒューイを案内すると、すぐに下がっていった。ヒューイは周囲に他人の気配がないことを確認して、ゆっくりと扉を開ける。

部屋の中には、むせかえるような甘い香りが漂っていた。中央のベッドでは腕を縛《いまし》められた女がぐったりしている。身体の大きさと髪の色で、すぐに彼女だとわかった。

「ヘザー君！」

近寄って声をかけたが返事はない。彼女は安っぽい生地の偽物の騎士服を着せられていた。しかも上着だけで、長い足はむき出しになっている。両の腕は革ベルトで一本ずつ、左右の支柱に留められていた。

「おい！　ヘザー君！」

「……ん、んぅ……せ……」

彼女の肩を揺すると目を開いたがひどく虚ろで、口にする言葉も酔っぱらいのように曖昧《あいまい》だ。

「ヘザー君！　怪我はないか⁉」

彼女は苦しそうに顔を歪め、腰を艶めかしくくねらせながら、足を擦り合わせる。

「……おい、ヘザー君？」

「こ、こーろーせぇええ！」

ヒューイはあられもない格好でくだを巻くヘザーを見おろし、一呼吸おいた後で叫んだ。

「君は何を言っているんだ⁉」

「く、こ、こぉろせぇええ……」

まったく呂律《ろれつ》が回っていない。肩を揺すっても、身体は骨のない生物のようにぐにゃぐにゃするばかりだ。酒でも飲まされたのだろうか。だが彼女がこうなってしまう程の酒量は想像もつかない。

そこでヒューイは、先ほどからこの部屋に充満している甘い香りを疑った。部屋の隅に置いてある香炉から放たれているようだ。あれが原因かもしれない。

ヒューイは首元のスカーフを引っ張って鼻と口を覆い、窓を開ける。それから香炉に近づいて火を消し、もう一度ヘザーがいるベッドまで戻った。あまり彼女の格好を見ないようにして、拘束された手首に触れる。ベルトには金具がついているが、見慣れぬ仕組みになっている上、だいぶ錆びついていた。簡単には外せそうもない。そのときヘザーが身をくねらせた。

「んっ、ふ……んん……」

「ヘザー君。ナイフを使う。危ないぞ。少し、じっとしていたまえ」

錆びた金具と格闘するより、ベルトの革部分を刃物で切ったほうが早いだろう。ヒューイは、ブーツに挟んでいた小型のナイフを取り出した。しかし何故かヘザーが暴れるように動き、そのたびにベルトが張ったり緩んだりする。これでは作業ができない。

「ヘザー君！　危ないと言っているだろう！」

「んっ、んあぁっ……な、なんとかしてぇ……！」

「だから、なんとかしようとしているところだ！」

怒鳴るようにして言い聞かせたが、彼女はますます暴れる。その額には汗が滲《にじ》んでいた。そして苦しそうに喘《あえ》いでは足を擦り合わせている。

これはもしかして、あの妙な煙を吸い込んだことによる症状なのだろうか？

「落ち着きたまえ……！　いま、君の手を……」

手を自由にしたら、彼女は自慰を始めるのだろう。ヒューイも体験したことがある。あれは気が狂いそうなほどの飢餓感だった。しかもアルドに盛られたものよりも、この煙のほうがずっと激しい症状のように見える。縛めを解いたら部屋を出てヘザーを一人にすべきだ。そう思っても、彼女がなかなかベルトを切らせてくれない。しまいに、ヘザーはすすり泣きを始めた。

「あっ、な、なんとかしてぇ……」

潤んだ目でじっと見つめられ、ヒューイはナイフを取り落とし、立ち尽くした。

「く、くるしい……くるしいの……なんとかして……」

懇願《こんがん》するような瞳から、ひとすじの涙がこぼれる。ヒューイは唾を飲み込んだ。

「嘘だろう……？」

……僕に「やれ」と言っているのか、この女は？

「あっ、やっ……もっ、もう、やだあ……っ」

ヘザーが激しく暴れ、ベッドがギシギシと音を立てる。革ベルトはそれほど柔らかくなかった。これ以上暴れると、怪我をするかもしれない。ヒューイはヘザーの肩を掴《つか》み、顔を覗《のぞ》き込む。

「ヘザー君！　僕が誰だかわかっているのか？」

「んっ……」

「答えたまえ！　僕が誰だかわかるか⁉」

「んあぁ……」

だめだ。彼女は目の前にいる男が誰なのか、理解していない。そんな状況でできるわけがない。しかしこのまま彼女を放っておいたら……怪我をするか、ほんとうに気が狂ってしまうのではないだろうか。その可能性をヒューイは危惧した。

「あふっ」

ヘザーが身体を左右に揺すった拍子に、上着がはだけて白い乳房がまろび出た。目を逸《そ》らすべきなのに、柔らかそうに揺れる双丘に釘づけになる。もう限界だと悟った。彼女も、自分も限界だ。

「クソッ……！　君に触れるが、後で文句を言うなよ！」

毒づいて歯を食いしばり、ヘザーの足の間に触れた。

「ああうっ」

刺激を感じたのだろう。ヘザーは身体を震わせて悲鳴をあげる。

これはヘザーを落ち着かせるための行為である。したがって事務的に淡々と済ませるべきだ――ヒューイはそう考えていた。それなのに、彼女の潤った場所に触れた途端、固い決意にぴしりとヒビが入ったような気がした。

いや、自分はヘザーの自慰行為を目にしたことがある。彼女がやっていたように、あれと同じことをやればいいだけだ。容易《たやす》い作業のはずだ。ヒューイは唾を飲み込み、もう一度決意を固める。

しっとりと熱く潤った襞《ひだ》は、ヒューイを誘うように蠢《うごめ》いている。溝に沿って指を這わせると、ヘザーの身体がぐんと弓なりになる。そのまま襞《ひだ》の中で指を動かすと、彼女は喘《あえ》ぎながら足を開いていった。

「あ、ああんっ……」

襞《ひだ》に覆われていた小さな蕾が露わになり、体液にまみれてつやつやと輝いているのがわかる。

……なんの拷問だ、これは。

ヒューイは再び唾を飲み込んだ。自分の呼吸が荒くなっている。こめかみのあたりを汗が伝っていった。彼女の痴態を目にしたのは初めてではない。でも一度目のとき、ヒューイにとってのヘザーは「よく知らない女」でしかなかった。

いまは、そうではない。ヘザーは字が汚くて、剣技に秀でていて、陽気で、さっぱりしていて……いまのヒューイは、彼女について知りすぎている。あのときとは、何もかも違うのだ。先ほどはどうして「容易い作業」だなどと思えたのだろう。これは己の人生でもっとも困難なミッションではないか。

ヒューイが自分を律しようと必死になっている一方で、ヘザーは自分を解放するために必死だった。彼女はヒューイの指に自分を擦りつけるように腰を揺らす。

「んうぅ……」

その拍子に、汗ばんだ胸がぷるんと揺れた。こっちの気が狂いそうだった。ヒビが入りまくった固い決意とやらは、いまや崩壊寸前である。これ以上進んだら、ほんとうに壊れてしまいそうだ。

でも、やらなければヘザーが壊れる。

「……いや」

どちらも壊してなるものか。自分を律したまま彼女を高みに導き、そしてその後は……その後は、上官と部下に戻る。できるはずだ。ヒューイは大きく息を吸い込み、彼女の足の間の蕾を摘まんだ。

「ひゃ、あっ……」

蜜を纏《まと》わせた指でその部分を撫であげる。ヒューイの動きに応えるかのように、蕾は硬くなっていった。

「は、ああっ……」

甘い声を吐き出しながら、彼女は浮かせた腰を揺する。その瞳は宙のどこかを虚ろに見つめていた。ヘザーはもうすぐ辿り着けるはずの絶頂を目指しているのだろう。自分を導いているのが誰であるかなんて、いまの彼女にとっては些末な事象に過ぎない。喉元に、ふいに苦いものが込みあげた気がして、ヒューイは下唇を噛みしめる。それはいま考えることではない。自分に言い聞かせながら、ヒューイはヘザーの蕾を擦る。

「あっ、あうぅ……」

濡れて光っていた蕾は、最初に目にしたときよりもぷっくりと腫れて膨らんでいた。ヘザーの身体がぶるぶると痙攣《けいれん》し始める。ヒューイはそこで僅《わず》かに力を入れながら、蕾を押し潰す。するとヘザーは呻《うめ》いて腰の動きを止め、小さく震えた。

これでヘザーを解放できた。ヒューイ・バークレイ史上もっとも困難なミッションを成し遂げたはずだ。息を吐き出したヒューイであったが、彼女の腰はヒューイの手に自分を押しつけるように、再び揺れ始めた。

「あ、ああっ……ま、まだ……胸、くるし……」

ヘザーは涙に潤んだ瞳でヒューイを見あげていた。胸にも触れてほしいということなのだろう。汗ばんだ彼女の乳房がふるりと揺れる。もうそこから目を逸《そ》らせなくなった。薄く色づいた乳首はヒューイの視線を浴びたせいか、瞬く間に尖っていく。ミッションは、完遂できていなかった——

ヒューイは大きく息を吸い込んだ。

「くる、し……は、早くしてぇ……」

ねだるような声音だった。ヘザーは、自分が陥《おちい》っている甘美な苦痛をさらにヒューイに分け与えようとしている。

「悪魔か、君は!!」

やけくそ気味に怒鳴ってヘザーの背中に手を回し、彼女の身体を少し持ちあげる。それから胸の頂に唇で触れた。舌で先端を舐《な》め、つんと硬くなったところを転がすようにねぶる。

「ひあっ、あ、あっ」

「君は僕を殺す気なのか!」

彼女のほうはヒューイに手も触れていないというのに、こっちは殺されそうである。

「恨むぞ、ヘザー・キャシディ……!」

彼女を罵りながら反った背中につつつと指を滑らせた途端、ひときわ激しい声があがった。

「あああっ！」

もう一度、確認するように指で背中を辿る。

「あっ、ああうっ……！」

「なるほど……」

彼女は背中が好《い》いらしい。そこで背中に触れながら胸を吸いあげると、ヘザーは悲鳴をあげて大きく震えた。その後で、ぐったりと彼女の身体の力が抜けていく。瞳を閉じてシーツに身を沈め、呼吸を整えているように見えたが、やがてそれは深い寝息に変わっていった。

ヒューイは床にがくりと膝をつき、理性を総動員させることに集中した。彼女は満足したようだが、こちらは生殺《なまごろ》しである。先程から股間が痛いほどに膨れあがっている。いまならばヘザーは自分を受け入れるだろう。訳もわからぬまま、ヒューイを迎え入れるに違いない。

これは据え膳というやつだ。彼女だって懇願《こんがん》していたではないか……

頭の中にそう囁《ささや》く声が聞こえる。だが彼女は何もわかっていない。妙な煙でおかしくなっているだけで、いまの彼女はヒューイがよく知るヘザーではないのだ。

そんな状況で彼女の中に入って、なんの意味がある……？

ヒューイは肩で息をしながら拳を握り、祖母と母の葬儀の日のことを思い起こした。少年の頃、落馬して鎖骨を折ったときの痛みを思い出した。さらに、床の木目を数えた。それからナイフを拾って、ヘザーの拘束を解く。自分のマントを外して彼女の身体を包んだ。

「……君は、覚えちゃいないんだろうな」

そう呟《つぶや》いてヘザーを肩に担《かつ》ぎあげた。

娼館の入り口では先ほどの老婆が「商品を連れていくな」と言うようなことを喚《わめ》いていたが「この女は王宮騎士であり、手違いでここへ連れてこられた」と説明した。自分の説明に異を唱えるようであれば、この店の商品の入荷方法について徹底的に調査すると告げると、さすがにまずいと思ったようだ。そこで老婆は口を閉じたのだった。

マントの下はほぼ半裸のヘザーをこのまま馬に乗せるわけにはいかない。店の前まで馬車を呼んでもらい宿舎まで戻った。自分が乗ってきた馬は後で取りに行けばいいだろう。

宿舎に到着したが、やはり人目につくのは困るので裏口を使った。ヘザーのことは肩に担《かつ》ぎあげたままである。そういえば、前にもヘザーをこんな風に運んだことがあった。あのときは粗野な酒場で男と騒いで泥酔した女だと思い込んでいた。彼女に対して良い印象はまったく抱けなかった。

だが、いまは……いまはどうなのだろう？

他のどんな女よりも、タフで、シンプル。ヒューイの小言を受け流しているのかと思いきや、要所要所でこちらの気持ちを汲んでくれる。これまで女と仕事をしたいなど思ったことはなかったが、ヘザーは最高の相棒と言ってもいい。

以前は彼女の部屋を知らなかったが、現在は上官として把握している。ただ、実際に訪ねるのは初めてだ。人目に気をつけながら廊下を進み、ヘザーの部屋の前までやって来た。いったん彼女を担《かつ》ぎ直し、扉を開ける。部屋の中を目にしたヒューイは息をのんだ。

椅子には脱ぎっぱなしの衣服が大量にかけられており、許容量を超えたものは床に落ちてそのままになっている。開きっぱなしのクローゼットの中には洗濯済みと思《おぼ》しき衣服が無造作に重ねられ、崩れ落ちたものがやはりそのままになっていた。ごみ箱の周囲は紙くずだらけだ。遠くからシュートして外れたものが散乱しているのだろう。さらにベッドは今朝起きたままの状態なのか、毛布は半分ずり落ち、枕もあさっての方向に転がっていた。室内履きの片方はベッドの脇、もう片方は窓際と、とんでもない位置で離ればなれになっている。

「き、君は……」

意識のないヘザーに向かって、ヒューイは思わず叫んでいた。

「君は部屋も汚いのかーーー!!」

マグダリーナは自分が借りている集合住宅の一室で、アルドとニコラスによって拘束された。現在は彼女を自身の部屋に閉じ込め、アルドを見張りに立たせている。

「ニコラス。君がしたのは、余計なお世話というやつだ！」

ヒューイは宿舎の自室にニコラスを呼びつけ、たっぷりと絞っているところだった。

「基本的に、家族間の問題に他人が口を挟むものではない！」

「はい……」

ニコラスはよかれと思って行動したのだろう。だがその結果、ヘザーはとんでもない目に遭った。アルドが偶然目撃しなければ、ほんとうに危ないところだったのだ。

ニコラスとアルドの二人には、ヒューイとヘザーの間に何が起こったかまでは話していない。ただ「商品として店に並ぶ前に確保することができた」と、それだけ伝えている。

「僕からの注意はここまでにしておくが、後でヘザー君に殴られても文句は言うなよ」

「う……は、はい」

ヒューイは罰としての暴力をよしとしないが、ニコラスはそのくらいのことをされても文句は言えないはずだ。説教が終わった後はニコラスをマグダリーナの元へ向かわせる。しばらくするとニコラスと交代したアルドが戻ってきた。

「なんかあいつ、すげえへこんでましたよ」

「うむ。きつく叱ったからな」

「ああー。俺もあいつを責めるようなこと、結構言っちゃったんですよね。後でヘザー・キャシディにもやり込められるのか……そういえば、あの女は？」

「まだ眠っているはずだ」

彼女をあの汚い部屋に送った後は、目覚めたら自分のところへくるようにと記したメモを残してきた。まだ来ないということは、寝ているのだろう。何があったか彼女は覚えていて、恥ずかしくて部屋から出てこられないという可能性はあるのだろうか？

「俺、昔……伯父の家に養子に出されたんですよね」

そのとき、アルドがふと語り出した。アルドの伯父は大規模な農場の主であったが、伯父夫婦には子供がいなかった。そこでアルドが跡継ぎとして養子に入ったらしい。

「まあ、よくある話なんすけど」

数年して伯母が亡くなり、伯父は若い娘と再婚した。すると、伯父と新しい妻との間に息子が誕生した。伯父の家の跡継ぎではなくなったアルドは生家へ戻ることになったが、弟や妹が増えて自分の知らない新たな家庭が成立しており、やはり彼の居場所はなかった。

家族や伯父たちと対立しているわけではないが、罪悪感や気まずさがあるのか、皆アルドから距離を取りたがっているのがわかる――彼はそう言った。

「それは……大変だったのだな」

「まあ、ニコラスみたいな第三者が一番厄介なんすけどねえ」

ニコラスは母方だけとはいえ自分の家族仲がいいから、複雑な家庭で育った人間の気持ちが理解できないのだ。根拠もなく「家族ならばわかり合えるはず」と思い込んでいる。

「……教官とこはどうなんですか、家族」

「僕の母は六年前に亡くなっているが……まあ、普通の家庭だったと思う」

その頃の父は野心に満ちていて、自らの栄進《えいしん》に必死だった。社交界での評判もひどく気にしており、良い家族だと周囲に思われたかったらしい。父は妻にそう振る舞うように強いた。夫婦仲はとうに冷めきっていたのに世間体のために良い夫婦、良い家族を演じていた――そんな気がする。だからといってヒューイの家が特別なわけではない。そういった家庭がたくさんあることは知っている。しかしヒューイの母と祖母が立て続けに亡くなると父はひどく気落ちし、いままでの行いを悔いる言葉をよく口にするようになった。

「特別仲がよかったわけでも、手の施しようがないほど崩壊していたわけでもない。多分、普通と呼べる範疇《はんちゅう》の家庭だった。他人の家の問題に関しては……僕は何も言えないな」

「俺はそういうのが一番有難いっすね。何も言わないでいてくれるのが」

アルドはようやく心を開いてくれるようになった。ゴダールまでの旅は順調なものとは決して言えなかったが、それでも得るものはあったと思う。

「ヘザー・キャシディの母親は最悪ですけど、でも親父さん……あれはちょっと羨《うらや》ましいっす」

彼はそう言い残して、休息をとるためにヒューイの部屋を去った。

一人になったヒューイは椅子の背に凭《もた》れかかり、天井を見あげた。

「家族、か……」

父はヒューイに、血筋や家柄で選ぶのではなく、まずは愛する人と結婚してほしいと言った。

ヒューイは家柄の良い女でなければ、興味すら持てないと答えた気がする。キンバリー侯爵家の夜会が迫っている。夜会にはヒューイが理想とする女が多く参加しているはずだ。

そう、自分の理想の女。まず貴族の血筋であることが望ましい。それから……それから……

「それから、なんだったかな……」

理想の条件はたくさんあったはずなのに、いまは何故かそれが思い出せない。それどころか、背の高い赤毛の女が、剣を振り回している姿が思い浮かんだ。

また胸のあたりが圧迫されている気がして、ヒューイはその部分を擦った。

＊＊＊

ヘザーは目を覚ました。

罵倒されながら、何度も何度も高みに上りつめるという、とんでもない夢を見ていた気がする。

それから、ここはどこなのだろうと思い、ハッとして起きあがった。

部屋の中は真っ暗だったが、月明かりが差し込んでいる。宿舎の、自分の部屋のような気がした。だがここで眠りについた記憶がない。覚えているのは、いかがわしい建物の中で安っぽい騎士服を着せられたあたりまでだ。

ランプをつけて、自分の身体をよく見てみる。素肌に偽物の騎士服を羽織っただけの姿だ。身体におかしいところがないか調べてみたが、手首が少し赤くなっているだけだった。

次に恐る恐る足の間に目をやった。痛みや出血はないように思える。

それからベッドを下りて、まともな服に着替えようとした。だが何を着るべきだろう。いまは夜のようだが、寝間着に着替えて改めて休もうとは思えない。ヘザーは考えながら部屋をうろつき、そして扉と床の隙間に紙が差し込まれていることに気がついた。紙を手に取って見てみると、美しい文字が並んでいた。ヒューイが書いたメモだ。そこには、目が覚めたらヒューイの居室へくるようにと記してあった。それから「部屋の掃除くらいしたまえ」と下のほうに書いてある。

ヘザーは部屋を振り返った。これはまだ綺麗なほうである。ひどいときには扉と窓、机、ベッドを結ぶように獣道ができるのだ。

美しい文字で綴《つづ》られたメモを、なんとなく抱きしめた。ヘザーをここへ運んでくれたのは、ヒューイなのだろう。

「身体のほうは平気かね？」

ちょうど日付が変わった頃にヒューイの居室を訪ねると、彼は制服のままヘザーを待っていた。

「何があったか覚えているか」

そう訊《たず》ねる彼は無表情だったが、ヘザーの様子を窺うような、何かを隠しているような、そんな風にも見える。もしかして自分は無事ではなかったのだろうか？　商品として売られてしまった後で保護されたのだろうか……？　その可能性に思い当たり、血の気が引いた。

「南地区の喫茶店で母親に会ったのは覚えているな？　僕はその後のことを訊《たず》ねている」

自分に何があったのか、確かめるのが怖い。マグダリーナめ。今度会ったらただじゃおかない。絶対ひどい目に遭わせてやる。いや、その前にニコラスをとっちめなくては。

「え、ええと。喫茶店を出るとき、急に眠くなって……変なお店……たぶん、娼館に連れていかれて……安っぽい騎士服を着せられて……」

「ふむ。それから？」

ヘザーは手首の赤くなっている部分を擦った。

「手首を、縛められて……後はよく覚えてない……気がついたら、宿舎の自分の部屋にいたの」

「……そうか。実は、君が連れていかれるところをアルドが目撃していた」

ばったり会ったニコラスを使ってヒューイに知らせ、アルド自身はヘザーが乗せられた馬車の行先を突き止めたのだという。

「……アルドが？」

「うむ。僕が娼館を訪ねたとき、君はおそらく……売りに出された直後だったのだと思う」

店の人間の様子といい、時間的にも他の客が入る余裕はなかったはずだとヒューイは言った。

「そして……僕が拘束を解いて、君を……君を宿舎まで連れて帰った」

「そ、そうだったの……？」

記憶のない時間帯に関しては推測するしかないが、おそらくは大丈夫だったのだろう。ヒューイが助けてくれたのだから。

「……ほんとうに覚えていないのか？」

「ごめんなさい。全然覚えていなくて……でも、助けてくれてどうもありがとう」

「……いや。覚えていないならそれでいい」

ヒューイの物言いが引っかかる。彼は何か隠しているのではないだろうか。自分の身に関わることだ。ショックを受けるかもしれないが、知っておきたい。ヒューイを問い詰めようと思ったとき、彼のほうが先に口を開いた。

「実は君の母親を捕まえている」

その言葉で、ヘザーの気持ちが切り替わった。

マグダリーナは自分が借りている部屋の中に軟禁されているらしい。ヒューイはマグダリーナの似顔絵が載った手配書を机の上に置く。彼女はカナルヴィルの街でお尋ね者になってしまったから、王都へ逃げてきたようだ。

「詐欺を五件、密輸が一件、君にしたことを含めると人身売買も行っている」

何故ヒューイ個人の判断で軟禁状態にしておくのだろうと疑問に思い始めていたが、マグダリーナの罪を並べ立てられて、ヘザーはハッと気づいた。呼応するようにヒューイが頷く。

「司法の場に立たせるのは容易い。だが、おそらくは地下牢獄で十年以上過ごすことになるぞ」

地下牢獄で十年以上――それは死に等しい。劣悪な環境のせいで大抵の者は数年で病気になって命を落とすのだ。あるいは精神を病んでしまい、刑を終える頃には死んだも同然となっている者も多いと聞く。

「今回は、君に判断を委ねようと思う」

「わ、私に決めろってこと？　でも……」

「そうだな。いま釈放しても、そのうち手配書は国中に出回る。だが……」

死ぬとわかっている場所に、母親を送ることができるのか――ヒューイはそう言いたいのだろう。

人の気配のない真っ暗な宿舎の食堂で、ヘザーは一人頬杖をついて考えていた。

『悪いがそれほど時間はない。午前四時までに君の考えを聞きたい』

ヒューイはそう言っていた。彼個人の判断でやっていることだから、この件に人員は割けない。アルドとニコラスが交代でマグダリーナを見張り、夜が明けたら通常通りの研修を行わないと、周囲に怪しまれるからだ。

まさか、こんな重大な決断を迫られる日がくるなんて思ってもみなかった。ヘザーは目を閉じる。マグダリーナのことは「死ねばいいのに」とこれまでに何度も思った。だが、自分の手で処刑台へ送るような真似はできるのだろうか？　でも彼女がしたことは許せない。今回見逃したとしても、そのうち手配書は方々に出回るはずだ。遅かれ早かれマグダリーナは地下牢獄へ行くことになる。ならば、いま捕まえたっていいではないか。そして彼女が地下牢獄で朽ちていくところを想像して、溜飲《りゅういん》を下げるのだ――ほんとうに下がるのだろうか？　考えすぎて頭が痛くなってきた。

そのとき、ランプを手にしたヒューイが現れる。

「ヘザー君。考えは纏《まと》まったかね」

「あ、時間は……？」

「現在、三時四十分だ」

もう時間がない。ヘザーはため息を吐《つ》きながらこめかみを揉《も》む。

「君に決断を迫った僕が言うのも変だが……だいぶ、参っているようだな」

「ええ。これまで生きてきて、こんなに考えたことない」

「そうか……」

ヒューイは呟《つぶや》くと、ヘザーの斜め後ろ側のテーブルに着いた。ランプの灯りの眩しさが気にならない程度の、だが自分はここに一人きりなのではないのだと思えるような位置だった。ヒューイが選んだ場所は自分への気遣いが溢れているような気がして、こんなときなのに――こんなときだからこそ？――泣きそうになる。泣きそうになったついでに、弱音を吐いてしまった。

「ここから逃げたい……だって、どっちを選んでも後悔しそうなんだもの……」

「君は母親を仇敵《きゅうてき》のように考えているのだと思っていたが」

「だからよ。自分が処刑台に送ったんだと思うと、寝覚めが悪いから」

何故大嫌いな女のせいで、自分の寝覚めが悪くならなくてはいけないのだろう……そう思うということは、どこかでマグダリーナを家族だとか、母親だとか、そんな風に考えるのを諦めきれていないのだろうか？ ……いや、冗談ではない。夫と娘を捨てて出ていったくせに、ふらりと金をせびりにやって来て、その挙げ句娘を売った女だ。冗談ではない……

……と、先ほどからこの繰り返しである。考えることを放棄して、ここから逃げ出せたらどんなにいいだろう。ヘザーはそんな胸のうちを吐露した。

「……君が決められないのなら……僕に、一つ考えがある」

ヒューイの言葉に、ヘザーは振り返った。彼はランプを持って立ちあがる。

「僕と一緒に来たまえ」

ヒューイはヘザーを伴ってマグダリーナを回収すると、フェルビア港に向かった。港にはいくつもの船が停泊している。空が白み始めると、夜明けとともに出港する船の周囲が騒がしくなった。

「ね、ねえ。私はどうなるの？ もしかして、奴隷として異国に売られるわけ？」

両手を後ろで縛められたマグダリーナは、港に並ぶいくつもの帆船を目にして恐怖を表した。

「助けてよ、ヘザー。悪かったわ。でも、仕方がなかったの。家賃を払うアテがなくて……仕方がなかったのよ！」

言い訳されて気分が悪くなったヘザーは彼女から目を逸《そ》らした。ヒューイが前に出て、二人の間に立ってくれる。

「マグダリーナ・ウェルズ。では、地下牢獄へ入るか？」

地下牢獄の話はマグダリーナも知っているらしい。身体を縮こまらせ、ぶるぶると首を振る。

「あんなところ……死罪も同然じゃない！」

「地下牢獄が嫌ならば、あの船に乗りたまえ」

ヒューイは顎で船を示し、マグダリーナにチケットのようなものを差し出した。

「これはネドシア島への片道乗船券だ。このままあの船に乗り、二度とフェルビア王国には立ち入らないと約束するのであれば……今回だけは見逃してやる」

ネドシアとは船で一週間ほど進んだところにある、そこそこ大きな島だ。フェルビア港にやってくる船、出ていく船はネドシアを経由するものも多いと聞く。

マグダリーナは訳がわからないといった表情をしている。あまり周辺国の地理には詳しくないのだろう。それを悟ったのか、ヒューイが付け加えた。

「ネドシア島民の約半分は、フェルビア語を話す」

言葉が通じると聞いて安心したのか、マグダリーナはやっと頷いた。ヒューイは彼女の縄を解いてやり、桟橋のほうへ向かうように促《うなが》す。

「今後あなたをこの国で見かけることがあったら、次は容赦なく地下牢獄に放り込む。覚えておきたまえ」

「わ、わかった……わかったわよ。行けばいいんでしょう。……ねえ、ヘザー……」

マグダリーナは何かを言おうとしてヘザーを振り返った。だがヘザーは一歩下がった。彼女を許すつもりはないが、許しを請われたら、はいともいいえとも言えずにますます気分が悪くなりそうだったからだ。高身長のせいでヒューイの背中に隠れるなんて可愛らしいことはできなかったが、間に立ってくれているヒューイの肩は驚くほど頼もしかった。

どれくらいの間、自分の足元を見つめていただろう。

「出港を確認した」

ヒューイの言葉に顔をあげると、マグダリーナが乗ったと思われる帆船が、段々と遠ざかっていくところだった。

「ネドシアには過去に一度、視察で行ったことがある。先ほど言ったように、フェルビア語はだいたい通じる。物価も文明レベルもフェルビアとそれほど変わらない。街には救貧院もある」

彼女は着の身着のままで船に乗った。だが救貧院に辿り着くことができれば、とりあえず飢え死にすることはない。ヘザーはマグダリーナに対し覚悟を決められずにいたが、彼が選んだ方法は最良のものだったかもしれない。マグダリーナは死ぬわけではない。この国で手配されていることに変わりはないが、何より二度と会わずに済む。

「君は、何を選んでも後悔しそうだと言っていたな」

歩き出したヒューイであったが、ふと立ち止まってヘザーを振り返った。

「今後、この選択を後悔することがあったら、僕を責めたまえ。君が自分を責める必要はない」

ヒューイの肩越しに朝日が昇って、ヘザーは瞳を狭めた。

彼はヘザーの代わりに選択をしてくれただけではない。ヘザーが自分を責めずともいいようにしてくれたのだ。だが、ヒューイを責めることなどこの先決してないだろうと、ヘザーにはわかっていた。それから、思った。

いつの間に、どうしてこんなに好きになっちゃったんだろう……と。

ヒューイがヘザーのような女を選ぶなんてあり得ない。わかりきっていたことなのに、気がつけば重くて苦くて、少しだけ甘い気持ちにどっぷりと浸かっている。

「バークレイ教官。ほんとうに、ありがとうございました……」

「礼には及ばない。君にはカナルヴィルでの借りがあるからな」

ヒューイはそう言ったが、カナルヴィルでの出来事は今回に比べたら全然たいしたことではない。

彼の心遣いが有り難くて切なくて、朝日が眩しいふりをしてヘザーは視線を落とした。

ヒューイが胸ポケットから懐中時計を出したようだ。鎖の音がした。

「我々も急いで戻ろう。しかし、皆寝不足だな……朝は通常通りに始めるが、昼休憩を一時間ほど多めにとる。そのつもりで仕事に取りかかるように！」

「は、はい！」

ヘザーはいつになく素直にヒューイの言葉に返事をした。

ヒューイ・バークレイの理想と現実

マグダリーナの件から、一週間ほど後。

「うーん……特に悪いところはないと思うけどねえ……」

宿舎の医務室を訪れていたヒューイに、医師は首を傾《かし》げながら言った。

「時折痛みを感じるのは、この辺だって？」

医師はヒューイの胸のあたりに触れる。

「ええ。痛いというか……締めつけられるような、苦しいような……」

そう答えると医師は腕を組んで立ちあがり、ヒューイの周りをゆっくりと歩く。

「何か、悩みとかあるんじゃないの？　問題のある研修生を抱えてるとかさあ」

それならば常にあるような気がする。新人騎士の教育に頭を痛めているのはいつものことだし、いまはそれがニコラスとアルドの再教育に代わっただけである。ニコラスのだめっぷりはなかなか抜きんでているとはいえ、あれくらいで音《ね》をあげていては指導教官は務まらない。

「仕事で負担に感じていることは、別にないですね」

「ふーむ……ひょっとしてバークレイ君、失恋でもした？」

医師の言葉に驚いた。それが自分の症状となんの関係があるのだろう。いや、関係があったとしても失恋などしてはいない。第一自分は愛だの恋だのというあやふやな感情に翻弄される性質ではない。そんなものに振り回されるのは愚か者のすることだ。

「……まさか」

否定すると医師はヒューイの顔を覗《のぞ》き込み、にやりと笑う。

「じゃあ、不毛な恋でもしてるんじゃないの〜？」

「それもないです」

先ほどからなんなのだろう、この医師は。騎士になりたての頃から世話になっているが、こんなに俗物的な会話をする人間だったなんてがっかりである。

「あるでしょあるでしょ？　相手に恋人がいるとか、どうやっても手の届かない相手とか……あっ！　もしかして、コンスタンス王女様のこと、好きだったとか⁉　遠くにお嫁に行っちゃったもんね。ぼくも密かなファンだったから、残念なんだよねえ……」

「いや、ないですね」

病気を疑って医務室までやって来たのに、医師ときたら頭がお花畑の人みたいに色恋の話を持ちかける。ばかばかしくなったヒューイは立ちあがり、上着を着込んだ。

医師はまだ宙を見つめながら、立派な白い鬚《あごひげ》を擦っている。

「けどねえ、君の症状……ストレスの一種だと思うんだけどねえ……？」

礼を言って医務室を後にしたが、医師はまだぶつぶつと呟《つぶや》いていた。そして扉を閉める瞬間、妙な言葉を聞いた。

「うーん……家庭や仕事の悩みじゃなければ、恋煩《こいわずら》いだと思うんだけどなあ」

……恋煩《こいわずら》い？　ばかな。このヒューイ・バークレイに限って、それはあり得ない。

ヒューイが司令部へ戻ると、ヘザーの机の前に馴れ馴れしくベネディクトが屈《かが》み込み、さらにそこに頬杖をついて話し込んでいた。

「俺、何回かカナルヴィルに行ったことあるよ。図書館の近くのパン屋が美味いって聞いてたんだけど、結局買いに行く機会がなくってさ。それが心残りなんだよね」

「ああ、そのパン屋さんね、去年閉店しちゃったのよ」

「えっ、マジで？　残念だなー」

内容はたわいない世間話だ。だがどうでもいい話を延々と続けている二人の様子を見ていたら、無性に苛《いら》ついた。「何をだらだら話している⁉　午後の業務が始まるぞ！」と、言おうとしたが時計を確認するとまだ七分ほどの余裕がある。仕方がないので苛々《いらいら》したまま自分の席に着いた。するとベネディクトが顔をあげてこちらを見る。

「ヒューイ。おまえ、今日の仕事は早めに切りあげるって、ヘザーに話してないだろ」

「……すまない。忘れていた。ヘザー君、今日はいつもより一時間ほど早く業務を終える予定だ」

「ええ。いま、ベネディクト殿から聞いたわ」

今夜はキンバリー侯爵家での夜会があるからだ。夜会の話を聞いた当初は、理想の条件に適う相手を見つけようと意気込んでいた。夜会服を新調しようかとも考えた。なのにその日が近づいても乗り気にはなれず、結局なんの準備もしていない。ゴダールまでの旅やらマグダリーナの件やらで、忙しかったせいもある。しかしいつもの自分ならば、どれほど予定が詰まっていようが最初に立てた計画は完遂していたはずだった。

やはり体調の悪さが関係しているのだろうか？　胸のあたりを擦りながら考えていると、ベネディクトはヘザーを振り返り、とんでもないことを言い出した。

「じゃあさ、ヘザー。俺も仕事早めに切りあげるから、二人でメシ食いに行かない？」

ヘザーは驚いたようにベネディクトを見る。彼女が返事をする前にヒューイは口を開いていた。

「ベネディクト。君もキンバリー侯爵家の夜会へ出席すると聞いていたが？」

だからベネディクトはヘザーを食事に誘えるわけがない。しかし彼は悪びれもせず笑った。

「俺は花嫁探しなんてまだ必要ないからなあ。おまえと違って気楽なもんよ」

ヘザーの前でなんてことを言うのだろう。ベネディクトの首を締めあげたくなった。ヒューイは拳を握りしめる。いや、これはヘザーに知られて困ることではない。自分は花嫁を見つけるためにキンバリー侯爵家の夜会へ行く。事実だ。それの何が悪い？

そう思おうとしたが、何故かヘザーの顔を見ることができなかった。

「ベネディクト殿。出席すると答えたのなら、あなたは夜会に行くべきだと思うわ」

「えぇー？　せっかくヘザーと食事に行くチャンスなのになあ」

「じゃあ、それは……また、今度」

「ほんと？　それって、ちゃんと次の機会がある『今度』？」

続いた二人の会話は先ほどよりもヒューイを苛立《いらだ》たせた。ベネディクトはこんなに嫌な奴だっただろうか？　それにヘザーもヘザーだ。何故はっきり断らないのだろう。

「いつまで喋っている！　午後の業務が始まるぞ！」

実際にはあと三分ほどあったわけだが、ヘザーがベネディクトに返事をする前に、自分の怒鳴り声で二人の会話を打ち切った。ベネディクトは肩を竦《すく》め、自分の机に戻る途中でヒューイの肩をぽんと叩いた。何気ない仕草であったが、意味が込められているような気がした。

――おまえは食事に誘おうとしてスルーされてただろ？　それにおまえは夜会で花嫁探しだもんな。じゃあ彼女は俺が誘ったって、いいよな？

ベネディクトの手のひらに込められた意味について考えてみたが、そんなことしか思い浮かばない。ベネディクトはそんなに嫌な奴ではないはずだ。しかしヒューイの前でこれ見よがしにヘザーを誘っていた。それは嫌な奴のすることではないだろうか？　それにベネディクトは以前からヘザーのことを「目の保養」と表現し、ファンを公言していた。ヒューイはまた胸のあたりを擦る。

「ねえ……バークレイ教官？」

声をかけられて顔をあげると、ヘザーが妙な表情でこちらの様子を窺っている。

「あ、あの……午後の研修、始まるわよ……？」

「う、うむ」

そうだった。元々は自分が昼休憩を打ち切ったのであった。午後はアルドとニコラスの教養テストだ。以前数字に特化したものを行ったが、今回は王国の歴史についてのテストである。ヒューイは作っておいた問題用紙を慌てて机の中から取り出した。

「やっぱり、侯爵家の夜会ともなると、教官でも緊張するのね」

テストを行う部屋へ向かう途中で、ヘザーが言った。

「さっきからソワソワしているのは、そのせいなんでしょう？」

ヒューイは俯《うつむ》いた。

……何故、君がそれを言う？

それに自分はソワソワしているわけではない。何故か苛々《いらいら》しているのだ。苛々《いらいら》しているし、ついでに身体の調子もおかしい。夜会では、勧められたとしても酒は控えたほうがいいだろう。


キンバリー侯爵邸の周辺の道は、招待客たちが乗った馬車で渋滞が起きるほどであった。もちろんヒューイと父のレジナルドはそれを見越して早々と会場入りしている。早く到着した者同士で挨拶を交わし、近況を伝え合っているうちに、屋敷の中は人でごった返すようになった。

普段のヒューイであれば、大勢の人間が集う夜会では出入りする招待客を鋭くチェックしていた。バークレイ家に恩寵《おんちょう》をもたらしてくれそうな未婚の娘がいれば、特に念入りに。扇子で顔を隠してくすくす笑ってばかりいるような娘は美人でもだめだ。かといって積極的すぎるのもよくない。他にもドレスの着こなしには品位があるか、娘本人はもちろん、付き添い役の婦人の振る舞いにも注意を払う――いつものヒューイならばそうだったし、今夜もそのつもりであった。

「ヒューイ。ごらん、ステイトン伯爵一家だよ」

父が扉のほうを見てヒューイに告げる。確かに伯爵一家が到着したようだ。伯爵夫妻は娘を二人連れている。二人とも特別な美女というわけではないが、親しみやすそうな雰囲気だ。花嫁を探している男たちの間では熾烈《しれつ》な争いが繰り広げられることだろう。

「ヒューイ、ご挨拶に行かなくていいのかい？」

伯爵家の娘に男たちが群がる様子を他人事《ひとごと》のように見つめていると、父は訝《いぶか》しんだ。

そう。いつものヒューイならば、ダンスの申し込みをして顔と名前を覚えてもらう努力ぐらいはしていたはずだ。それなのに今夜は自分を売り込む気も起きず、見知った顔に出会えば無難な挨拶を交わすだけということを繰り返していた。

夜会も終盤に差しかかった頃、大広間の扉の周囲にいる客たちがざわついた。誰かが大遅刻してやって来たらしい。一晩に複数の夜会をはしごする者もいるから、遅刻は珍しいわけではない。だが注目を浴びるためにわざと遅れてくる人もいる。あざとい奴の顔を拝んでやろうとして、ヒューイは絶句した。大広間に現れたのは、ヘザーとベネディクトだったからだ。

ベネディクトは招待状を受け取っているから、この夜会への参加資格は持っている。ヘザーは招待状を持っているベネディクトのパートナーとしてならば、会場へ入ることができる。それに彼女はきちんとドレスを纏《まと》っていた。ヒューイの屋敷へ来たときと色合いは似ているが、違った雰囲気のドレスを。髪の毛は例の物議を醸したリボンで飾っていた。

父がヒューイの袖を引っ張って耳打ちしてくる。

「ヒュ、ヒューイ。あれは、ヘザーちゃんではないかね……？」

「……そのようですね」

「一緒にいるのは、ベネディクト君だろう？　おまえの友達の。どうしてまた……？」

「僕にもわかりません」

父にはそう答えたが、ベネディクトはしつこくヘザーを食事に誘っていた。誘った場所が料理店から侯爵邸の夜会になっただけの話かもしれない。ヘザーはその誘いを受けたのだ。

そう推測した途端、ぎりぎりと胸のあたりが痛んだ。

ベネディクトは遅れたことを詫《わ》びながらヘザーを連れて人の輪の中へと入っていく。初めは物珍しそうにヘザーを見ていた男たちが、彼女に近寄っていった。ヘザーの周囲で彼女と会話をしたがっている様子の男は、見たところ三、四人。ステイトン伯爵家姉妹のように、ひっきりなしにダンスを申し込まれ、どこへ行っても男たちが後をついてくるような大注目の女というわけではない。

だがヒューイは知っている。ヘザーを生意気だとか背が高すぎるとか文句を言って煙たがる男は、自分に自信がないから嫉妬と羨望を彼女にぶつけているだけだ。つまり彼女を素直に称賛できる男は、自信と余裕に満ち溢れている男と言えよう。しかもヘザーの周りにいるのは、侯爵家の夜会に招待されるような、地位も財産もある男たちだ。

「ヒューイ……おまえはヘザーちゃんと踊らなくてもいいのかい？」

父がヒューイの様子を窺うように問う。

「……僕がですか？」

ヘザーがこの場にいるのは、ベネディクトの誘いを受けたからだ。彼女と自分が踊ってどうなるというのだ。それにヒューイは花嫁候補を探しにこの会場へやって来たわけであって、ヘザーは自分の望む条件とはかけ離れている。正反対だと言ってもいい。そう、自分が望む女は……

ぐるりと会場を見渡したが、靄《もや》がかった風景の中で、ヘザーの姿だけがやたらはっきりと映る。

ベネディクトがヘザーの背中に手を添え、ダンスホールへ誘っている。ヒューイの胸がぎゅっと締めつけられた。思わず一歩踏み出し、それと同時にヒューイは認めた。あの医者の言ったことは、間違ってはいなかったのだと。

――恋煩《こいわずら》いだと思うんだけどなあ。

＊＊＊

宿舎へ向かう馬車の中、ヘザーは向かいに座っているヒューイの様子を観察した。彼は胸の前で腕を組み、怒ったような顔をして黙り込んでいる。かなり感じが悪い。

いったい、なんだというのだろう。ヘザーはここに至るまでの出来事を思い返した。

『なあ、ヘザー。俺と一緒にキンバリー侯爵邸の夜会に行かない？』

今日の業務が終わってすぐ、そう誘ってきたのはベネディクトだ。

ヒューイは今夜の夜会で花嫁候補を探すという話だった。何故そんな場所に自分が行かなくてはならないのだろう。ヘザーの気も知らずにベネディクトは話を続ける。

『ヒューイの見物も兼ねてさ、行ってみない？』

はじめはそれを残酷な誘いだと思った。だが、考えてみればいい機会なのかもしれない。

ヒューイはどこかの令嬢と踊るのだろう。彼の腕にすっぽりと収まるような華奢な娘をヘザーは思い描く。育ちがよくて上品で可愛らしい、自分とは正反対の娘を。

それを目にした自分は「ですよねー！」と納得するに違いない。同時に、ヒューイに抱いたもどかしい気持ちを捨て去ることができるのではないだろうか。やはり彼は別世界の人間だったのだ、彼と自分がどうにかなる可能性なんて万に一つもないのだ――と。

どうにもならないことをグズグズと思い悩み、一人で勝手に舞いあがったり落ち込んだりする。こんなにめんどくさい感情が自分の中にあることを、二十六年生きてきてヘザーは初めて知った。

そしてヒューイは絶対に自分を選ばないとわかっている。わかりきっている。不毛だ。これは不毛な恋なのだ。手遅れになる前に、さっさと捨ててしまったほうがいい。

夜会に出入りしても見咎《みとが》められない程度の無難なドレスは持っているし、コンスタンス王女の練習相手をしていたから、ダンスを踊れないこともない。

今夜、自分の恋心にすっぱりと別れを告げる。そのためにベネディクトとキンバリー侯爵邸に行く――そう決めたヘザーはベネディクトに向かって「じゃあ、行く」と答えたのだった。

そうしてベネディクトと一緒に会場入りしたわけだが、ヒューイは父親と一緒に参加しているようだった。以前ヒューイの屋敷を訪問したとき、レジナルドにはとても親切にしてもらったので、ヘザーは彼に挨拶に行こうとした。するとベネディクトがそれを止めた。彼は首を横に振り、昏の前に人差し指を立てて、ヘザーにウインクしてみせる。それがなんの合図だったのか、未だによくわからない。

そしてベネディクトに連れられてダンスホールへ向かい、彼とダンスを踊っていると、いきなりヒューイが現れたのだ。ヒューイはベネディクトの肩に手をかけ、身体を入れ替えるようにしてヘザーの前に立った。

『どうして君がここにいる？』

ヒューイは怒ったような顔つきでヘザーの手を引いて、ダンスホールを後にした。その際ベネディクトを振り返ると、彼はひらひらと手を振っていた。ヒューイの乱入に驚いている風でも怒っている風でもなかった。

そのままキンバリー侯爵邸を後にして通りに出て、ヒューイは辻馬車を停めた。そして二人は宿舎へと向かっている。


ヘザーはもう一度ヒューイのほうに視線をやった。彼は先程と同じ格好をしていて、やっぱりひどく機嫌が悪いように見える。ヘザーはそれが何故かを考えた。いくらベネディクトからの誘いがあったとしても、やはりヘザーのような庶民が参加していい夜会ではなかったのかもしれない。ヘザーの行いを恥だと考え、上官として叱責《しっせき》するつもりなのだろうか？

宿舎の裏口で馬車を降りると、ヒューイはヘザーの肘を掴《つか》んで歩き出す。

「あ、私の部屋……」

「君の部屋は汚い、気が散る！」

彼の向かう先が自分の部屋とは別方向だと指摘しようとしたが、きっぱりとそう言われて黙るしかなかった。お説教は彼の部屋で行われるらしい。

彼は自室にヘザーを入れると、扉を閉めた。これは本格的なお説教になりそうだ。自分がキンバリー侯爵家の夜会に参加するのは、そこまで失礼なことだったのだろうか。

ヒューイは閉めた扉に寄りかかって、しばらく無言で自分の足元を見つめていた。やがて大きなため息を吐《つ》き、腕を組んでうろうろと歩き回り始める。いま、彼の頭の中ではヘザーに対する罵詈《ばり》雑言《ぞうごん》が次から次へと溢れ出しているに違いない。言葉にするのが追いつかないから歩き回って思考を整理しているのだろう。ヒューイが歩き回っている間、今度はヘザーが扉に背中を預けて自分のつま先を見つめた。

この息苦しい空間に耐えられなくなったのはヘザーのほうだ。先に謝ってしまおうと思った。

「あの、そんなに悪いことだと思わなくて……」

「まったくだ。僕は気分が悪い！」

ヒューイは歩くのをやめ、ヘザーに向き直った。夜会用の踵《かかと》の高い靴を履いているから、彼と目線の位置がそれほど変わらなくなる。濃い飴色の瞳がじっとヘザーを見つめていた。

「最近の僕は、君のせいで具合が悪い」

「え、わ、私のせいで具合が悪い……ですってえ……⁉」

猛烈にひどいことを言われた気がした。なのにヒューイは大真面目な顔で頷いてみせる。

「そうだとも。痴態をじっくり見物されたり、同性愛者だと思われたり……君と関わって以来、僕は大変な目に遭ってばかりだ」

「う……」

確かにヒューイには色々と迷惑をかけた。こうして一つ一つ挙げられるとヘザーも口を噤《つぐ》むしかない。だが彼の小言はまだまだ続いている。

「君は字が汚い！　おまけに部屋まで汚い！　ほんとうにとんでもない女だ！」

自分はヒューイの常識とはかけ離れた女なのだろう。やはり別の世界の人間なのだ……でも、そこまで言う……？　そんなこと自分でもわかってるし！　へこんだり腹を立てたりしながら彼の罵倒を受け止めていたが、突然、ヒューイの語調が変わった。

「……それなのに、僕は君のことが気になって気になって仕方がない……」

部屋の中の空気も変わった気がした。彼はすぐに続ける。

「君がベネディクトの誘いを受けたと知って、僕は嫌な気持ちになった。あの会場でも、君が誰と踊るのか気になって仕方がなかった。僕は……僕は、君が好きなんだ」

ヘザーは瞬きを繰り返した。ヒューイの具合が悪いことから始まって、ヘザーが変態で文字も部屋も汚いところを経由して、何故そこに着地するのだろう。彼がヘザーを好きになる要素など一つもないように思える。聞き間違いを疑っていると、ヒューイは視線を落とした。

「君は、困っているんだな。僕は、仕事に私情は挟まない……安心してくれたまえ」

彼は諦めたような口調になり、扉に手をかけた。こちらが何も言えずにいるから話を終わりにして、ヘザーを帰らせようとしているのだ。

「ま、待ってよ。私のせいで具合が悪いって……」

どう考えても愛の告白に繋がるセリフではない気がする。

「嘘ではない。僕は体調不良を覚えて医師のところまで行った」

「え……？　お医者さんは、なんて？」

「目に見えて悪いところはなかった。だが医師は、僕が……こ、こい……こ、こ……」

「……こ？」

ヒューイが言葉を詰まらせたので、ヘザーは首を傾《かし》げる。彼は咳払いした。

「こ……な、何か、悩み事があるのだろうと言った」

「その原因が、私？」

「僕にはそれしか思い当たらない」

彼が同性愛者なのではないかと思っていたとき、ヘザーはもやもやとした気持ちを抱えていた。

そしてゴダールの領主館でヒューイとキスをして、今度はふわふわした気持ちになった。それから
ヒューイが自分など選ぶわけはない、彼は然《しか》るべき家柄の娘を迎えるのだと悟り、重くて苦い感情
に苛《さいな》まれた。元からわかっていたことだが、恋心を自覚した後で改めて痛感したのだ。

ヒューイも同じ気持ちだったというのだろうか。自分ではどうしようもない感情に翻弄されて具
合まで悪くなったと、そう言っているのだろうか。

「教官、あの……」

「なんだね」

ヒューイが背筋を正してこちらを見た。彼はヘザーの返事を受け入れようとしているのだ。たとえ、それがどんな答えでも。

初めの頃はヒューイを高慢な神経質男だとばかり思っていた。だが彼は態度に棘《とげ》はあるものの、家族思いで部下思いで、ヘザーが知る誰よりも高潔な魂を持っている。ヒューイが自分を求めてくれるのならば、こんなに嬉しいことはない……が、具合が悪いだの字が汚いだの言われた後で好きだと告げられても、あまり実感が湧かないので確認しておきたい。

「あの……いまのは、愛の告白……と考えていいの？」

「あ、愛だと……⁉」

ヒューイは目を見開き、ぐっと息を呑み込んでから答えた。

「そういった曖昧《あいまい》なものではない。いまのは、僕の意思の表明だ」

いかにもヒューイらしい言葉が返ってきた。ロマンチックなものとは程遠いが、ヒューイの意思ならば何よりも確かで揺ぎないものだと信じられる。けれども確認事項はまだあった。

「あの、私の母親は犯罪者で……」

「とっくに承知している。その件には僕もどっぷり浸かったからな。君の母親がこのままあの島に留まってくれることを祈るしかない」

ヒューイの「意思の表明」にヘザーがどんな答えを出すのか、彼はもう悟っているに違いない。

ヒューイは一歩前に出て、自分の身体と扉の間にヘザーを挟むように立った。互いの顔が近くなる。

「他に、何かあるかね」

「私……私の背が高すぎるのは……」

「意外だな。気にしていたのか？」

今夜のように踵《かかと》の高い靴を履いているとヒューイとほぼ並んでしまうのだが、そういえば自分の身長について、ヒューイから揶揄《やゆ》されたことはない。

「僕はちょうどいいと思う」

何がちょうどいいの？　と、問う前にキスで唇を塞がれる。

こういったことに慣れていないヘザーは、一度目のときと同じように目を見開いた。ヒューイがヘザーの腰に手を添え、自分のほうへ引き寄せる。二人の身体がぴったりと重なった。

ほんとうだ。ちょうどいい。そこでヘザーはようやく瞳を閉じて、ヒューイの背中に腕を回した。

ヘザーの唇を優しく食《は》むように、ヒューイのそれが動く。初めは恐々《こわごわ》と、後に少し大胆にヘザーも唇を動かした。

ヒューイが小さく呻《うめ》いて顔を離す。彼は手でヘザーの頬を撫でた。いつもは冷静な飴色の瞳に、激しい情欲の炎が揺らめいている。彼と初めてキスしたときに垣間見えた炎だと思った。

「君には一度殺されそうになっている……僕は充分《じゅうぶん》耐えたほうだと思う。構わないか？」

「え？」

自分がヒューイを殺しそうになった？　いったいどういうことだろうと考える間もなく、彼の腕がヘザーの腰に添えられる。部屋の奥のほうに置いてあるベッドが目に入ってどきりとした。へザーは以前あのベッドを使ったことがある――ただし一人で。でもヒューイはいま、二人で使おうとしているのだろうか？　情熱的なキスの続きをするつもりなのだろうか……？

想像しただけで頭がくらくらする。ヘザーの足元がふらついた。でもへたり込むつもりはない。彼はヘザーを求めてくれているのだから。ふらつきながらも一歩二歩とベッドのほうへ向かおうとすると、腰に添えられたヒューイの手に力がこもった。

二人でベッドの縁に腰をおろすと、ヒューイの腕がヘザーの背中に回った。彼はドレスの背中に並んだボタンに手をかけているのだ。だが彼はボタンをすぐには外さなかった。指先でそれを弄《もてあそ》んでいる感触が伝わってくる。

「君が嫌なら止めるが……」

止めるが……？　言葉の続きを促《うなが》すようにヒューイの顔を見た。

「いま拒絶されたら、今度こそ僕は君に殺される」

先ほどから彼が何を言っているのかよくわからない。いつ、どうやって殺されそうになったのだろう？　自分にそんなことができるとは思えない。でもヘザーの答えはとっくに決まっている。

「あなたが死んだら困るし、私……構わない」

そう告げると、ヒューイはヘザーを抱きかかえるようにしてベッドに横たわった。ヒューイが下で、ヘザーが上だ。彼は口づけを繰り返しながら、ヘザーの背中を露わにしていく。

前に、彼の髪を自分の指でかきあげてみたいと思ったことがあった。ヘザーは夢中でそうした。いつも綺麗に整えられているヒューイの髪の毛を、自分の指で乱しながら彼に口づけた。

やがてドレスのボタンがすべて外されたのがわかった。背中にひんやりとした空気を感じる。ヒューイの指はヘザーの背骨をなぞるように動いた。

「う、あっ……」

ぞくっとした感覚に襲われたヘザーは思わず声をあげた。すると彼の指がもっと自信に満ちた動きになる。それは探っているようなのにどこか確信めいていて、誘うようでもある動きだった。

「は……あぅ……」

くすぐったいけど、でもそれだけではない。不思議な感覚をもっと味わおうとしてヒューイの動きに身を任せていると、彼はヘザーが纏っているドレスを引っ張った。ボタンはすでに外してあったから、後ろ身頃は左右に綺麗に分かれていく。ヘザーはドレスの袖から自分の腕を引き抜いた。

上半身が下着だけになると、ヒューイはヘザーの両肩に手を添えた。彼は一度ヘザーと目を合わせ、それから二人の身体を入れ替えるように動く。今度はヘザーが組み敷かれる形になった。

ヒューイはヘザーの腰を浮かせてドレスを完全に取り払う。ヘザーが身に着けているものはシュミーズとドロワーズだけになった。そこでまたヒューイと視線が絡んだ。髪は乱れているし、肩で息をしている。こんな風に乱れた彼を見るのは初めてだ。それだけでヘザーも熱に浮かされたような気分になる。ヒューイの胸にそっと手を当てると、彼は勢いよく上着を脱いだ。そして自分のシャツのボタンを外しながらヘザーに覆い被さり口づけを落とす。

彼は自分の舌でヘザーの口の中を蹂躙《じゅうりん》する。舌で舌を絡め取ったかと思うと、それは歯列をなぞるように蠢《うごめ》く。

「ん、んんっ……」

ヒューイは嵐みたいなキスを繰り返しながら、ヘザーが身に着けている下着を取り去っていく。それは乱暴ではないけれど丁寧とも言い難い動きだった。余裕のなさが伝わってきて、こんな彼を見られたことが嬉しくなってくる。唇は首筋から胸元に滑っていく。肌に彼の熱い息がかかった。

「ん、あっ……」

胸の先端を舌で弄《もてあそ》ばれて、自分でも驚くくらいの甘い声が漏れた。

正直、ヒューイとこんなことになっているのが未だに信じられない。理性の塊のような存在のヒューイが、持てる情熱をすべてヘザーだけに向けている。そう考えただけで足の間が疼《うず》いた。

乳房を包んでいた大きな手のひらが、お腹の下のほうへと向かっていく。ヒューイは自分の膝も使ってヘザーの足をさらに開かせると、たったいま暴いた場所へ指を忍ばせた。とっくに濡れていたから、彼の指は襞《ひだ》の間を滑るようにぬるぬると動く。

「あっ、ああん……」

執拗に襞《ひだ》をなぞられているうちに、自分はこの指の動きを知っていると感じた。以前もこんな風に導いてもらったことがある――ような気がしてならないのだ。記憶の底を浚《さら》ってみようとしたが中心の核に触れられて、ヘザーは喘《あえ》ぎながらヒューイにつかまった。

いちばん敏感な場所を優しく摘まれたり押し潰されたりしているうちに、考え事など吹き飛んで、どんどん上りつめていく。

「あ、あっ……」

粘つくようないやらしい水音が激しくなってきた。自分とヒューイが立てている音だと思うと、羞恥と興奮でおかしくなりそうだった。

「…………っ!!」

ヘザーが達する瞬間ヒューイに唇を塞がれて、絶頂の呻《うめ》きは彼の唇の中に飲み込まれた。そのままシーツに押しつけられたかと思うと、膝の裏にヒューイの手が添えられた。自分の入り口に、質量のある熱いものが押し当てられる。

ヘザーは一度、ヒューイのそれを見たことがある。ウィンドールの街の宿屋での出来事だった。お上品なヒューイに、こんなに凶暴なものがくっついているの!?　……と、驚いた覚えがある。

「えっ？　い、痛……！」

その凶暴なものが勢いよく入ってきたので、ヘザーは目を見開いた。まさかひと息に侵入してくるとは思っていなかったのだ。覚悟はしていたが、やっぱり痛い。大きく呼吸をして痛みを受け流そうとした。

すると、ヘザーの様子を窺っていたヒューイの表情が変わった。

「おい、まさか……君は、初めてだったのか？」

「え。そ、そうだけど……」

むしろ何故経験済みだと思われていたのだろう。ヘザーは周囲の男騎士たちから煙たがられている非モテな存在であることを、ヒューイは知っているはずなのに。

「……君は、男の職場とも言えそうな場所で……闘技場で働いていた。その頃に何かあっても、おかしくはないと……僕は、てっきり……何故、先に言わなかったんだ？」

彼は説明のような言い訳のようなものを続ける。ひどく動揺した様子ではあるがヘザーの中に入っている彼の一部はちっとも申し訳なさそうではなかった。カチコチに硬くなって熱を放ち、思い切り自分を主張している。

「……初めてだって、申告するものなの？」

「そういう決まりはないが……言ってくれたらもっと時間をかけた」

ヒューイは一度言葉を切ったが、それを打ち消すようにすぐに首を振った。

「いや、僕は気が逸《はや》っている……時間をかけるのは無理だったかもしれない」

「あっ？」

ヒューイはヘザーの身体を抱き起こした。彼に跨《また》がったまま、座って向かい合う体勢になる。自分の重みも手伝って、より奥までヒューイが届いた。胸に口づけられてヘザーは仰《の》け反ったが、お腹の中を押し広げられている苦しさはまだ続いている。だが羽根でくすぐるような動きで背中に触れられて、ヘザーは苦悶《くもん》とは違う悲鳴をあげた。

「ちょっ……？　あっ、ああ！」

「君は背中が弱い」

「えっ？　な、なん……あっ……！」

どうしてそんなことをヒューイが知っているのだろう。自分ですら知らなかった。身体中をぞくぞく走る快感に、ヘザーは繋がったまままもがく。

「あの日の娼館で、君を解放したのは僕だ」

ヘザーは覚えていないが、確かにヒューイが助けに来てくれたらしい。

「僕が言っているのは手首の拘束の事ではないぞ。妙な煙を吸った君は完全に我を失っていて……僕に『なんとかしてくれ』と懇願《こんがん》したんだ」

「う、うそっ……ん、ああっ」

煙が怪しいと思ったことは覚えている。身体が疼《うず》き始めたことも。しかしその後のことはよくわからない。

「君は苦しそうに暴れていて、なかなかベルトが外せなかった。だから僕は君に触れた」

「んっ……」

絶妙な力加減で背中を撫でられ、ヒューイにしがみつく。二人の汗ばんだ肌がぴったりとくっついた。自分の中が潤っていき繋がっている部分を濡らしたのがわかる。さっき、彼の指の感触をどこかで知っていると思った。それはもしかして……そう考えたヘザーは問うようにヒューイを見つめる。彼は小さく頷いて続けた。

「終わった後、君は僕の気も知らずに気持ちよさそうに眠っていた。僕は生殺《なまごろ》しにされたまま君を部屋まで運んだんだぞ……」

「えっ、じゃあ……あっ？」

では罵倒されながら何度も達した夢は、夢ではなかったということなのだろうか。そのまま押し倒されたので、考える間も訊《たず》ねる暇もなかった。

「まだ痛いか？」

彼はいったん腰を引き、ゆっくりと自分をヘザーの中に収める。それを数度繰り返した。やがてその動きは滑らかになり、彼が動くたびにくちゃりといやらしい音がするようになる。

「あっ、へ、平気……」

もう痛みも苦しみもない。それどころか内側を擦られるたびに、奥を突かれるたびに甘美な痺《しび》れが全身に広がっていく。喘《あえ》いで背中を反らせた際にヒューイは器用に指を差し込み、ヘザーがさらに好くなるように愛撫した。

「あっ、は……」

互いの息遣いと淫《みだ》らな水音しか聞こえなくなると、ヒューイはヘザーの足を持ちあげ、自分の肩にかけた。そして上から突きおろすようにヘザーの中を穿《うが》つ。

激しい動きに立派なベッドが軋《きし》んでいる。胸元にヒューイの汗が落ちてきた。こんなに乱れた彼をすぐ近くで見られるのが嬉しい。揺さぶられながらそんなことを思ったが、やがて何も考えられなくなってきた。

「あ、わ、私……私……っ」

自分の中がヒューイをぎゅうぎゅう締めつけているのがわかる。

「もしかして……このままいけそうか……？」

ヒューイが低い声でそう囁《ささや》いた。確かにこのままどこかに飛んでいけそうな気分だった。

「ん……うんっ……」

ヒューイにしがみついてそう答えると、彼の動きに熱がこもる。けれども力任せというわけではない。ヘザーが好《い》いところばかりを突いて、擦る。最後に背中をひと撫でされて、ヘザーは悲鳴をあげながら達した。ほんとうにどこかに飛んでいったみたいだった。

ヘザーの震えが収まる頃に、ヒューイは自分が果てるためにもう一度動く。彼はヘザーのお腹の上に出した白いものを拭うと、隣に横たわって呼吸を整えた。

ヘザーはヒューイのほうへ腕を伸ばし、彼の薄茶の髪を指で梳いた。知的で神経質そうな顔の作りだと思っていたが、こうして乱れたところを見てみると、野性味が加わっていてとても素敵だ。

ぼんやり見惚れていると、その視線に気づいたヒューイが腕を伸ばしてきてヘザーを抱き寄せる。汗で湿った肌がくっついた。

ヘザーの中では、ヒューイはこうした接触を嫌いそうなイメージだった。こちらからさらにくっついても大丈夫だろうかと、ちらりとヒューイを見やる。もの問いたげなヘザーの視線に、ヒューイが片方の眉をあげてみせた。

「あなたは、こういうこと、あんまりしない人だと思ってたから……」

「……こういうこと、とは?」

「こうして、くっついたりすること」

ヒューイは少し考え、それからヘザーの頬を手の甲で撫でる。

「君は特別だからな」

その答えに、ヘザーは遠慮なく身体を寄せた。

揺るぎないもの、譲れないもの

キンバリー侯爵家の夜会から三日ほど後、ヘザーはヒューイの居室に呼び出された。

時間が夜だったこともあり、彼はイチャイチャするつもりなのかもしれない……！　と、ヘザーは期待した。浴室で丁寧に身体を洗った後、いつもはおざなりにつける化粧水と乳液を念入りに肌に擦り込み、何度も鏡をチェックするくらい、期待していた。

だがヒューイは勤務中と微塵も変化がなく、きっちり制服を着込んだ状態でヘザーを迎えた。

男女のあれこれを期待していたのは自分だけだったらしい。少しがっかりしたヘザーだったが、彼に小さな箱を差し出されて目を見開く。箱の中にはダイヤモンドの指輪が鎮座していたからだ。それが本物かどうかヘザーには判別できないが、ヒューイの持ち物ならばたぶん本物なのだろう。

「バークレイ家に伝わるものだ。これを君に」

ヒューイは指輪について説明した。彼の母親や祖母もつけていた指輪らしい。つまり、バークレイ家に嫁ぐ女性に贈られるものだ。

「……え？　私に？　な、なんで？」

嬉しく思うよりも先に頭の中が疑問符でいっぱいになる。ヒューイと男女の関係になってから数日しか経っていない。いくらなんでも早すぎないだろうか？

「ヘザー君。君は……僕がなんの決意も覚悟もなしに君と関係したと……僕をそんな男だと思っているのか？」

ヘザーの態度に、彼は愕然《がくぜん》としたようだ。なんと声まで震えている。

「君は、後のことなど考えずに、軽い気持ちで僕と寝たというのか……？」

「えっ。ち、違う！　そうじゃない！　そうじゃないけど」

ヒューイが軽い気持ちで女性に手を出す男――しかもヘザーは彼の部下である――だとはまったく思わないが、結婚まで考えているとは思わなかった。彼は由緒ある家柄のお嬢さんを迎えたいのではなかっただろうか。ヘザーを妻にしても、バークレイ家のためになるようなことは何一つない。

ヘザーがそう説明すると、彼は姿勢と一緒に襟を正した。

「妻の家名に頼らずとも、自分の力で行けるところまで行く。新たな僕の目標だ。それに父は君を気に入っている。君が僕の妻になってくれたら……喜ぶと思う」

どうやら彼は本気らしい。もっともこんな冗談を言う人ではないのだが、それでもヒューイが自分に求婚するなんて思ってもみなかった。ぼんやりと突っ立ったままのヘザーを見つめ、ヒューイは咳払いする。一度口ごもって、それから少しぶっきらぼうに言った。

「それに僕の気持ちは君も知っているはずだ」

そしてヘザーから視線を外し、自分の足元に視線を落とした。もしかして彼は照れているのだろうか。その仕草が妙に愛しくて、ヘザーは微笑んだ。

「あ、ありがとう、もらう。もらいます……嬉しい……」

するとヒューイは小箱から指輪を取り出してヘザーの手を持ちあげた。

大好きな人が、自分を望んでくれた。そして生涯をともにしようとしている。まさか自分の人生にこんなことが起こるなんて、夢みたい——ヘザーはうっとりとヒューイを見つめる。

だがヒューイのお祖母さんやお母さんは華奢でほっそりとした女性だったのだろう。指輪はヘザーの薬指の第一関節と第二関節の間で見事に止まる。二人の間に気まずい沈黙がおりた。

「これは……後日、直しに出すことにする」

ヘザーの指に嵌《は》まることのなかった指輪を、ヒューイは箱の中へ戻している。その様子からは若干の動揺が窺えた。ヘザーも恥ずかしさに襲われながら、両手を擦り合わせる。身長が規格外なのだから、手足だって同じだ。おまけに幼い頃から剣を振り回しているから、指はごつごつと節くれだっている。そりゃ普通の女性サイズのものがすんなり入るわけはないよなあと思う。

ヒューイは相変わらず気まずそうにしていたが、ふと顔をあげた。ヘザーも何かを期待して彼を見つめる。

「……わざわざ呼び出してすまなかった。では、また明朝」

だがヒューイの口から紡《つむ》がれたのは「形式的なご挨拶」と表現できそうなものだった。

「えっ、終わり？」

「何か質問でもあるのか？」

「え……いえ。あのー……」

ヒューイに呼び出されて、ヘザーは邪《よこしま》な期待をしてここまでやって来た。だがヒューイは結婚の約束を取りつけるだけのためにヘザーを呼んだらしい。彼からの求婚は予想外だったから驚いたしとても嬉しかった。でも求婚されてそれを受け入れた後って、もっと盛りあがるものではないだろうか。指輪が入らないという事故は起こったが、ひしと抱き合ってキスをするとか……もっとこう……なんか、ないの？　と思ってしまう。

おまけにヒューイときたら教官の顔に戻って「質問でもあるのか？」ときた。そんな態度をとられては「この後、イチャイチャしたりしないの？」なんて言いにくいではないか。

「どうした……？」

彼はヘザーの言葉の続きを待って佇《たたず》んでいる。これが勤務中であれば痺《しび》れを切らしたヒューイが「言いたいことがあるのならばはっきり言いたまえ！」と怒鳴り声をあげるのだろう。

プライベートな空間だからだろうか。それともヘザーが相手だからだろうか。彼はなんとなく譲歩してくれていて、いつもより優しい感じがする。特別扱いしてくれているのかなあと、幸せに浮かれたヘザーはちょっとだけ勇気を出した。

「あの。私、もう少しここにいても平気なんだけど……」

すると、彼は胸ポケットから懐中時計を出して時間を確認した。

「双子に課題を出してある。悪いが、早めに帰宅して勉強を見てやらなくてはいけない」

ヒューイは宿舎で寝起きしているわけではない。普段は西地区にある屋敷から通っているのだ。

そして彼は、自宅でも従弟《いとこ》の少年たちを相手に教官みたいなことをしている。

「話があるのならば、明日の昼休みに時間を取るが」

彼はいたって無表情で、ヘザーの言葉の裏にあるものを何も読み取っていないようだった。いまだって言いにくいのに、昼休みに改めて「イチャイチャしたい」なんて言えるわけがない。

「いいえ、話があるわけじゃないの。別に、いいわ……いいです……」

それに双子たちの教育についての話をされると、自分の要望などとても口には出せなくなった。「なんて不道徳な女だ！」とか「やはり君はとんでもない痴女だったんだな！」とか罵られて振られてしまうかもしれない。

ヒューイは帰り支度を始めている。だが手袋を嵌《は》める前に、ふとヘザーのほうを見た。悶々《もんもん》としながら突っ立っていたヘザーに何か思うところがあったのかもしれない。

「あ、ごめんなさい。私、戻るわね」

暇《いとま》を告げると同時に、ヒューイの手がこちらに伸びてきた。彼はヘザーの髪に触れる。

「湯あがりなのか？　髪が乾いていない」

「え、ええ……」

イチャイチャを期待していたヘザーは、ここにくる前に入浴してきた。ある程度は乾かしてきたのだが、芯のほうはまだ湿っている。ヒューイはそれに気づいたのだ。だからヘザーはつい期待してしまった。イチャイチャまではいかなくても、お休みのキスとかがあるのではないかと。

しかし、ヒューイはやはりヒューイだった。

「風邪をひくぞ、早めに戻りたまえ。時間を取らせて悪かった」

「ええ……おやすみなさい……」

「うむ。また明朝」

ヘザーはヒューイの部屋の扉を閉めると、がっくりと肩を落とした。だめだ。自分に異性を陥落させるような色気があるとは思えないし、ヒューイが異性の色香に惑わされるところもまったく想像できない。

自室へ戻る途中、ヘザーは色々と考えた。ヒューイとは、一度は結ばれた。結ばれたはずなのだ。侯爵家の夜会があった夜、夢みたいな熱い時間を過ごしたことは確かだ。

だがヒューイは気持ちの切り替えがびっくりするほど早い人だ。結婚の約束を取りつけたことで、彼の気持ちはすでに来たるべき晴れの日へと向かっているのかもしれない。それにヒューイが甘い言葉を囁《ささや》いてくる場面や、過剰な接触を求めてくるところは想像が難しい。

……けど、もうちょっと、なんかないわけ？

＊＊＊

帰宅したヒューイは、自分の行いを振り返っていた。反省点ばかりである。まさか指輪が入らないとは思わなかった。このヒューイ・バークレイとしたことが、とんだ失態である。

身体の関係を急いでしまったのも、大きな失態だと考えている。娼館で生殺《なまごろ》しにされた挙げ句、彼女がほかの男のものになってしまうのではないかという焦りが、あのときの自分にはあった。

既成事実を作った直後は安堵したが、いまになって思えば……あれは本能に取りつかれた獣のような行動ではなかっただろうか。しかもヘザーは処女だった。

彼女が処女だと知っていたら、手は出さなかったはずだ。いや、それでは「処女でなかったらどう扱ってもいい」という考えの男みたいではないか。自分はそういういい加減な気持ちで部下に手を出すような男ではない。次の機会に恵まれたならば、もっと労わって……

そこまで考えてヒューイは首を振った。

ヘザーと関係を結び、彼女が自分の求婚に頷いてくれたからといって、ここまで煩悩の嵐に見舞われるとは――たるんでいるぞ、ヒューイ・バークレイ。色事にうつつを抜かすなど、愚か者のすることだ。次の機会など、挙式の夜に決まっているではないか。その日まで厳粛たる気持ちで過ごすべきだ。そうでなくてはいけない。

気持ちを切り替えたヒューイはロイドとグレンの勉強を見るために、彼らの勉強部屋へ向かった。

「双子たちは眠ったのかい」

勉強の時間が終わって階下へ行くと、父親のレジナルドはワインを飲んでいた。チーズかクラッカーをもらおうと目論《もくろ》んでいるラッキーが、そのソファの周りをうろついている。

「ええ。グレンはこっそり本を読んでいるかもしれませんが……あの、父上」

「なんだい？」

「結婚することにしました」

前置きもなしに宣言すると、父は勢いよく立ちあがった。

「えっ？　だ、誰と？　なんでまたいきなり……わ、私の知ってる人かい？　もしかして、キンバリー侯爵家の夜会に来ていた人？」

父はあれほどヒューイの結婚を望んでいたのに、実際にそれが起こるとは思っていなかったのだろう。ものすごく慌てている。ヘザーは「父の知っている人で、キンバリー侯爵家の夜会に来ていた人」なので、ヒューイは頷いた。

「はい。ヘザー・キャシディに結婚を申し込みました」

父は虚を衝《つ》かれた表情になったが、やがてじわじわと口の端をあげていった。

「ヘザーちゃん？　……ほんとうに、あのヘザーちゃん？」

「はい。彼女と結婚します」

「ああ、よかったあ！」

レジナルドはヒューイの両手を取って、ぶんぶん振り回した。彼がヘザーを気に入っていることは知っていたが、ここまで喜ぶとは思わなかった。

「よかった……！　私はね、ヒューイ。おまえには愛のある家庭を築いてほしいと、心から願っていたんだよ！　おまえにも、愛する女性が見つかったのだね！」

腕を振り回されながらヒューイは考えた。自分がヘザーに好意を寄せているのは事実だ。彼女は人生のパートナーとして好ましい。そう思う。

だが、愛。……愛？　愛や恋といったものは幻想に過ぎない。

ヒューイが一度罹《かか》った病は「恋煩《こいわずら》い」だと医者が言っていたし、自分自身もそれは認めた。だが一般的に広く認識されている病の名が「恋煩《こいわずら》い」というだけである。あれは悩み事を抱えたせいで体調に異常を来たした――それだけのことだ。

実体のない不確かなものを、どうして皆宝物のように扱うのだろう？

＊＊＊

「ヘザー君。今日、仕事が終わった後に時間をとれるか？」

数日後、ヒューイからそう問われたヘザーは、期待を込めて大きく頷いた。どこかで二人きりになって、そしてイチャイチャする光景を頭の中に思い描いたからだ。

「指輪を直しに出したいのだが、君が一緒でないとサイズがわからない」

「あっ……あぁー、指輪。指輪ね！　わかったわ」

続いたヒューイの言葉に、一瞬「なあんだ」と思ってしまう。だが結婚へ向けて前進していることは確かなわけで……そこまで考えて首を傾《かし》げる。あれ以来、ヒューイとは何もない。肌を重ねるどころかキスも、甘いやり取りもない。あの夜の濃密な時間は夢だったのではないかと思うほどに何もない。ほんとうに自分たちは結婚するのだろうか？　あまり実感が湧かなかった。

「サイズ直しを済ませた後、一緒に夕食でもどうだね」

「えっ!?」

再びヘザーの心が躍る。二人で指輪を直しに行って、その後で夕食――すごくデートっぽい感じがするからだ。では、ご飯を食べた後はどうするのだろう？　夜の公園に行って、暗がりでイチャイチャするとか……？　そう考えただけでニヤニヤが止まらない。

「ヘザー君？　もしかして、都合が悪いのか？」

「え？　……全然！　全然悪くない！　都合いい!!」

「う、うむ……？」

慌てて取り繕ったが、今度は前のめりになりすぎたようだ。ヒューイは若干引き気味である。なんだか、いまの自分はエッチなことしか考えられない男の子みたいだ。やっちゃったなあと思う。しかしヒューイとプライベートな時間を過ごせることには変わりない。終業後、ヘザーは意気揚々と自室に着替えに戻ったのだった。

服装はかなり悩んだ。ヘザーには「ちょっとしたお出かけ用のドレス」がないのだ。夜会用のドレスはさすがに場違いだろう。色々と考え、結局身に着けたのは騎士の制服とそれほど変わりない衣装だった。シャツにパンツにジュストコール。女騎士の私服として特別なものではなく、それなりにフォーマルな格好だ。あまりデートという感じがしなくなってしまったが仕方がない。最後に自分の姿を鏡で確認し、急いで待ち合わせ場所に向かった。

デートの進行は淡々としたものだった。バークレイ家御用達の宝飾店で指輪の直しを頼んだ後は、ヒューイがベネディクトとたまに行くらしいレストランに連れていってもらった。そこでヒューイからは学生時代の話を聞き、自分は剣士時代の思い出を話した。仕事の合間にもできるような会話をしながら食事を終える。レストランを出るときには、ヘザーの頭の中は「この後どうやって公園に誘おう？」という考えでいっぱいになっていた。

しかしヒューイのほうはデートをお開きにしようと考えているらしい。

「宿舎まで送る。辻馬車の多い通りまで少し歩こう」

「えっ？」

終わり？　これで終わり？　デートが始まってまだ二時間かそこらだ。そもそもこれはデートだったのだろうか。だんだん自信がなくなってきた。

「どうした。何か買いたいものでもあったのか？」

買いたいものはないけれど、行きたいところがある。ヘザーは公園に行きたい。いや、公園じゃなくてもいい。とにかくひと気のないところに行って二人きりになりたい。

「ええと、あの、あのー……」

ヘザーは居酒屋などの場所で、どうにかして女の子をお持ち帰りしようと画策する男性を何度も見たことがある。意中の相手に「どこかで飲み直そうよ」「公園に行って涼まない？」「最近、猫を飼い始めたんだけど見に来ない？」なんて必死でまくし立てていた。そういう人を見るたびにヘザーは「うわあ、みっともない」と辟易《へきえき》していたものだ。でも、いまの自分は相手をお持ち帰りしようと必死になっている男たちとそう変わらない気がした。

あまりがっつくとヒューイが引いてしまうかもしれない。必死なのがばれないような自然な誘い文句はないだろうか……そうだ。「もうちょっと歩きたい」とかはどうだろう？　食後の軽い運動ってやつだ。

ほんとうは激しくていやらしい運動がしたいわけだが、多分、順序というものがある。ヘザーはヒューイの袖を引っ張り「もうちょっと歩きたい」と訴えようとした。そのとき、近くの路地の奥から怒鳴り声と、助けを求めるようなか細い声が聞こえてきた。

「オラッ、財布出せよ！　痛い目に遭いてえのか？　ァア？」

「ゆ、許してください……！　ひ、ひぃぃ……た、助けて……」

声がしたほうを見ると、細身の青年が凶悪な顔をした男に恐喝されているところだった。恐喝男はかなりの巨漢だったが、ヒューイと二人がかりならば問題ないだろう。ヘザーが隣に視線を向けると、同じ考えだったらしくヒューイも頷いた。彼は善良な市民を助けるために声を張りあげる。

「おい、そこで何をしている！」

「あ？　なんだ、おまえら？」

「それはこちらのセリフだ！　その青年を解放したまえ！」

恐喝男は舌打ちすると哀れな青年をヒューイに向かって思い切り突き飛ばし、自分はヘザーのほうへ距離を詰めてくる。ヘザーは男の装備をざっと確認した。腰のベルトにナイフを差しているだけで、他は特にない。身体と声の大きさで相手を脅かすつまらない輩《やから》だ。恐喝男の手が胸ぐらに伸びてきて、ヘザーの身体が持ちあげられていく。衣服の繊維がちぎれていく音がした。

「ヘザー君！」

後ろからヒューイの声が聞こえた。彼は助けに入ってくれるだろう。だがこの男ならヘザー一人で充分《じゅうぶん》だ。男と顔の位置が近づいた瞬間、鼻を狙ってヘザーは頭突きした。

男はヘザーから手を放し自分の鼻を押さえようとしたが、それよりも早く掌底で男の顎を突きあげる。大きな身体が仰《の》け反った隙に、男のベルトからナイフを奪った。喉元にそれを突きつけようとしたとき、騒ぎを聞きつけた巡回中の騎士たちがこちらへやってくるのが見えた。

「どうした、大丈夫か⁉」

「恐喝があった」

集まってきた騎士たちの問いに、ヒューイが答える。

「あっ。これはバークレイ教官！　お疲れ様です！」

駆け寄ってきた騎士の一人はヒューイのかつての教え子だったようだ。彼はヒューイの顔を見て畏《かしこ》まった態度になった。ヒューイは元教え子の騎士に恐喝男の身柄を引き渡し、被害者に怪我がないかを確かめている。

そして恐喝男が騎士たちに連行されていくのを見送った後で、ヘザーを振り返った。

「ヘザー君、君の格闘術は見事だったが……怪我はないか？」

「ええ、平気よ」

だがシャツの上のほうのボタンはちぎれ飛び、上着の襟元もヨレヨレだった。平気だと言いながらもヘザーが襟元を押さえ続けているので、ヒューイが怪訝《けげん》そうな顔をした。

「……あの、怪我じゃないの。服がだめになっただけ」

被害は服だけだと示すために、一瞬だけ手を離して襟元の状態を見せる。するとヒューイの表情がさっと変わった。彼は自分の上着を脱いでヘザーの肩に被せる。それからスカーフも外してヘザーの首に巻いてくれた。そうした後でヒューイは周囲を見回し、近くにあった宿にヘザーを連れていくと、そこで部屋を取った。

訳もわからぬままヒューイに手を引かれていたヘザーだったが、部屋に入ってベッドを目にした瞬間、邪な気持ちが一気に芽生えてくる。なんといっても夕食の後に宿である。途中ちょっとしたトラブルには見舞われたが、デートの締めにイチャイチャするのはセオリーであるような気がした。

ようやくいい感じになってきた。これからあのベッドでイチャイチャするんだ……！　と、期待の眼差しでヒューイを見つめると、彼は真面目な顔をしてヘザーの両肩に手を置いた。このままキスをされるのだと思った。

「少し、待っていたまえ」

「……う、うん？」

どうして勿体ぶるのだろう。確かにヒューイはガツガツしている人ではないけれど……正直、もう待てない。ヘザーが唇を突き出しかけたとき、彼の言葉が続いた。

「僕は宿舎へ行って君の着替えをとってくる」

「えっ……え……？」

瞬きを繰り返すヘザーをよそに、ヒューイは「すぐに戻る！」と告げて出ていってしまった。

「なあんだ」

勝手にドキドキしてばかみたいだ。一人になったヘザーは、ベッドの縁に腰かける。ランプの傍《そば》で服の状態を確認してみると、思っていたよりも損傷が激しかった。特にシャツのほうはもう着られたものではなかった。ヒューイが慌てるのも無理はない。

それから、肩に羽織っていたヒューイの上着に腕を通した。すごくいい匂いがする。襟元を手繰《たぐ》り寄せ、鼻を押しつけてくんくんとヒューイの香りを嗅いだ。

ふしだらなことばかり考えてしまって、ヘザーのために奔走してくれている彼に申し訳ない。でも、この香りをもっと近くで嗅ぎたいなあと思う。目を閉じてヒューイの香りを吸い込みながら、一度だけ起こった蜜月のときを思い出した。

「ああ……」

あれが夢ではなかったと、どうにかして確かめたい。ヘザーは熱いため息を吐《つ》いた。

ヒューイと、イチャイチャしたいなあー……。

＊＊＊

剣を持ったヘザーは強く、かつ華やかに戦えることをヒューイはよく知っている。しかし丸腰でもあんな風に戦えるとは思っていなかった。近衛《このえ》隊長を務めていたのだから、効率よく敵を無力化する術を知っているのだろう。彼女の格闘術は非常に鮮やかであった。

だが、彼女の服の状態を見たヒューイは自分に嫌気がさした。ヘザーは平気だと言っていたが、服を破くのだって立派な暴力だ。彼女の戦いぶりに見惚れている暇があったら、すぐに手を貸しに行くべきだった……いや、一般市民の保護が先である。あの青年に怪我がないか、恐慌状態に陥《おちい》っていないかを確かめ、恐喝男に仲間がいないか周囲をチェックしなくてはならなかった。どちらにしろ応援の騎士たちが駆けつけてくるまで、ヒューイは自由に動けなかっただろう。

ヒューイとヘザーの立場が逆でも同じことだ。仲間の手助けに向かうよりも優先しなくてはいけないことがいくつもあった。互いに騎士をやっていると、こんな風にもどかしいことも生じる。

ヒューイは考え事をしながら宿舎に入り、ヘザーの居室の扉を開ける。それなりの覚悟はしていたが、案の定そこは荒れていた。

「き、汚い……」

思わず口に出してしまう。しかも以前より悪化しているように思えた。椅子の背からずり落ちた洗濯物と、クローゼットからはみ出して床を侵食してきている洗濯済みの衣類が合流している。

「これでは必要な着替えがわからないではないか……！」

片づけたくて仕方なかったが、いまは替えのシャツを見つけることが先である。

クローゼット下方の引き出しに目を向けると、引き出しは閉じられているのに、そこから何かの布がべろんとはみ出した状態だった。ヒューイはこういうのが気になって仕方がない。

「何故平気でいられるんだ……!?」

直したくてうずうずしたが、いったん手をつけてしまったらきりがなくなるのはわかっていた。ようやく「替えのシャツっぽいもの」を見つけたヒューイは急いで宿屋へと引き返した。

部屋の扉を開けると彼女はベッドの上で丸くなって眠っていた。ヒューイはその様子に見入る。

意外な姿だったからだ。ヘザーは豪快に手足を投げ出して眠るようなイメージがある。そして自分の上着に包《くる》まって寝息を立てるヘザーの姿は、ヒューイの胸に何かを呼び起こした。

……なんだ、この気持ちは？

ヒューイは胸を押さえる。胸の中に何かが溢れていっぱいになるが、それは以前のように重くて苦しいものではない。何故かヘザーを抱きしめて頭を撫でてやりたいような、なんでも彼女の言うことを聞いて甘やかしてやりたいような、不思議な気分だった。

それから部屋の中を見渡した。あのときの娼館でもあったように、妙な気分になる香が焚かれていることを疑ったのだ。しかし怪しげなものは見当たらなかった。

そこで、もう一度ヘザーの姿を見る。

文字も部屋も汚いが剣を振るう姿は美しい。その女が、自分の上着に包《くる》まって眠っている。いまの彼女をこのままずっと見ていたい気がした。でもヘザーが目覚めたとき、自分が傍《そば》にいたらどんな反応をするのか知りたい気もした。

……ほんとうに、この気持ちはなんなのだろう？

この感情の正体を確かめるためにそっとベッドに近寄り、ヘザーの顔を覗《のぞ》き込む。頬に触れようとしてゆっくり指を伸ばしたとき、彼女の目がぱちっと開いた。

＊＊＊

「えっ？　うわあっ」

目を覚ますとベッドの傍《そば》にヒューイが立っていて、驚いたヘザーは勢いよく飛び退《の》いた。そして飛び退《の》きすぎた。お尻が着地したところはベッドの縁だったのだ。

「ヘザー君！」

ヘザーのバランスが危ういことに気づいたヒューイが、こちらに手を伸ばした。ヘザーも彼の手を取ろうとした。しかし二人の指先は僅《わず》かに掠《かす》っただけで、ヘザーの身体はそのまま勢いよく後ろに落ちていく。背中から床に落ちた挙げ句、ベッドの脇にあった家具に頭をぶつけてしまった。ゴツン、と鈍い音が響き渡る。

「ヘザー君⁉」

ヒューイはベッドを回り込んでこちらへやってくる。

「頭か？　いま、頭を打ったな⁉」

彼はヘザーを抱き起こすと、その頭を自分の胸にゆっくりと引き寄せた。ヘザーはふわあっと良い香りに包まれる。

「え、な、何……」

これはもしかしてイチャイチャの始まりだろうか。ヘザーはそう期待する。

「どこだ。どこを打った？」

しかし残念ながら違った。彼はヘザーの髪をかき分けて、こぶを探しているようだ。

「う、後ろのほう……でも、平気」

「平気なわけあるか！　頭だぞ。しかも、すごい音がした……この辺か？」

「う、うん……たぶん」

それにしてもかなりの密着具合である。こんなにくっついたのはあの夜以来だ。もし自分が男だったら、いま絶対ギンギンに勃起している。男の人はわかりやすくて大変だ。女でよかった。

「出血もないし、いまのところ、こぶも見当たらないが……」

ヒューイは身体を離し、今度はヘザーの両肩を掴《つか》んだ。そして目を見開いた。ヘザーの服が破れているのを知ったときの彼よりも、険しい表情になる。

「おい……鼻血！」

「えっ？　う、うそ！　やだ！」

そう指摘されて鼻の下に触れると、ぬるりとした感触があった。指を見てみると、血が付着している。勃起よりもさらにわかりやすい反応をしてしまったようだ。血はぼたぼたと滴《したた》って、ヒューイが貸してくれた上着とスカーフを汚していった。

彼はそのスカーフをヘザーの鼻に当てるようにしてから立ちあがった。

「君は動くなよ！　医者を呼んでくる！」

「えっ？」

鼻血ぐらいで医者？　なんで？　と訊《き》こうとしたが、彼は急いで出ていってしまった。

ヘザーがふしだらなことばかり考えているから、アタマの病気だと判断されたのかもしれない。

「ええ？　こぶも何もないよ。大丈夫じゃない？」

「しかし……鼻血まで噴いたんですよ！　打ち所が悪かったのでは？」

ベッドの中でヒューイと医者のやり取りを聞いていたヘザーは、このまま毛布に潜《もぐ》り込んでしまいたくなった。彼は、ヘザーの鼻血は頭を打ったせいだと考えて医者を呼びに行ったのだ。しかも鼻血は「垂らす」ではなく「噴く」勢いだったらしい。

「鼻血ねえ……のぼせたとかじゃなくて？」

確かにヘザーはのぼせた。ヒューイとの密着に興奮して。だが真剣に心配しているヒューイの前で正直に言えるわけがない。ここは医者の言うことに寄り添っておこうと思う。

「あ、ああー……そういえば、ワインを飲んだ後、ずっと身体がぽかぽかしてて……」

「ワイン？　食事をした店で飲んだワインのことか？」

「え、ええ」

食事をしたとき、ヘザーは一杯だけグラスワインを飲んだ。その程度でヘザーの身体に影響が出るわけがないと知っているヒューイは難しい顔で首を傾《かし》げていたが、医者は「じゃあ、そのせいかもしれないね」と話を終わらせたのだった。

医者が帰った後も、ヒューイはぶつぶつと文句を言っている。

「何か適当な診察だったな……あの医者は信用ならん。別の医者にも診てもらおう」

「えっ。いや、それは待って！　ほんとうに平気だし！」

あれこれ調べられて「性的興奮で鼻血を出した」と突き止められてはたまらない。ヘザーはヒューイを止めようとして起きあがった。

「ヘザー君、急に起きあがってはだめだ！」

そう言ってヒューイはヘザーの背中に枕を当ててくれた。

「さっきは、君を驚かせてすまなかった。怪我をさせるつもりはなかったんだ……」

「いえ、別に……ほんとうに大丈夫だから」

彼はヘザーがベッドから落ちたときのことを言っている。目を開けたら傍《そば》にヒューイが立っていたからびっくりしたのは確かだ。

「それより、上着……ごめんなさい」

「気にしなくていい」

ヘザーはヒューイが脇に抱えた上着に目をやった。シワッシワにした挙げ句、煩悩の鼻血で穢《けが》してしまったヒューイの上着だ。申し訳ないという気持ちはあるものの、心のどこかで山賊みたいな恰好をした自分が「お上品で清楚なヒューイ坊ちゃんを自分の体液で穢《けが》してやったぜ！　ぐへへ！」と快哉《かいさい》を叫んでいるのは何故なのだろう？　ムラムラしすぎて、本格的にアタマがおかしくなってきたのかもしれない。

「では僕は戻るが……部屋代は支払ってある。君はゆっくりしていきたまえ」

「……え？」

こういうことになった以上、さすがにお泊りしてイチャイチャする展開はないだろう。だからヘザーは宿舎に帰るつもりでいたのだ。自分も帰ると訴えると、彼は厳しい表情で首を振る。

「君は頭を打ったんだぞ？　しばらくはあまり動かないほうがいい。それから明日の午前中は君を休みにしておく。容態によっては午後も……」

「あの。ほんとに！　ほんとうに大丈夫だから！」

ムラムラしすぎてアタマがおかしくなった女には勿体ないくらいの配慮である。仕事は朝からできると言ったがヒューイが納得しなかったので、午後から出勤することにして、彼には帰るよう促《うなが》す。自分の煩悩でこれ以上ヒューイに迷惑をかけるわけにはいかない。

「くれぐれも無理はするなよ」

ヒューイはそう言って、ヘザーが穢《けが》した上着を小脇に抱えて帰っていった。ひたすら彼に申し訳なかった。


それからのヘザーは、できるだけ疚《やま》しい気持ちを捨てて仕事に励んだ。その甲斐あってか、アルドとニコラスの再教育も終了の日を迎える。

ヒューイが次の新人騎士を受け入れるまでにやや間があり、ヘザーに約二週間の休暇が出ることになった。ヘザーはその話をヒューイの居室で聞かされた。

アルドとニコラスの再教育も終わり「話がある」と夜に呼び出されたものだから「今度こそなんかあるかも！」と期待して向かったのだが、休暇が出るというだけの話であった。また肩透かしを食らったが、休暇もそれはそれで嬉しい話だ。

「二週間も休んでいいの？」

「ああ。次の研修期間までにまだ余裕がある。君は帰省でもしてきたらどうかね」

「でも、実家にはこの前帰ったばかりだし……」

帰省と呼べるほどのものではないが、ゴダールへの旅の途中で実家に寄ったばかりだ。

「ヴァルデス殿に色々……報告することがあるだろう？」

結婚のことは、まだ父には報告していない。そのうち手紙を書こうかと思っていたが、二週間の休みがもらえるのならば直接報告しに行ったほうがいいかもしれない。

「うん、じゃあ……そうしようかな」

「うむ。そのつもりでカナルヴィルまでの馬車を手配しておいた」

「えっ⁉」

仕事が早すぎる。ヒューイの手際がいいのはいまに始まったことではないが、これはさすがに驚いた。さらにヒューイは自作の日程表を差し出してくる。馬車に乗る時間や、それぞれの街で立ち寄るべき宿がきっちりと記されていた。

「諸々の経費と一緒に、これと同じものを御者にも持たせておく。出発の日時などによく目を通しておきたまえ」

「え、ええ」

同じものをヒューイも持っておくのだろう。これでいつどこにヘザーが滞在しているか、だいたい把握できるという寸法だ。宿の予約まではさすがに無理だったようで、満室だった場合のためにご丁寧に第三候補まで記されている。ヘザーのいつもの帰省は乗合馬車と安宿を使っての貧乏旅なので、至れり尽くせりなのが有り難い。

「本来ならば僕も同行すべきなのだが、ルグウォーツ国からの視察団を迎えねばならない」

今度、ルグウォーツという国のお偉いさんや騎士たちが視察にやってくる予定があった。フェルビア王国の騎士教育を参考にするためだという。ヒューイは案内役を任されているらしい。

「ええ。でも、私一人でも大丈夫よ」

「ああ。ヴァルデス殿への挨拶は後日改めて行うつもりだが、今回は手紙をしたためる。それで、その手紙の内容なのだが……」

ヒューイは便箋を取り出し、顎を擦りながら何かを考えている。

「君は退役《たいえき》した後、しばらく実家で過ごしたいか？」

「……は？　退役《たいえき》？」

ヒューイと結婚したら、騎士は続けられないだろう。それはよくわかっている。しかしヘザーはまだ辞めるとは言ってない。

「婚約を発表したら普通は一年……短くとも半年は婚約期間を設けるものだ。婚約発表は、君が退《たい》役《えき》届を出した後にしよう。そしていま僕が話しているのは、君が退役《たいえき》した後の過ごし方だ。挙式の日まで君が暮らす部屋を手配しなくてはならないからな」

騎士を辞めたら宿舎も引き払わなくてはいけない。だが未婚の娘――しかもバークレイ家に嫁ぐ娘――が一人で暮らすわけにはいかないから、ヘザーのための住宅を借りて使用人と付添い役の婦人も雇うとヒューイは言った。

「いま僕が候補に挙げているのは、西地区にある集合住宅の一室だ。環境は良い」

地方に住む貴族は王都にも家を持っている場合が多い。しかしそうでない者、或いは独り身の貴族が王都に長期滞在するときは、集合住宅を借りることもある。高級住宅が並ぶ西地区にある建物ならば、周りの住人はすべて貴族か地主か金持ちなのだろう。けれどもヒューイの説明を聞き進めていくうちに、ヘザーの頭の中に疑問符が溢れていく。対して彼は淡々と説明を続けていた。

「君はこれまでずっと仕事を続けてきた。結婚前にひと月かふた月、父親とゆっくり過ごす期間があってもいいかもしれないな。王都の集合住宅に入るのはそれからとして……そうだ。退役届《たいえき》はいま書いていくか？　それとも……」

「ちょ、ちょっと待ってよ！」

ヘザーが両手で制止のポーズをとりながら叫ぶように言うと、ヒューイは言葉を切りこちらを見た。だが彼にはヘザーの焦りは何も伝わっていないように思える。

「な、なんでどんどん勝手に決めちゃうの……？」

「こういうことは早めに決めておくべきだろう？　何か不都合でもあるのか？」

「私、まだ騎士辞めるなんて言ってないし！」

「結婚しても騎士を続けるというのか？　子供ができたらどうするんだ？」

「そ、そういうことじゃなくて……結婚するときは辞めるけど……」

ヒューイはしっかり予定を立てた上でそのとおりに行動するタイプだ。仕事でも、人生においてもそうなのだろう。そして彼は自分の予定表にヘザーの人生も組み込んだ。結婚するのならばそれも当たり前だが……でも、ひどく無機質に書き込もうとしている。

「こんな風に決めちゃう前に……もっと二人で話すとか……」

「いま、話しているではないか」

やはりヒューイにはヘザーの不満が伝わっていない。今日の話は、相談というよりは決定事項を伝えられたみたいだった。しかもヒューイはヘザーが頷くことを前提にしていたようだ。

「な、なんか、こんなんじゃ……全然結婚するって気がしない。実感ない」

「それは僕も同じだ。だが、一つずつ決めていくごとに実感も湧いてくるのではないか？」

淡々と言われたことで、ますます苛立《いらだ》ちが募る。ずっと訴えたくて仕方なかったこと、だがいま言うべきではないことが口をついて出てしまった。

「そうじゃない！　だって……あれからなんにもない！」

「……あれから？　君はなんのことを言っているんだ……？」

「き、キスとか……イチャイチャとかなんにもない！」

叫んだ途端、ヒューイが目を見開いた。

引かれたかもしれない。口にしてしまったことを後悔したがもう遅い。俯《うつむ》いていると、ヒューイは机を回り込んでこちらにやって来てヘザーの前に立つ。恐る恐る顔をあげた。彼はまるで観察するようにヘザーを見つめている。だが、

――どうしてもっと早く教えてくれなかったんだい？　僕もイチャイチャしたかったんだ！

……などと言って抱きしめてくれるわけはもちろんなかった。

「いまの君に必要なのはそれか？」

彼は仕事の話でもしているみたいに冷静に続ける。

「僕とセックスしたら、君は落ち着いて話ができる状態になるのか？　……わかった」

肩にヒューイの手がかかった。そして彼はベッドのほうへヘザーを連れていこうとした。

「なっ、何それ！」

そうじゃない。いや、そうだけど、なんか違う。ヘザーは思わずヒューイの手を振り払った。

「な、何よ。人を駄々っ子みたいに！」

いまの自分は駄々っ子そのもののような気もしたが、その駄々っ子を言い聞かせるための手段としてセックスしようとするヒューイも大概である。

「もっ、もういい！　……ばかっ!!」

色々と言ってやりたいことはあるはずなのに、言葉はそれしか出てこなかった。

結局ヘザーは、ヒューイに手配してもらった馬車を使って帰省することにした。ヒューイといつどこで顔を合わせてもおかしくない王都にいたくなかったし、何より突然のキャンセルは貸馬車屋にも迷惑がかかる。

早朝、宿舎の裏口までつけてもらった馬車に乗り込むとき、驚いたことにヒューイが現れた。彼の機嫌はあまりよくなさそうだ。挨拶もなしに、ヘザーに封筒を差し出す。

「……ヴァルデス殿への手紙だ」

あのとき書くと言っていた手紙のことだろう。彼はヘザーが退役《たいえき》した後、王都で過ごすか実家で過ごすかを訊《たず》ねようとしていた。まさか、自分が勝手に決めたことを書いたのだろうか？　ヘザーはぎくりとしたが、彼は静かに続ける。

「君を妻として迎えたいことと、今回挨拶に伺えない詫《わ》びを記してある。それだけだ。ヴァルデス殿に渡してくれたまえ……まだ、僕と結婚する気があったらでいいが」

「う、うん……」

ヒューイにまだ結婚する気があったことに驚いた。あの夜に仲違いして、仕事以外では口をきくこともなく、そのままになっていたからだ。だから驚いたが、それ以上に安心した。

＊＊＊

――き、キスとか……イチャイチャとかなんにもない！

あのとき、ヘザーの口からそんな言葉が出たことにヒューイは驚いていた。彼女に触れたい気持ちはもちろんある。だが一度早まって関係を持ってしまったことを猛省しているし、この前は自分が一緒にいながら暴漢に彼女の服をだめにされるという事件が起こった。挙げ句、ヘザーをベッドから落下させて鼻血を噴かせる失態まで犯した。直接手を下したのはヒューイではないが、自分の至らなさを思い知ったのである。

色々と立て直すためにも、自分を律しながら挙式までの計画をしっかり立てるつもりだった。

しかし普段は落ち着いている彼女があそこまで感情的になったのには、ほんとうに驚いた。ヘザーがああなったのは、母親のマグダリーナが現れたときくらいではなかっただろうか？　……いや、ヒューイを同性愛者だと誤解したときもそうだった。

だが情交すればいいのかと問うと、ますます彼女は憤った。ああいう空気の中で身体を繋げるのはよくない気もしたが、ヘザーにとっては話を進めるために必要なものらしい――と、ヒューイは判断したのだ。自分で言っておきながら何故怒るのだろう。

「……よくわからん」

「おいおい。なんだよ、難しい顔しちゃって。予定組むの、そんな大変だった？」

ベネディクトの声に、ヒューイはぱっと顔をあげた。ヒューイはいま、ルグウォーツ国からの視察団を迎えたときの予定表を作っていたところだ。

「いや、それは概ね完成した。剣術や身体的能力に重きを置いたものならこのプラン、教養的なものや騎士としての倫理を重要視したものであればこちら……どうだろうか？」

「えっ、もうできてんのか？　すげえ！　おまえ、やっぱすごいわー」

すごいすごいと連発しながら去っていくベネディクトの背中を見送りながら、再び思案に耽る。

そう。自分は計画を立てるのが得意だ。そのとおりに行動することも、もちろん得意だ。それなのに挙式の計画は順調だとは言い難い。

いま考えてみれば、ヘザーはイチャイチャとやらがないと口にする前から不満顔だった。ヒューイの計画の何が気に入らなかったのだろう？　二人が一緒になるための計画である。ヒューイは無謀なことは絶対に組み込まないので、計画通りに進めれば必ず上手くいく。その自信はあった。

「……ほんとうに、わからん……」

＊＊＊

ヘザーが実家に到着したのは夜になってからだった。父のヴァルデスは驚いて「何かあったのか」と言ったが、ヘザーの用事は一言二言で済むようなものではない。「休暇がもらえたから来ちゃった」とだけ説明し、その日は床についた。

翌日は仕事に向かう父と一緒に闘技場へ行った。彼が仕事をしている間、ヘザーは試合を観戦したり、場内にある屋台の並びを見て好きなものを買って飲み食いしたりした。父の仕事が終わると、家に帰る途中で食堂に立ち寄って夕食を済ませ、明朝食べるものを注文して包んでもらった。これはヘザーがカナルヴィルに住んでいた頃の、そして帰省時のいつもの過ごし方だ。そのせいか、一日の終わりにはすごく気分が落ち着いていた。

家で父が淹《い》れてくれたお茶を飲みながら、ヘザーは思い切って切り出す。

「ねえ、父さん。もし……もしだけどね、私が結婚するって言ったら、父さんはどう思う？」

「どう思うって……そりゃ、相手によるよなぁ。女癖の悪そうな奴はだめだ。おまえを働かせて自分はブラブラしてるような男も論外だろ。それから暴力……」

「ああ、そういう人じゃなくて、普通の人だとして……」

「おいおい。そこまで言うっつうことは、おまえ……男ができたな？」

父の鋭さに驚いた。いや、自分の態度がわかりやすかったのかもしれない。それに、ついつい「普通の人」と言ってしまったが、ヒューイはまっとうに生きているという意味では普通を通り越して高潔すぎるくらいだ。もしかしたら彼は「普通の人」と表現すべきではないのかもしれない。

父はお茶を口にし、しばらく宙を見つめてから言った。

「……相手はあの兄ちゃんだろ。おまえのボスだっていう」

「……!!」

自分の父親がこんなに鋭い男だったなんて思わなかった。あまりの衝撃に声が出ない。

「おいおい。俺はおまえの父親だけじゃなく、母親もやってたんだぜ？　舐《な》めてもらっちゃ困るな」

父はポリポリと頬をかきながら語る。

「こないだおまえに会ったとき、なーんかいつもと違うなって気がしてたんだよなあ」

「なんか違うって……何が？」

「いや、言葉で説明するのは難しいんだけどよ、あるだろ？　そういうのが」

「う、うん」

多分カンというやつなのだろう。かつてヘザーは言葉で説明するのが難しい何かによって――見事に外れていたわけだが――ヒューイを同性愛者だと思い込んだことがある。

「けど、あの兄ちゃん貴族なんじゃねえのか？　大丈夫か？」

「貴族、じゃないけど……」

バークレイ家に爵位はないようだが、上流階級の一員であることは確かだ。

「まあ、長年王女様に仕えてたおまえなら、なんとかなりそうだな！」

「う、うーん……」

それも不安といえば不安である。あんな風に強引に話を進められたら、結婚後、ヘザーが環境に馴染《なじ》めず戸惑っていても、ヒューイはお構いなしに自分のペースを貫くのではないだろうか。考えれば考えるほど不安になってくる。

「おいおい。なんだよそのしけた面《つら》は。結婚前の女とは思えねえな」

「う、うん。なんかね。どんどん勝手に話進められちゃって……ちょっと、腹が立ったっていうか、ついていけないっていうか」

ヘザーは胸のうちをぽろりとこぼす。すると父は椅子に背を預けて「うーん」と唸《うな》り、それからテーブルに身を乗り出した。

「そりゃ、贅沢ってもんじゃねえのか」

意外な反応だった。ヘザーは「父が自分に同調してくれること」をどこかで期待していたのだ。

「あのな、おまえ……世間的に言えば、おまえは条件悪すぎるぞ。まずは立派に嫁き遅れだ。育ちも上品とは言えねえ。おまけにマグダリーナは犯罪者になっちまっただろ。そのおまえをもらってくれるって、相当奇特な男だぞ？」

父は自分の言葉を打ち消すように、顔の前でぶんぶんと腕を振った。

「ああ、条件云々は世間的に見ればって話だからな？　そりゃ俺にとって、おまえは世界で一番可愛い！　これは本心だ。この世界の住人が俺とおまえの二人だけだったら、とことん甘やかすし、おまえの言うことは否定しねえ……だが、そうじゃねえだろ？」

この世界はヴァルデスとヘザーだけのためのものではない。ヘザーはずっと父親の庇護《ひご》を受け続けられるわけでもない。それでもヘザーにはこの世界で上手に生きて、幸せになってほしい——父はそういうことを言っているのだ。ヘザーの目頭が熱くなった。

「相手が結婚を渋ってるってのなら、俺が文句言いに行ってやるところだけどよ、おまえを嫁にするための準備なんだろ。おまえも多少は折れてやらなくちゃ、纏《まと》まるモンも纏《まと》まらねえぞ」

だいたい自分はヒューイへの愚痴をぶちまけて、それでなんと言ってほしかったのだろう？　父が同調してくれていたら「そうでしょ、ひどいでしょ！」と答えて、それで溜飲《りゅういん》を下げていたのだろうか。だとしたら、王都に戻ってもヒューイと自分の間にある問題は何も解決しない。

それにヒューイが触れてくれないのと、彼が勝手に物事を進めてしまうこと。ヘザーの中で二つの不満が混じって思わず感情的になってしまった。一方ヒューイはいたって冷静で、それがますますヘザーを苛立《いらだ》たせた。こうして時間と距離を置いて考えてみると、大人げないことをしたと思う。

「う、うん……。父さんの言ってること、わかる……」

「俺だって娘を余所《よそ》の男にやるのは嫌だけどよ、ずっと一緒にいられるわけじゃねえからなあ。けど、あの兄ちゃんなら大丈夫だろ。実行力はあると見たぜ……だよなあ？」

「うん、うん……あの、これ……ヒューイから、父さんにって……」

父の気持ちが有難くて、ヘザーは涙目になりながらヒューイからの手紙を出した。

「ん？　なんだこりゃ。手紙か……？　……え？　お？　おお？」

すると父は便箋を透かしたり、指で文字を擦ったりしている。ヒューイの文字が整いすぎているせいで、活字の印刷物だと疑っているのだ。ヘザーは噴き出しそうになった。

「それ……ヒューイが書いた文字。彼はとても字が綺麗なの」

「まじかよ……」

結局二人で大笑いした。それから、やっぱりヒューイのことが大好きだと思った。

なんだか一刻も早く王都に戻ってヒューイに会いたい気もしたが、彼の立てた計画を崩すわけにはいかない。予定通りもう一泊して、それからヘザーは帰路についたのだった。

＊＊＊

ルグウォーツ国からの視察団が自国へ帰っていったその日。ヒューイが帰宅して着替えを終えたタイミングで父が部屋までやって来た。

「ヒューイ。あのね、ヘザーちゃんのことなんだけど……今度はいつ連れてくるんだい？」

結婚の報告をしたきり動きがないのを、彼は不思議に思っているらしい。しかし自分と彼女の間にある溝の正体を、未だにヒューイは掴《つか》めていない。ヒューイの表情が険しくなったのを、父は目ざとく発見したようだ。

「あ、あれ？　もしかして……振られちゃった？　それともケンカかな」

「そのような事実はありません。少し……意見を違えただけです」

「……それはケンカとどう違うんだい？　ちゃんと謝ったのかい？」

ケンカといえばケンカになるのだろうか？　それに何故か父の中ではヒューイが謝罪する側なのが決まっているらしい。どうしてヘザーが怒ったのかヒューイには理解できていないままなのだから、謝罪が必要かどうかすらわからないのだが。

父はヒューイの周りをうろうろとしている。そして唐突に顔をあげた。

「ひょっとして、ケンカは私のせいかな？」

「……は？」

「ここ数年、家のことは全部おまえに任せきりにしていた。おまえは、職場でもそうなんだろう？すべて、自分で決めて自分で物事を進めるのに慣れ切ってしまった……」

確かにヒューイは自分で決めたことを速やかに実行するのに慣れ切っている。だが、それとヘザーとのことにどういう関係があるのだろう。ヒューイが考え込むと、父は力なく笑った。

「ヘザーちゃんはね、深窓のご令嬢とは違う。いままで全部、自分のことは自分で決めてきた女性だ。大抵の結婚は、女性の環境が大きく変わるからね。おまえがいつも仕事でやっているように決めてしまっていいものではない。自立した女性ならなおさらだよ……違うかい？」

ヒューイは父の言葉を聞いて、ハッと気がついた。そういえば、そうだ。ヘザーはこれまでずっと自分の力で生きてきた。親の権力や家の名前に縋《すが》るような女とは違う。剣一本と、あの不屈の精神力でいまの地位までのしあがってきたのだ。ここまでくるのに様々な葛藤や苦労もあっただろう。自分はそれを一言二言で片づけようとしてしまった。

――なんでどんどん勝手に決めちゃうの……？

彼女が何を不満に思ったのか、それがやっとわかった気がした。勝手に計画を進めようとしたことだけではない。自分はヘザーが黙って従うはずだと思い込んでいたのだ。

同時に、ヒューイの上着に包《くる》まって眠るヘザーの姿が思い浮かんで胸が痛んだ。横暴な振る舞いをしたことに、もっと早く気づくべきだった。彼女の出立の日の朝、ちゃんと挨拶を交わして旅の無事を祈ってやればよかった。ヘザーを抱きしめ、名前を呼んでやればよかった。そうしたら、自分がどれほど彼女を……。そこまで考えてヒューイは胸を押さえた。

……自分がどれほど彼女を……なんだ……？

再び考え込んでいたヒューイだったが、父の声で我に返る。

「それで、ヘザーちゃんをいつ連れてくるのかな……？」

「彼女は現在、故郷に帰省中ですが……王都に戻り次第、すぐに連れてきます」

ヒューイはそう答えた。


視察団の帰国後はヒューイも休暇に入る予定であったが、休暇に入る前の準備というものがある。

翌日は司令部の自分の机で、他の教官たちへ引き継いでおくことなどをメモに記していた。

「あれ？　おまえ、休みなんじゃなかったか？」

ヒューイの姿を目にしたベネディクトが首を傾《かし》げたが、執筆中のメモを覗《のぞ》き込み、休暇前のヒューイのいつもの行動だと理解したらしい。答えを待たずに呆れ気味に「ああ」と頷いた。

「そういえばさあ、マドルカスの街が盗賊団の被害に遭ったらしいぜ」

「なんだと？　それはいつだ」

「昨晩遅くだってさ。視察団が帰った後でよかったよなあ」

確かに異国の客には知られたくない騒ぎだ。ベネディクトは説明を続ける。

「もちろんマドルカス騎士団が動いたんだが、数人取り逃して、そいつらは北上していったらしい」

ヒューイは手を止め、ヘザーの予定表を頭の中に思い描いた。旅が予定通りに進んでいれば、彼女は明日の夕方にマドルカスの北の街、ウィンドールに入る――嫌な予感がした。

数人の残党ならば大した悪事は働けないだろう。散り散りに逃げたかもしれない。彼らがウィンドールの街へ向かうとも限らない。それにヒューイの嫌な予感というものは、大抵が取り越し苦労に終わる。後から周囲に心配しすぎだとか、慎重になりすぎだとか言われる類《たぐい》のものだ。

だが自分はこれから休暇に入る。王都を離れても支障はない。取り越し苦労で終わったならば、それが一番ではないだろうか。少し考えた後でヒューイは立ちあがり、机の周りを片づけ始める。

「え？　あれ？　帰んの？」

「ああ。用を思い出した。そのメモをよく読んでおいてくれ。僕がいない間のことは頼む」

ベネディクトにそう言い残し、ヒューイは王城を後にした。

＊＊＊

怒号や悲鳴が飛び交っている。ガラスの割れる音もした。闘技場の騒乱とも似ている気がしたが、これは活力のある陽気な騒ぎ方ではない。どちらかといえば切羽詰まっているような……

「お客さん、お客さあん！　起きてくださあいっ。お客さんってばあ！」

ウィンドールの宿屋「銀の百合亭」で眠っていたヘザーは、夜中に叩き起こされた。自分を起こしに来たのは、食堂で給仕をしていた香水のきつい娘だ。彼女は寝間着姿でランプを持っている。

「街に盗賊が入ったんですよお！　安全のために、中央の広場に集まれって言われたんですぅ。この宿の裏口から出て、広場に向かってくれますぅ？」

「……は？　盗賊？」

ヘザーはベッドから出て窓の外を見た。なんと火の手があがっている。しかもそれは一か所ではない。街の所々で火事が起こっているようだ。

「えっ、この火事……盗賊の仕業ってこと……？」

「なんかあ、南のほうから逃げてきた盗賊らしいんですよぅ。街の人を人質にとって、食べ物と馬を要求してるんですってえ」

この建物の真下では、ちょうどその騒ぎが繰り広げられていた。近くの建物が燃えているせいで状況はわかりやすい。盗賊の男が片手で若い娘を捕まえている。男はもう一方の手に短剣を持っており、それを振り回しているようだ。金と食べ物と馬を用意しろと叫んでいた。この街から脱出して、さらに遠くへ逃げるためだ。ウィンドールの騎士たちが盗賊の周囲を囲んでいるが、人質をとられているため、何もできないようだった。

「それでえ、あの男の仲間が何人かいてぇ、いまも街に火をつけて回ってるみたいなんですぅ！」

宿屋の娘は、この建物も被害に遭うかもしれないので、貴重品を持って広場へ向かうようにと言い残して去っていった。娘が行ってしまった後、ヘザーは窓の下を見て考えた。

人質をとって騒いでいる男は一人だ。人質の少女は座り込んでしまったが、男は彼女の首根っこをつかまえている。ナイフの先は人質に向いたり周囲の人間に向いたりしていて、あまり的確な動きではない。火事を起こしている仲間が戻ってきて合流される前に、ここから飛び降りてどうにかできるのではないだろうか？

ヘザーは部屋の奥に戻って手早く着替え、ブーツを履く。剣を手にすると再び窓に近寄った。盗賊を囲んでいるウィンドドール騎士の一人が顔をあげる。ヘザーの動きに気づいたようだ。あまりこちらを見られては盗賊にも気づかれてしまう。ヘザーが人差し指を唇の前に立てると、騎士は盗賊と人質の少女のほうへ視線を戻した。

ヘザーの意図はなんとなく伝わったと思う。あちらはヘザーが騎士だとは知らないだろうけれど、有事の際のためにあらゆる訓練を行っているはずだ。フォローはしてくれるだろう。ヘザーはタイミングを見計らい、盗賊のナイフが娘から離れた瞬間、窓から飛び降りた。そして盗賊の背後に着地するや否や、ナイフを持つ盗賊の手を剣の鞘で思い切り叩く。

盗賊の手からナイフが落ちると同時に、ウィンドドールの騎士たちが盗賊に飛びかかった。

「人質の少女、無事に保護しました！」

「よし、こっちの盗賊も確保だ！」

「ギャアアア！　いてえええ！」

騎士たちに取り押さえられた盗賊が悲鳴をあげている。ちらりと見えたその手は、パンパンに腫れあがり始めていた。骨が砕けたようだが生命に関わるような怪我ではないだろう。

「助かりました！　あの、あなたはいったい……？」

ウィンドドールの騎士の一人がヘザーに話しかけてくる。自分が王都の騎士だと知られると、変に畏《かしこ》まられたりするかもしれない。ヘザーは話を逸《そ》らすことにした。

「それより、ほかにも盗賊がいるんでしょう？　まずは街の様子を確認しないと！」

「は！　それもそうですね。行きましょう！」

建物の陰で泣いている男の子を見つけたヘザーは、彼を広場まで誘導した。そのときに盗賊の仲間を一人捕まえたという情報を耳にした。七、八か所にわたってあがっていた火の手は、確認できるのは二か所だけになった。ヘザーは怪我をして動けなくなっている人がいないか探す。

人の悲鳴は聞こえなくなってきていたが、逃げ出した家畜が街の中を走り回っていた。周辺には鶏の羽根が飛び散っている。ヘザーは様子を見ながら街の端っこまで歩き、そこで足を挫《くじ》いて座り込んでいる寝間着姿の青年を見つけた。彼は盗賊にやられたわけではなく、逃げた山羊を捕まえようとして転んだらしい。

「皆、中央の広場に集まっているわ。手当てもそこでしてもらえるから、行きましょう」

ヘザーは青年に肩を貸して、広場まで戻り始める。途中の路地で「もう一人盗賊を捕まえたぞー」と叫んでいる騎士の姿があった。騒ぎは着々と沈静化しているようだ。ヘザーの目の前を、豚と、それを追いかける男が横切っていく。そのとき、視線を感じたような気がしてふと顔をあげた。

ヒューイだ。何故かヒューイがいる。

目が合うと、彼は大股でこちらに歩いてやって来た。

「え……な、なんで……」

なんでここにいるの？　そう問いたかったが、驚きのあまり言葉が続かない。

「そちらの青年は僕が引き受ける。君はこっちを頼む」

ヒューイは自分が抱えていたものを地面に置いた。それは鶏が入った小さな檻だった。

「家畜の類《たぐい》は西の広場に集めることになっている」

「え、ええ。あの……なんで……」

「積もる話は後にしよう」

そのとおりだ。いまは自分にできることをやって、少しでも早く街を落ち着いた状態に近づけるべきだ。ヘザーは頷き、鶏の入った檻を持った。そしてヒューイは怪我をした青年を背負った。彼は力仕事を引き受けてくれたのだ。

西の広場に鶏を運び終えたとき、もう一人の盗賊を捕まえたと聞いた。これで全員が捕まったらしい。火はすべて消えており、街の人たちもそれぞれが家に戻り始める。家が燃えたり壊されたりした人は教会へ集まるようにと、ウィンドールの騎士が大声で案内していた。

事後処理はまだ残っているが、ようやく一段落だ。ヒューイは中央の広場か、ウィンドール騎士団の詰所にいるだろう。ヘザーはまず広場のほうに向かう。

朝焼けに染まった中央広場には、思っていたよりも多くの人がいた。はぐれた家族を捜し回っている人もいるし、無事を喜び合う友人同士の姿もある。人ごみの中、ヘザーは視線を走らせる。すると行き交う人々の波の奥に、自分と同じように誰かを捜しているヒューイの姿があった。

「教か……」

ヘザーが声をかけるのとほぼ同時に、ヒューイがこちらを見た。彼は器用に人を避けながらヘザーのほうへやってくる。ヘザーも人にぶつかりながらヒューイに近づいていった。

「教官……あの、なんでここに……？」

「マドルカスの街を襲った盗賊が、北上していると聞いたんだ。それで僕は……」

そういえば宿屋の娘は「南のほうから盗賊が逃げてきた」と言っていた。マドルカスが襲われた直後に、王都に連絡がいったのだろう。その報せを聞いて、ヒューイはここまでやって来てくれたというのだろうか。ヒューイとは気まずいまま別れたはずなのに、彼が来てくれたことが嬉しい。こうして会えたことも。だがまずは感情的に振る舞ったことを詫《わ》びるべきだろう。色々考えているうちに、ヒューイに抱き寄せられる。

「ヘザー」

信じられぬ思いで瞬きを繰り返していると、耳元で名前を呼ばれた。二人のすぐ近くでは、まだ大勢の人々が行き交っている。

「あ、あの……まわりに人が……」

「知るか、そんなこと！」

彼はややぶっきらぼうに呟《つぶや》くと、ヘザーを抱く腕に力を込めた。確かに周囲の人たちは皆、自分のことで手一杯のようだ。公衆の面前で抱き合う二人がいても誰も注意を払わないのだから。

互いの身体にしみ込んだ煙のにおいと、それでも微かに香るヒューイの匂いを吸い込みながら、ヘザーも力いっぱい彼の背中を抱きしめた。

宿屋に戻って浴室を使わせてもらい部屋へ戻ると、ヒューイは窓際に立っていた。彼も湯を浴びて身体の汚れを落としたのだろう。ヘザーと同じように、宿屋から借りたガウンを羽織っている。

「ここから飛び降りたって？　まったく、無茶をする……」

この部屋は二階で、それなりの高さがある。窓の下を覗《のぞ》き込んだヒューイは呆れ顔だ。しかし無茶をしたのは彼だって同じだ。王都を飛び出して夜通し馬を走らせ、マドルカスで馬を替え、ヒューイ本人も数時間の休息を取っただけで、そのままウィンドールまでやって来たらしいではないか。

彼がこの街に近づいたときに、ちょうど火の手があがり始めたと聞いている。騎士の制服は、どんなものよりもわかりやすく身分を証明してくれる。ヒューイは制服を着ていたおかげで、封鎖されていた門をすんなりと通してもらえたのである。

彼は消火や救助活動を手伝いながらヘザーの姿を捜し、そこで知り合ったウィンドールの騎士から「宿屋の二階から飛び降りて盗賊をやっつけた背の高い女」の話を耳にしたようだった。

「それで、君に怪我はなかったんだろうな？」

ヘザーは乾いた布で髪を拭きながらベッドに腰かけ「うん、あなたは？」と訊《たず》ねた。

「僕も問題ない」

ヒューイはそう答え、ゆっくりとヘザーの近くまでやって来た。彼はこちらをじっと見おろしている。ヘザーもヒューイを見あげた。色々あったなあとしみじみ思う。ヒューイがここにいることが、未だにちょっと信じられない。

「君が無事で、ほんとうによかった」

もしかしたらヒューイも同じようにしみじみ考えていたのかもしれない。彼が紡《つむ》いだ言葉はシンプルだが、でも深い感情が込められているように聞こえた。

彼の手が動いてヘザーの頬に触れ、そして優しく撫でる。慈しむような動きだ。人ごみの中で抱きしめてもらったことが思い浮かんで、ヘザーの頬が急に熱くなった。それになんだか二人の間の空気も熱い……気がする。

ゆるゆるとヘザーの頬を撫でていたヒューイの手のひらに、意思の力がこもった。彼の顔が近づいてくる。ヘザーは目を閉じて口づけを受けた。

それは激しいものではなく、でも優しすぎるものでもない、頭の奥が痺《しび》れるような官能的なキスだった。普段は眉間に皺《しわ》を寄せているくせに、どうしてこの人はこんなことができるのだろう。ヘザーはうっとりとしながらヒューイの首に腕を回す。

……これはこのままイチャイチャするよね？　普通、するよね？

「……あの……」

「……どうした？」

優しく問うヒューイの声は、悩ましげに掠《かす》れていた。聞いているだけで頭がくらくらしてくる。

「し、したいんだけど……だめ……？」

「僕も……そう言おうと思っていた」

よかった。もし断られていたら、ヘザーは多分ヒューイを押し倒した挙げ句、馬乗りになって彼の着ているものを引き裂いて襲っていた。いま、そのくらいイチャイチャしたかった。

「しかしその前に僕たちの今後について話を……え？　お、おい！」

ヘザーはヒューイの首に腕を回したまま力を入れ、彼を引き寄せる。二人でベッドに倒れ込む形になった。ヒューイの顔がすぐ近くにある。湯あがりの、乱れた髪の毛がすごく色っぽい。倒れ込んだときの勢いのせいで、ガウンの胸元もはだけている。普段はきちんとしている人の、こういう姿は貴重だ。彼の首筋や浮き出た鎖骨を、ヘザーは舐《な》めるように見つめてしまう。

ヒューイは大きく息を吐き出し、やがて諦めたように言った。

「まったく、君は……」

吐き捨てるような言い様とは裏腹に、彼はそっとヘザーに覆い被さった。そして耳を食《は》んで、首筋を唇で辿りながらヘザーのガウンを剥ぎ取っていく。ヒューイの手で自分の肌が暴かれていくのが恥ずかしい。でも、たまらなくドキドキした。

彼はヘザーの裸の胸を見つめ、ゆっくりと手を伸ばしてきた。乳房を包むようにして優しく触れる。少し撫でられただけで胸の先が尖っていくのがわかった。その硬くなった部分を親指の腹で擦られ、ヘザーは喘《あえ》ぐ。

「あっ……」

今度は指先で弄《もてあそ》ぶように摘まれて、ヘザーは悶《もだ》えながら背中を逸《そ》らした。

「は、あぅっ……」

部屋の中は薄暗いが、カーテンの隙間から朝日が差し込んでいる。ランプがなくてもヒューイからはこちらの様子がよくわかることだろう。でも、それはヘザーも同じなわけで——視線をあげると、自分を組み敷いているヒューイと目が合った。

真剣なまなざしと、石鹸の良い香りと、ちょっと乱れた薄茶色の髪の毛。最高。

ヘザーが危機に陥《おちい》っているかもしれないと考え、馬を飛ばして遠い街まで駆けつけてくれた。ところ構わず抱きしめてくれた。ほんとうに、最高。

ヒューイはヘザーを真剣に欲していて、だから結婚しようとしている——そのことに、ようやく実感が湧いてきた気がした。

彼が覆い被さってきて、再び口づけを交わす。

「ん……あの、あなたに言わなくちゃって……思ってたんだけど……」

「なんだ？」

彼の唇は首筋を辿って下りていく。そして胸を吸われて、ヘザーは喘《あえ》いだ。

「ひあっ……わっ、私たちの……こ、今後の話……」

「……うん？」

先ほど、ヒューイは「今後の話をしたい」というようなことを口にしていた気がする。今後については自分もそれなりのビジョンを抱いているので、それを伝えようと思ったのだが、ヒューイの返事はなんだかおざなりだ。彼はヘザーの胸の先を親指の腹で擦り、再び吸いあげる。

「ひゃっ、ああ……じょ、助手っ……」

「助手？」

「う、うん。いまの助手の仕事……もうちょっとだけ、続けたくって」

「ああ、わかった」

ヒューイはいったん顔をあげたが、今度はヘザーの唇を自身のそれで塞いだ。彼は両手でヘザーの胸を包み込み、親指の腹で執拗にその先端を擦る。

「うんっ……あのっ……」

ヒューイと結婚したい。すごくしたい。でも、退役《たいえき》するのは助手として何かを成し遂げてからにしたい。一期か二期でいい。ヒューイが、新人騎士を一人前に仕立てあげるのを、傍《そば》で手伝いたい――キスの合間にそういったことを告げたつもりだが、ヒューイは「ああ」とか「わかった」などとうわ言のように呟《つぶや》き、ヘザーの唇を食《は》む。彼はほんとうにわかっているのだろうか？

舌の先で上顎をなぞられたとき、ぞくぞくっと心地よい震えが走った。

「んふっ……ま、待っ……」

「待てない」

ヒューイはヘザーの言葉をきっぱり遮《さえぎ》ると、身体を起こして自分のガウンを脱いだ。広い肩と、鍛えあげられた胸が露わになる。

「始めたのは君だぞ。集中したまえ」

教官然とした口調だったが、どこか熱を帯びていた。それにヒューイは本物の教官だし、始めたのは確かにヘザーだったし、集中するべきだと思った。というか、彼はとっくに集中していたのだろう。ヘザーが何かを言う前に、ヒューイの指が足の間に差し込まれる。

「ひゃ、ああっ……」

すでに潤っていた場所を刺激され、ヘザーは仰《の》け反って叫んだ。ヒューイの指の動きに合わせて、ぴちゃぴちゃといやらしい音が響き渡った。彼の指はヘザーの入り口をくすぐるような動きで弄《もてあそ》び、やがて中へ侵入してくる。体液を纏った長い指が、出たり入ったりしているのが見える。その光景は、ヘザーをますます淫《みだ》らな気分に追いやった。

「あっ……ああんっ……」

もっとヒューイを感じたい。彼の指をもっと深いところまで迎え入れようとして、ヘザーは腰を浮かせ、揺らす。お腹の裏側を擦られて身体を震わせると、彼は絶妙なタイミングで親指を使い、ヘザーの蕾を押した。

「ああーっ」

絶頂を迎えたヘザーはひときわ大きな悲鳴をあげた。ヒューイの指をくわえ込んだまま、自分の中が痙攣《けいれん》しているのがわかる。彼の指はヘザーの収縮を確かめるように蠢《うごめ》いていたが、やがてゆっくりと引き抜かれた。

今度は身体をひっくり返されて、背中に愛撫を受ける。彼はヘザーの背中をくすぐるように撫でたり、口づけて軽く吸いあげたりした。まだ呼吸が整っていないのに敏感なところを攻め立てられて、ヘザーは異議を唱えようとした。

「あ、あっ、待っ……」

「待てない」

先ほどよりも切羽詰まった口調だった。耳元で囁《ささや》かれて、身体の奥がきゅんと疼《うず》く。

腰を持ちあげられたかと思うと、後ろからヒューイが入ってきた。硬くて熱いものがヘザーの内側を押し広げながら、疼《うず》く場所にやって来る。これが欲しかった。ずっと、こうしてほしかった。

「あっ、ああんっ……」

ヘザーは呻《うめ》きながら枕に顔を埋めた。

「……痛かったか？」

「ん、ちが……き、気持ちいい……あ、ああ」

また背中に触れられて、ヒューイを受け入れている場所がぎゅっと締まった。それは彼にも伝わったのだろう。ヒューイから吐息が漏れる。

「動いても平気か？」

「う、うん、あっ……ああ！」

ゆっくりとした抽送が始まった。浅い場所を往復していたかと思うと、時折ずんと奥まで穿《うが》たれる。ヒューイの腕が伸びてきて、手のひらでヘザーの乳房を覆った。彼はその先端を摘まんで、優しく捻る。

「んっ……あっ、ああー……！」

ヒューイが動くたびに自分の中が濡れて、それは内腿を滴《したた》ってシーツを濡らしていく。ヘザーは枕を抱きしめながら喘《あえ》いだ。そしてふと思う。こんなに汚しちゃったら、自分たちが何をしていたか、宿屋の人にバレちゃうかもしれない……と。

そのとき、ヒューイの胸が自分の背中にぴったりとくっつけられた。

「ヘザー？」

問うように耳元で名前を呼ばれる。ヘザーの意識が逸《そ》れたことを咎《とが》めているような口調だった。

彼はシーツが汚れることも、宿屋の人にバレることも、気にしていないのだ。

あの理性の塊のような人が、ヘザーと淫蕩《いんとう》に耽《ふけ》っている――そう気づくと同時に足の間の突起を摘まれ、ヘザーは再び高みに上りつめた。

「あっ、あうっ……」

あそこが収縮して、ぎゅうぎゅうとヒューイを締めつけている。彼もヘザーが達したことに気づいたようで、ハッと息を呑んだ。

「君は、いま……？」

いきなり達したヘザーに、ヒューイは多分驚いている。いまの彼はとても淫《みだ》らだったのだが、彼は自分自身では気づいていないのだろう。

「ん……、だ、だって……すごかった……」

ヘザーはのろのろと枕から顔を離し、ヒューイを振り返る。彼の頬は上気している。でも躊躇《ため》うような口調で言った。

「もしかして……君に無茶をさせてしまったか？」

ヘザーはぶんぶんと首を振る。獣になり切れないヒューイが愛おしいと思う。でも全然無茶なんかじゃない。もっともっとヒューイと無茶なことがしたい。

「もっと、して……！」

そう告げると同時に、繋がったままぐるりと身体を反転させられた。彼はヘザーの足を大きく開かせると腰を引き、ひと息に突き入れる。ヘザーはうわ言のように喘《あえ》いだ。

「ふあっ、あっ……奥、すごいぃ……」

「……こうか？」

彼は一番奥まで突き入れたまま、腰を揺らす。そのたびに頭の芯がびりびりと痺《しび》れた。

「ああっ！　ああーっ……」

ヘザーは悲鳴をあげながらもがく。甘美な苦悶《くもん》から逃れようとしているのか、頂点に上りつめるためなのか、もがく理由は自分でもよくわからない。腰を押しつけられるたびに気が遠のいていく。

ヘザーは何かに縋《すが》ろうとして宙に手を彷徨《さまよ》わせた。

「少し、じっとしていたまえ」

「あ……」

ヒューイはそんなヘザーの両手をシーツに押え込む。そうしてヘザーの足を肩に担《かつ》ぎあげる姿勢をとり、腰を前後させた。ヘザーの中の肉が引っ張られ、押し込まれる。ぐちゃぐちゃと淫《みだ》らな音がした。

「ああー……」

ヒューイに揺すられながら、快楽と背徳感の狭間を心地よく漂う。するとヒューイは突然奥をずんと穿《うが》って、ヘザーの中をかき回すように腰を動かした。

「ひゃ、ああっ……ああー！」

「もっと無茶をしろと言ったのは、君だぞ」

彼はヘザーの耳元で囁《ささや》き、さらに激しく動く。

「あっ……」

ヘザーは軽い絶頂を迎えたが、ヒューイは先ほどのように動きを止めることはなかった。シーツに押さえつけられたまま、ヘザーは彼に翻弄されている。

胸を吸いあげられながら腰を揺さぶられて、ヘザーはすすり泣きを漏らした。

「ひっ、ひぃ……」

「ヘザー」

彼はヘザーがこぼした涙を唇で吸い取り、囁《ささや》いた。

「……気持ちいいのか？」

「んっ……うんっ……」

ヒューイと初めて会話を交わした夜――ヘザーは妙な薬でおかしくなっていて「この人にめちゃくちゃにしてほしい」と望んだことがあった。そしていま、自分はとても情熱的にめちゃくちゃにされている。

「んっ……ど、どうしよう、すごい……きもち、いい……」

ヒューイも同じように感じてくれていたら、すごく嬉しいんだけどな。

彼の動きが激しくなって、ベッドも大きく軋《きし》む。力強く一番奥を突かれたとき、ヘザーはまた絶頂の悲鳴をあげた。

＊＊＊

あの後眠り始めたヘザーは毛布を引き寄せながら丸くなっていき、いまではヒューイの分まで奪い取って気持ちよさそうに寝息を立てている。

彼女の背中を見つめながら、ヒューイは今日の出来事を思い返した。

朝焼けの中で再会したとき、ヘザーを抱きしめずにはいられなかった。ヒューイは人前での過剰な接触をよしとしない。しかし周りに大勢の人がいるとわかっていても、そうせずにはいられなかった。彼女の心情を汲まずに結婚の話を進めた自分を恥じる一方で、言葉では説明できない衝動が湧き起こって、どうしようもなくなったのだ。

「なんて無茶をする女だ」という呆れもあるが、率先して救助活動にあたっていたヘザーを誇りに思う。彼女ほど自分の感情を揺さぶる女は、この世界を隅々まで探しても二人といないだろう。ヘザーはヒューイにとってただ一人の女だ――そう思う。

「んん……」

ヘザーがもぞもぞと動いた。

「落ちるぞ」

彼女がベッドの端のほうへ寄っていくので、ヒューイは毛布ごとヘザーを引き寄せる。背中を向けていたヘザーの身体がくるんと回転して、うまい具合にヒューイの腕の中に収まった。

——おまえにも、愛する女性が見つかったのだね！

彼女の身体に毛布をかけ直しているとき、ふと、父の言葉が頭の中によみがえる。手を止め、ヘザーの寝顔を見つめた。

このヒューイ・バークレイは、実体のないあやふやなものに翻弄される性質ではない——はずだ。確かに自分はヘザーに好意を寄せている。彼女に甘くなっているのも事実だ。将来妻として迎える女性なのだから、多少の融通を利かせるのは当たり前のことである。

ヘザーへ抱いている感情にあれこれ説明をつけようとしたが「んー……」と言いながら彼女がヒューイの背中に腕を回し、胸に顔を寄せてきたことでその思考は中断された。まずは昼までひと眠りしよう。彼女が再びベッドの端に行ってしまわないように、その身体をしっかり抱いて、ヒューイも目を閉じた。

＊＊＊

休暇を終えた頃、直しに出した指輪はヘザーにぴったりのサイズになって戻ってきた。それからウィンドールの街では色々とありすぎたので、王都に戻ってもう一度結婚についてヒューイとじっくり話し合った。

ヒューイの助手として、一度か二度は新人騎士を送り出してみたい。だから結婚の話を進めるのは少し待ってほしい――ヘザーが自分の気持ちを伝えると、彼は渋々とだが頷いてくれた。

再教育課程を終えたニコラスだが、彼は城下警備隊のメンバーになった。ヒューイの読み通り、お年寄りや子供からの評判が良いらしい。明るくて優しい騎士のお兄さんがいる、と。だが彼は定期的に何かをやらかしているという噂も聞いた。相変わらずのようである。

アルドは元々所属していた城下警備隊――ニコラスとは別の隊だ――に戻ることになった。自ら希望を出して主に夜勤に就いているという。夜に暇があると、彼は酒場に行きたくなってしまうらしいのだ。レナとよりを戻すためにアルドは断酒を試みているわけだが、今度は夜勤のせいで会える時間が少ないと、彼女から文句を言われているようだった。

ベネディクトは訳知り顔で、ヒューイとヘザーの二人を見つめてくることが多くなった。「なあ。あのキンバリー侯爵家の夜会の後、どうした？　二人でどこ行った？」と未だにヒューイにしつこく訊《たず》ねているが、そのたびに黙殺されている。

そしていま、ヒューイの元には新たな研修生たちがやって来ていた。今期の生徒は十二人。これまでに彼が受け持った中で最大の人数だという。

ヒューイは現役の研修生からはかなり嫌われるが、後になってその評判が覆《くつがえ》ることが多い。研修を終えて騎士として現場に出る頃に、ヒューイから教わったことが大きく活きてくるからだ。一人一人を非常に丁寧に見るという彼の指導方針の賜物《たまもの》である。それだけに負担が大きく、ヒューイはあまり多くの人数を受け持つことはない。しかし、いまは助手のヘザーがいるので、少しだけ生徒の数を増やしてみようと考えたらしい。

ヘザーとヒューイは、新人騎士たちが集合している稽古場《けいこば》に向かっている。

「今日は剣の型と、乗馬のレベルをチェックする予定だ」

今日の予定を話し合いながら石畳の通路を抜けて、未舗装の道に入った。両側にはやや茂りすぎた植え込みが続いている。ヘザーとヒューイが目にするいつもの風景だ。

「六人ずつ二組に分けよう。僕が乗馬のほうを見るから君は剣の指導を頼む」

「ええ、わかったわ！」

稽古場《けいこば》が見えてきた。新人騎士たちはヒューイの姿に気づいて焦ったように並び始める。

「それから剣術の紅白戦も行うつもりだが……ヘザー君」

「何かしら、教官」

同じ歩幅、同じ歩調で肩を並べているヒューイが言った。

「紅白戦の最後に、我々で手合わせしてみないか？」

「面白そうね……受けて立つわよ」

ほんとうに面白そうな申し出だ。研修生たちも盛りあがるだろう。

「うむ。言っておくが手加減はしないぞ」

「あら。望むところだわ！」

青い空には、ひとすじの雲が走っている。その下で、ヒューイの声が響き渡った。

「それでは、本日の研修を開始する！」

Noche
Canaan presents
男装騎士は
エリート騎士団長から
離れられません！
アルファポリス
冷徹騎士団長様との
キケンな
24時間
蜜着生活
離れたら即発情!?

濃密ラブファンタジー

ノーチェブックス

Noche BOOKS

一夜限りの相手のはずが……!?

責任を取らなくていいので溺愛しないでください

澤谷弥

イラスト：うすくち

潜入先で一夜の過ちを犯したシャンテル。相手は名前もろくに知らない男性で、これ以上の失態は繰り返さないと固く誓う。一方、その相手であるクレイグは彼女をずっと探し続けていた。ひょんなことで二人は再会し、クレイグは開口一番「俺の子どもを産んでくれ」と頼んできて……!?　不器用なふたりのラブストーリー開幕!!

詳しくは公式サイトにてご確認ください

携帯サイトはこちらから!▶

この作品に対する皆様のご意見・ご感想をお待ちしております。

おハガキ・お手紙は以下の宛先にお送りください。

【宛先】

〒150-6008 東京都渋谷区恵比寿 4-20-3 恵比寿ｶﾞｰﾃﾞﾝﾌﾟﾚｲｽﾀﾜｰ８Ｆ
（株）アルファポリス　書籍感想係

メールフォームでのご意見・ご感想は右のＱＲコードから、
あるいは以下のワードで検索をかけてください。

アルファポリス　書籍の感想　検索

ご感想はこちらから

本書は、「アルファポリス」（https://www.alphapolis.co.jp/）に掲載されていたものを、
改稿、加筆のうえ、書籍化したものです。

嫌《きら》われ女《おんな》騎《き》士《し》は塩対応《しおたいおう》だった堅物《かたぶつ》騎《き》士《し》様《さま》と蜜愛中《みつあいちゅう》！　愚者《ぐしゃ》の花道《はなみち》

Canaan（かなあん）

2023年 6月 25日初版発行

編集－飯野ひなた
編集長－倉持真理
発行者－梶本雄介
発行所－株式会社アルファポリス
〒150-6008 東京都渋谷区恵比寿4-20-3 恵比寿ｶﾞｰﾃﾞﾝﾌﾟﾚｲｽﾀﾜｰ8F
TEL 03-6277-1601（営業） 03-6277-1602（編集）
URL https://www.alphapolis.co.jp/
発売元－株式会社星雲社（共同出版社・流通責任出版社）
〒112-0005 東京都文京区水道1-3-30
TEL 03-3868-3275
装丁イラスト－北沢きょう
装丁デザイン－AFTERGLOW
（レーベルフォーマットデザイン―團 夢見（imagejack））
印刷－中央精版印刷株式会社

価格はカバーに表示されてあります。

落丁乱丁の場合はアルファポリスまでご連絡ください。

送料は小社負担でお取り替えします。


ISBN978-4-434-32173-3 C0093